Knaur.

Knaur.

Über den Autor:

Theodor Kallifatides wurde 1938 in Griechenland geboren und kam 1963 nach Schweden. Heute gehört er zur ersten Garde schwedischer Schriftsteller – er erhielt mehrere Literaturpreise und schreibt als Journalist und Autor für Film, Theater und Fernsehen. »Ein leichter Fall« ist sein erster Kriminalroman um Kristina Vendel.

Theodor Kallifatides

Ein leichter Fall

Roman

Aus dem Schwedischen von
Susanne Dahmann

Knaur Taschenbuch Verlag

Die schwedische Originalausgabe erschien unter dem Titel
»Ett enkelt brott«
im Albert Bonniers Förlag, Stockholm.

Besuchen Sie uns im Internet:
www.droemer-knaur.de

Vollständige Taschenbuchausgabe November 2004
Knaur Taschenbuch
Ein Unternehmen der Droemerschen Verlagsanstalt
Th. Knaur Nachf. GmbH & Co. KG, München

Umschlaggestaltung: ZERO Werbeagentur, München
Umschlagabbildung: Mauritius
Satz: Ventura Publisher im Verlag
Druck und Bindung: Clausen & Bosse, Leck
Printed in Germany
ISBN 3-426-62794-9

2 4 5 3 1

Für Johanna

Warum sich hinter Worten verbergen,
wenn man sich hinter seinen Taten verbergen kann?
Warum sich hinter anderen verbergen,
wenn man sich hinter sich selbst verbergen kann?

Theodoricus Ravenna (1438–1471)

I

Die Trauer glücklicher Menschen ist etwas Schönes. Dieser Gedanke überraschte sie, als stammte er von jemand anderem.

Es war Samstag, der neunte Mai, ihr dreiunddreißigster Geburtstag. Kristina Vendel saß in der letzten Bankreihe in der Kirche von Ekerö und lauschte dem Streichoktett von Felix Mendelssohn – drei Geigen, drei Bratschen und zwei Celli. Drei Männer und fünf Frauen, allesamt jung, mit Ausnahme des Konzertmeisters, der schon über fünfunddreißig zu sein schien. Fast vierzig, wollte sie sagen, aber die extreme Konzentration, die er ausstrahlte, verlieh ihm eine eigene Zeit, ein eigenes Alter.

Er genoss es, die Blicke der jüngeren Musiker auf sich zu ziehen, er dirigierte sie mit leichtem Nicken und belohnte sie mit kurzem, raschem Lächeln. Besondere Aufmerksamkeit schenkte er der ersten Cellistin, einer dunkelhaarigen Frau von ungefähr fünfundzwanzig Jahren, die ihm genau gegenüber saß. Sie trug ein langes schwarzes Kleid, welches das Cello zwischen ihren Beinen matt wie einen Delfin schimmern ließ, um nicht noch etwas anderes zu sagen.

Kristina vermutete, dass es im Publikum keinen einzigen

Mann gab, der nicht einen Arm dafür hergegeben hätte, mit dem Cello den Platz tauschen zu können. Sie selbst hätte einen Arm dafür hergegeben, mit der Cellistin zu tauschen. Der Konzertmeister sah die Frau an, als hätten die beiden gerade miteinander geschlafen oder als würden sie es gleich tun – sie tauschten lange Blicke, schwer von Übereinstimmung und Verinnerlichung, sie lächelten einander mit jener Intimität an, die man nur nach einer gemeinsamen Nacht besitzt.
Im Programmheft stand, Mendelssohn sei ein vom Glück verwöhnter Mann gewesen. Er war der Sohn reicher und liebevoller Eltern, denen es gefiel, ihn seine Musik entwickeln zu lassen. Sie unterstützten ihn, er durfte die besten Schulen besuchen, er wurde von den besten Musiklehrern unterrichtet, und er enttäuschte sie nicht. Er schrieb schöne Musik, sehr schöne Musik, die an diesem Abend im Mai acht junge Musiker und hundert Zuhörer dazu animierte, sich in einer unsichtbaren Schlangengrube aus halb gedachten Gedanken, niedergeschlagenen Blicken und entgleitenden Lüsten zu vereinen.
Kristina schloss die Augen. Die zarte Gemeinschaft der Musik ließ sie über das dürftige, lieblose Leben trauern, das sie selbst führte. Wie lange war es schon her, dass Johan und sie einander auf diese Weise in die Augen gesehen hatten?
Wohin war die Liebe entschwunden? Mendelssohn stellte sich dieselbe Frage, doch seine Trauer war schön. Ihre war es nicht.
Johan sollte eigentlich hier sein, neben ihr. Er war es gewesen, der die Karten für das Konzert besorgt hatte. Es war sein Geburtstagsgeschenk gewesen. Und wieder einmal machte ein Streit um irgendeine Belanglosigkeit ihre Pläne zunichte. Er rauschte wütend ab, ohne zu sagen wohin. Aber das musste er auch nicht. Sie hatte ihre Vermutungen. Sie war eine

Weile zu Hause geblieben und hatte versucht, sich mit etwas anderem zu zerstreuen, doch der abgebrochene Streit raste in ihr weiter, Antworten, die sie gern gegeben hätte, und Erwiderungen, die gegeben zu haben sie bereute. Sie konnte sich nicht sammeln, und am Ende gab sie auf.

Wie belanglos war der Streit eigentlich gewesen? Wie belanglos konnte es sein, wenn man eines Morgens aufwachte und feststellte, dass die Liebe ausgezogen war?

Darum ging der Streit. Sie wusste das, und er wusste es auch. Und dennoch sollten sie einander eigentlich für den erlittenen Verlust trösten; es war nicht notwendig, sich den Rücken zuzuwenden. Ein schnelles Streicheln über die Wange, ein lächelnder Blick hätten schon genügt, doch dazu waren sie nicht mehr im Stande.

Also hatte sie sich in ihren knatternden Fiat Uno gesetzt, war nach Slagsta gefahren und hatte die Fähre über den Vårbyfjärden auf die Seite von Ekerö genommen, um dann weiter nach Asknäs Gård zu fahren, wo sie sich in der weiß gekalkten Kirche mit Musik zu trösten suchte. Musik war schon immer ein Trost für sie gewesen. Einen anderen hatte sie nicht. Sie trank nicht, sie hatte aufgehört zu rauchen, sie konnte sich nicht mit Schokolade trösten, weil sie davon Pickel bekam, und glänzende Wochenmagazine deprimierten sie.

Kristina Vendel war die neu ernannte Leiterin der Polizeistaffel 6 in Huddinge, das war die Einheit, die sich um alle Gewalttaten kümmerte, einschließlich der »Pornoabteilung«, das heißt Prostitution, Sexklubs, Pädophile und Vergleichbares.

Kaum ein Beobachter hätte diesen Beruf vermutet, denn sie war nicht nur jung, erst dreiunddreißig Jahre, sondern sah außerdem noch jünger aus. Zwar war sie nicht unbedingt das, was man eine schöne Frau nennen würde, doch sie war anziehend wie ein glatter Stein am Strand. Jeder Mann, der seine Instinkte in der schonungslosen Karrierejagd noch nicht vollkommen eingebüßt hatte, sah sie. Sie musste niemanden einladen, näher zu kommen. In ihrer Nähe zu sein schien das einzig Natürliche.

Sie hatte kurz geschnittenes helles Haar, das nach allen Seiten abstand wie die Stacheln eines Igels, und das verlieh ihr einen Ausdruck ständigen Staunens, was aber ihrer kerzengeraden Haltung widersprach – sie sah einfach aus wie ein Ausrufezeichen. Die Augen waren graugrün mit goldenen Sprenkeln, die Zähne klein und ebenmäßig, und sie besaß das Lächeln einer betrunkenen Katze.

Johan hatte all das auch einmal gesehen, aber aus irgendeinem Grund sah er es nicht mehr.

Wohin entschwindet die Liebe?, klagte die Geige, und das Cello antwortete, dass man das nicht gut wissen könne.

Der Applaus riss sie aus ihrer düsteren Stimmung. Die jungen Musiker bedankten sich mit schüchternem Lächeln und Verbeugungen beim Publikum und gingen hinaus, aber das Publikum hatte noch nicht genug und rief sie mehrere Male wieder heraus. Beim letzten Mal blieben der erste Geiger und die junge Cellistin hinter den anderen zurück. Sie standen dicht beieinander, höchstens zwanzig Zentimeter trennten sie, zwanzig Zentimeter, die von dem Licht ausgefüllt wurden, das durch das Fenster hineinfiel und einen Korridor zwischen ihnen bildete, in dem Staubpartikel herumwirbelten. Es wurde trotzdem deutlich, dass diese beiden zusammengehörten.

Die Menschen begannen, sich Richtung Ausgang zu bewegen, doch Kristina stand immer noch da und applaudierte so eifrig, dass der Geiger am Ende gezwungen war, sie anzusehen, und ihre Blicke trafen sich. Sie wusste sofort, dass sie diesen Blick niemals vergessen würde, nicht, weil er sie verführte, sondern im Gegenteil, weil er ihr Angst machte. Es war ein absolut sachlicher Blick, so als wäre sie ein Fleck auf seinem Smoking. Wie konnte ein Mann, der solche Musik machte, einen derartigen Blick haben?

Sie beeilte sich, nach draußen zu kommen, um im Gemeindehaus noch einen Kaffee zu trinken. Es wehte eine kühle Brise aus nordwestlicher Richtung. Vom Wasser her hörte man einen Bootsmotor und Frauenlachen.

Kristina seufzte tief, als habe sie den Atem angehalten, was sie auch getan hatte. Manchmal vergaß sie zu atmen, etwas in ihr hielt inne, so wie wenn man in einem Raum steht und nicht mehr weiß, warum man dorthin gekommen ist. Es ist verwirrend zu leben, all die Schönheit macht einen schwindeln und droht doch unablässig von einer längst vergessenen Mine zerfetzt zu werden. Wenn nun das Lachen der Frau, das sie gerade gehört hatte, zum Beispiel ein Schrei gewesen war, ein Ruf nach Hilfe? Mit welchen Worten hätte sie das beschreiben können? Die Brise vom Mälaren her wäre dieselbe gewesen und doch ganz anders.

»Das Einzige, was uns hilft, ist die völlige Demut.«

Wieder ein Gedanke, der sie überraschte, nicht, weil er originell gewesen wäre, sondern vielmehr wegen seiner Banalität. Sie bekam plötzlich das Gefühl, zwischen Zitaten zu leben, zwischen fertigen Sätzen, die sie widerspiegelten, die ihr Bild und ihre Seele stahlen. »O Gott! Wenn ich nur eine einzige Minute echt leben könnte«, betete sie im Stillen.

Sie ging planlos zwischen den Gräbern auf dem Friedhof

hindurch. Einige waren sehr alt, in den Ritzen der Grabsteine wuchs bereits Gras. Hier lagen Disponenten und Großhändler und Priester, die diese Welt im festen Vertrauen darauf verlassen hatten, dass eine andere und bessere auf sie wartete. Über den älteren Gräbern ruhte ein gewisser Optimismus, den die neueren gänzlich vermissen ließen.

Die Namen sagten ihr nichts, bis sie plötzlich etwas sehr Ungewöhnliches bemerkte. Ein einfaches Kreuz, ein einfacher Grabstein, in den ein Porträt der Verstorbenen eingeritzt war. Die Buchstaben waren kyrillisch, doch sie wusste nicht, um welche Sprache es sich handelte. Dort stand kein Nachname, nur der Vorname: Irina, und dann die beiden Daten, zwischen denen sich das kurze Leben von Irina abgespielt hatte. Sie war gerade mal dreiunddreißig Jahre alt geworden, genauso alt, wie Kristina jetzt war.

Wer war diese Irina? Auf den ersten Blick machte sie einen bestimmten, fast eigensinnigen Eindruck. Sicher war sie berufstätig gewesen, vermutete Kristina, aber in welchem Beruf?

Der Blick der Toten hatte etwas Rätselhaftes, er war wie eine Mauer, die sie zwischen sich und der Umwelt errichtete. Das war nicht mehr notwendig. Jetzt konnte sie niemand mehr verletzen.

»Meine Güte! Also, ich finde das makaber!«

Kristina war offenkundig nicht die Einzige, die das Porträt entdeckt hatte. Direkt hinter ihr stand eine ältere Frau.

»Das ist hier zu Lande einfach nicht üblich!«, fuhr die Frau mit Trotz in der Stimme fort, als würde sie Widerstand befürchten. »Und was ist das überhaupt für eine Sprache? Was ist das für ein Land? Und was für ein seltsames Kreuz?«

Sie meinte es nicht so böse, wie es klang. Sie war einfach zu alt für all das Neue, das über sie hereinbrach.

»Die Toten haben kein Land«, versuchte Kristina mit einem entgegenkommenden Lächeln, das die ältere Dame in eine mildere Stimmung versetzte.
»Wie auch immer, sie muss jedenfalls ein schönes Mädchen gewesen sein!«, stellte sie fest und ging mit den kurzen schnellen Schritten einer Seiltänzerin weiter dorthin, wo Kaffee und Rhabarberkuchen warteten, den die Frau des Küsters selbst gebacken hatte, um auf diese Weise die strapazierte Kasse der Gemeinde zu schonen. Die Zeiten, wo der Pfarrer zu Kaffee und Kuchen einlud, waren vorbei; man fürchtete, dass die bevorstehende Trennung von Kirche und Staat tiefe Löcher in die Kassen reißen würde, und man kann ja einiges über Gott sagen, aber so viel Macht wie ein Finanzminister hat er noch nie besessen.
Kristina war auf dem Weg zurück zur Kirche, um den Küster zu fragen, ob er etwas über das ungewöhnliche Grab wisse, als zwei Dinge gleichzeitig geschahen.
Das erste war, dass es anfing zu regnen. Das andere war, dass ihr Handy klingelte. Sie lief zu ihrem Auto, um in Ruhe sprechen zu können.
Es war Thomas Roth, ihr engster Mitarbeiter. Er wurde auch »Die Lerche« genannt, weil es ihm so oft gelang, der Überbringer von Neuigkeiten zu sein. Auf eine seltsame Weise schaffte er es immer, der Erste zu sein, der von einer Sache erfuhr. Darüber hinaus waren es immer schlechte Neuigkeiten. So wie dieses Mal.
»Tut mir Leid, Chef, ich hoffe, ich störe nicht gerade bei etwas Wichtigem.«
Seine näselnde Stimme verlieh allem, was er sagte, einen ironischen Unterton.
Kristina spürte leichten Ärger, schluckte ihn aber hinunter.

»Komm zur Sache.«
Es war nicht leicht, Frau und Chef zu sein, und sie hatte immer noch nicht das Gleichgewicht zwischen dem Persönlichen und dem Dienstlichen gefunden. An der Stille, die folgte, merkte sie, dass sie Thomas Roth vor den Kopf gestoßen hatte.
»Tut mir Leid. Ich habe gerade an etwas völlig anderes gedacht.«
Er war nicht so großzügig, dass er es verbergen konnte.
»Das verstehe ich, ist schon gut. Ich würde auch nicht anrufen, wenn es nicht etwas Wichtiges wäre.«
»Was gibt es denn?«
»Wir müssen uns um eine Leiche kümmern.«
»Mann oder Frau?«
»Das wissen wir nicht.«
»Wie denn das?«
»Das wirst du verstehen, wenn du hier bist.«
»Okay. Wohin soll ich kommen?«
»Wo bist du denn gerade?«
»Ekerö.«
»Ausgezeichnet. Da musst du nur die Fähre rüber nehmen. Du findest uns bei der Brücke am Botkyrkaleden, von dir aus gesehen rechts. Du kannst auf der linken Seite bei dem Café parken.«
»Ich komme. Ungefähr in einer halben Stunde bin ich da.«
»Okay. Bis dann.«
Bestimmt ist es eine Frau, dachte sie bei sich, ehe sie losfuhr. Der Regen hatte ebenso plötzlich aufgehört, wie er angefangen hatte.

2

Muslimen ist vieles verboten, aber nicht das Angeln. Ismail Lazarevic liebte seinen Neffen Kemal. Er hatte ihn selbst während der gewaltsamen serbischen Offensive aus dem brennenden Haus vor Srebrenica gerettet. Seine Schwester hatte er nicht retten können. Der Vater des Jungen war bereits verschwunden gewesen, und sie hatten keine Vorstellung davon gehabt, wo er sein könnte.

Es gab keine andere Möglichkeit, als wegzugehen. Und es wurde Schweden, obwohl es genauso gut Deutschland hätte werden können. Aber es wurde Schweden, genauer gesagt, die Gemeinde von Botkyrka, wo bereits einige andere Bosnier lebten. Und so kam es, dass Onkel Ismail und Neffe Kemal an diesem Samstagnachmittag im Mai nebeneinander saßen und ihre Angelhaken in den Vårbyfjärden hielten. Sie wussten, dass sie nicht damit rechnen konnten, etwas an die Angel zu bekommen, aber alles war besser als die Tristesse der Zweizimmerwohnung in Fittja, wo der junge Mann und der Junge schon viel zu viele Stunden in planloser Apathie verbracht hatten, die nur zufällig an dem einen Abend durchbrochen wurde, als sie den verschwundenen Vater des Jungen im Fernsehen sahen. Es waren noch nicht mal wirklich

gute Neuigkeiten. Er wurde in einem berüchtigten Lager festgehalten, aber er lebte.
Ismail dachte nicht ein einziges Mal daran aufzugeben. Er hatte den Sohn seiner Schwester bereits einmal gerettet, und jetzt würde er ihn noch einmal retten. Jede Nacht wachte der Junge mehrmals schweißgebadet und weinend auf. Ismail war immer da, mit einem kühlenden Handtuch und mit seinen großen warmen Händen, von denen er nicht mehr wusste, wofür er sie gebrauchen sollte.
In Srebrenica war er Schuhmacher gewesen. Das würde er wieder sein, er war sicher, dass es irgendwann gehen würde. Jetzt kam es darauf an, sich um den Jungen zu kümmern, darauf zu achten, dass die Wunde heilte und dass er wieder stark und gesund wurde.
Kemal war erst elf Jahre alt. Trotzdem musste auch er sich seinerseits um den Onkel kümmern, denn diesem fiel es so schwer, Schwedisch zu lernen, während der Junge die Sprache einfach einzuatmen schien. Mit jedem Atemzug ein neues Wort.
»Du hast einen guten Kopf, Kemal!«, lobte ihn der Onkel, dessen Kopf ein Friedhof geworden war.
»Das muss ich von Mama geerbt haben«, erwiderte der Junge, um dem anderen eine Freude zu machen.
Es blies ein schwacher Wind aus Nordwesten, der in der engen Passage zwischen Vårby und Fittja jedoch neuen Mut bekam, ohne den er wohl stecken geblieben wäre. Die See bewegte sich so schwerfällig wie ein nach dem Tagewerk müder Bauer auf dem Heimweg. Sie hatten noch nichts gefangen. Das spielte aber keine Rolle, sie saßen nicht da, um Fische zu fangen. Sie saßen da, um sich eine Illusion von Sicherheit und Frieden zu verschaffen. Sie saßen da, um

eigensinnig so zu tun, als sei das Leben einfach das, was es immer gewesen war.

Kemal war es, der den schwarzen Plastiksack zuerst sah. Das wäre nicht geschehen, wenn er nicht elf Jahre alt und ein Junge gewesen wäre. Denn wenn man elf Jahre alt und ein Junge ist, sitzt man niemals lange an einem Platz. Also bewegte er sich und kletterte unter dem ängstlichen Blick des Onkels auf die alte Weide, die sich über das Wasser beugte, als wolle sie trinken.

»Vorsicht! Geh nicht zu weit hinaus!«

Aber was hat es denn für einen Sinn, irgendwohin zu gehen, wenn man nicht weit hinausgehen kann? Das macht überhaupt keinen Sinn, wenn man elf Jahre alt und ein Junge ist. Also kletterte er immer weiter, bis er wie ein Vogel auf dem äußersten Ast des Baumes saß. Da sah er den Plastiksack und rief nach seinem Onkel.

Ismails erster Impuls war, den Jungen zu nehmen und wegzulaufen. Er wollte nicht in irgendetwas hineingezogen werden. Ein schwarzer Plastiksack im Meer ist nur selten eine gute Nachricht.

Auf der anderen Seite könnte es noch schlimmer für sie werden, wenn sie wegliefen. Viele hatten sie gesehen. Das Beste war, die Polizei anzurufen. Aber man kann nicht die Polizei anrufen, nur weil man einen schwarzen Plastiksack im Meer gesehen hat.

Mit Hilfe eines trockenen Zweiges zogen sie den Plastiksack näher heran. Er war offenkundig nicht leer. Sie wagten es nicht, näher hinzuschauen.

»Wenn es nun eine Menge Geld ist«, flüsterte Kemal.

»Das glaube ich nicht«, antwortete Ismail.

Sie gingen unter der Brücke hindurch auf die andere Seite

zum Café, um von dort aus anzurufen. Kemal tätigte den Anruf, der von Maria Valetieri, einer jungen Polizistin, angenommen wurde, die zunächst den Verdacht hegte, der Junge würde sich einen Spaß mit ihr erlauben.
»Wie alt bist du?«
»Dreizehn«, log er.
Warum lügen Jungen immer, wenn es um ihr Alter geht?
»Warte dort auf uns!«
Sie nahm zur Sicherheit seinen Namen und seine Adresse auf, und Kemal war angenehm überrascht, dass er seinen Namen nicht mehrere Male wiederholen musste. Maria Valetieri schien mit schwierigen Nachnamen vertraut zu sein, schließlich trug sie selbst einen.
Zwei Minuten später saß sie im Polizeiauto, einem zehn Jahre alten Volvo, der immer Probleme machte, aber Huddinge war eine arme Gemeinde, und es war nicht daran zu denken, den Fuhrpark zu erneuern. Die Polizisten machten untereinander Witze: »Weißt du, warum wir immer zu zweit in unseren Autos sitzen?« – »Klar, einer zum Ziehen und einer zum Schieben.«
Das war diesmal nicht erforderlich. Der Volvo startete augenblicklich.
»Willst du fahren?«, fragte Maria ihren Kollegen Östen Nilsson rein routinemäßig, denn er saß immer am Steuer, und so würde es auch heute sein.
Es gibt zwei Arten von Beschlüssen, dachte sie bei sich, als sie Östens Hände auf dem Lenkrad sah. Das Licht fiel von der Seite auf diese Hände, der Flaum auf den Handrücken war so dünn, dass er unwirklich schien. »Es gibt den Beschluss, etwas zu tun. Das ist einfach. Es gibt den Beschluss, nichts zu tun. Das ist schwieriger.«

Sie wollte diese Hände auf ihrem Körper haben. Ihr Ehebett glich seit langem schon einem menschenleeren Marktplatz, und sie fragte sich jeden Abend, wie es zwei Menschen möglich war, einander auf so engem Raum aus dem Weg zu gehen. Es war möglich.

Sie nahm einen Kaugummi aus der Tasche und kaute energisch, als ginge es um Leben und Tod. So war es auch. Was würde Östen tun, wenn sie ihm einfach resolut ihre Hand zwischen die Beine legen würde? Der Gedanke erschreckte sie, denn plötzlich schien das ganz einfach. Sie drehte die Fensterscheibe herunter in der Hoffnung, dass etwas frischer Wind ihre Gedanken klären würde. Es half nichts. Sie legte die Arme über Kreuz, um ihren Körper im Zaum zu halten. In diesem Moment sah sie Kemal winken.

Östen Nilsson bremste sanft ab. Alles, was dieser Mann tat, tat er sanft. Er hatte trotz der breiten Schultern und der kräftigen Oberarme etwas Weibliches an sich. Maria fragte sich, ob es nicht das war, was sie gerade am meisten anzog.

Außerdem war er ein erfahrener Polizist. Er musste nicht mehr als einen Blick auf den Plastiksack werfen, um sich seiner Sache sicher zu sein.

»Da drin liegt eine Leiche.«

Maria wurde schon bei dem bloßen Gedanken übel.

»Wie kannst du so sicher sein?«

Er sah sie an, ohne zu antworten.

Sie traten näher. Kemal und Ismail folgten.

Der Plastiksack lag da und schwappte hin und her.

»Sollen wir nachsehen?«

Diese Frage hatte Östen bereits beantwortet, indem er sich auf den Bauch legte und den Plastiksack mit einem Ast näher ans Ufer heranzog.

»Ihr müsst hier nicht herumstehen!«
Sie leisteten ihm dankbar Folge. Maria ging zum Auto zurück. Ismail und Kemal folgten ihr.
Östen Nilsson wusste nicht so recht, was er tun sollte. Es gab ein gewisses Risiko, wichtige Spuren zu zerstören, wenn er den Plastiksack öffnete, aber wenn er das nicht tat, würde er nichts Besonderes zu berichten haben. Thomas, der Chef vom Dienst, würde ihn vielleicht herunterputzen. Darauf hatte er keine Lust.
Er entschied sich für eine Kompromisslösung. Er zog den Sack noch etwas näher, bis er auf festem Grund lag. Dann sah er, dass er mit einem Seil umwickelt war, das mit zwei Metallösen versehen war. Er wusste nicht, was das sein konnte.
Wie gesagt ahnte er, dass in dem Sack eine Leiche lag. Aber konnte er sicher sein, wenn er sie nicht gesehen hatte?
Er rief Maria zu, sie solle den Werkzeugkasten bringen. Ismail erbot sich, es an ihrer statt zu tun, was sie gern annahm.
Also waren es am Ende Östen Nilsson und Ismail Lazarevic, die einen Schnitt mit dem großen Moramesser machten. Zuerst sahen sie eine weitere Lage Plastik. Erst danach sahen sie den Arm eines Menschen.
Es ist nicht leicht zu beschreiben, was man bei so etwas empfindet. Schock? Ekel? Mitleid mit dem Opfer? Abscheu vor dem Täter?
Ismail schloss die Augen. Östen schluckte schwer und schloss das Loch wieder.
Dann rief er bei Thomas an, der seinerseits Kristina Vendel anrief.
Man hätte meinen können, Östen Nilsson sei ruhig, aber das war er nicht. Er hatte seine Mutter tot im Wasser liegen sehen. Es war nie geklärt worden, ob es Selbstmord, ein

Unglück oder Mord war. Er war damals zehn Jahre alt gewesen. Sein Vater hatte sie beide vor kurzem verlassen. Östen hatte nie verstanden, warum, obwohl im Ort alle von einer Leidenschaft redeten. »Was ist das, eine Leidenschaft?«, hatte er seine Mutter gefragt, und ihr lebloser Körper in den Wellen war vielleicht die Antwort darauf gewesen. Jetzt war er dreißig, jetzt wusste er, was eine Leidenschaft war.
Er hoffte, dass Thomas bald käme. Er wusste, dass er nicht der richtige Mann für diese Situation war. Vielleicht Maria? Sollte er sich etwas mehr auf sie verlassen?
Sie stand bereits neben ihm. Sie zeigte auf den Plastiksack.
»Es gibt nicht viele, die einen solchen Knoten schlagen können.«
Er fand, dass das in diesem Augenblick eine seltsame Beobachtung war.
Kurz darauf kamen Thomas und zwei Wachtmeister.

3

Kristina Vendel forderte dem kraftlosen Motor des Fiat mehr ab, als ihm gut tat. Eigentlich hatte sie es gar nicht so eilig. Die Leiche würde nirgendwo hingehen. »Man weiß immer, wo man die Toten findet.« Sie ging mit viel zu hohem Tempo in eine Kurve, was sich gerächt hätte, wäre ihr ein anderes Auto begegnet.
Danach beruhigte sie sich und fuhr sanft zum Fähranleger hinunter.
Als sie zur Brücke kam, erkannte sie sogleich, dass Thomas alles Erforderliche in die Wege geleitet hatte. Der Fundort war abgesperrt, der Polizeifotograf war dabei, Bilder zu machen. Den Plastiksack hatte man ans Ufer gezogen. Ein scharfer Geruch, wie nach Tang, ging von ihm aus.
Kristina lief hinunter. Die anderen starrten sie an, als glaubten sie nicht, dass sie es wagen würde, den Sack weiter zu untersuchen. Sie wusste, dass alle Blicke auf ihr ruhten.
Sollte sie sich stark zeigen? Oder sollte sie sich wie ein ganz normaler Mensch benehmen, nämlich ein paar Schritte zurücktreten und andere den Job machen lassen?
Doch wer war sie, dass sie die Augen vor dem Elend der Menschheit verschloss? Wer war sie, dass sie glauben konnte,

das Recht zu haben, die Augen zu schließen? Das durfte nur Gott!

Also beugte sie sich über den Plastiksack. Der Gestank war entsetzlich.

»Du musst das nicht machen.«

Es war Thomas, der sachte an ihre Seite getreten war. Sie sah zu ihm auf und lächelte mit unbestimmter Miene, als würde sie ihm einerseits danken, andererseits um Entschuldigung bitten. Sie wusste, er wollte ihr versichern, dass er sie nicht für das verantwortlich machte, was geschehen war, dass nämlich die Polizeileitung ihn übergangen und ihr die Beförderung zuerkannt hatte. Das war nicht ihr Fehler, die Zeiten waren einfach so. Er war ein Mann von fünfzig Jahren. Sie war eine Frau von gerade über dreißig. Es war vollkommen klar, dass er keine Chance hatte. Er war verbittert. Wer wäre das nicht?

Kristina wusste das alles.

Sie wandte sich wieder dem Plastiksack zu und sah verwirrt, erschrocken, voller Ekel und zutiefst traurig auf den menschlichen Arm, der daraus hervorragte. Er hatte eine grünliche Farbe angenommen, die Verwesung war schon weit fortgeschritten, hatte die Form selbst aber noch nicht angegriffen. Es war ein schöner, langer und gut trainierter Oberarm. Wenn die Tote eine Frau war, dann eine, die viel Zeit im Fitnessstudio verbracht hatte.

»Hast du den Gerichtsmediziner angerufen?«, fragte sie.

»Du meinst Guldbaggen?«

Kristina verstand nicht und sah einen Funken Ironie in Thomas' Blick aufflackern.

Der Gerichtsmediziner hieß in Wirklichkeit Gustav Lindegren, aber alle erfahrenen Ermittler nannten ihn Guldbaggen.

Dafür gab es eine einfache Erklärung. Gustav Lindegren war leidenschaftlicher Filmliebhaber. Wahrscheinlich war er der einzige Schwede, der alle Filme kannte, die den so genannten »Guldbaggen«, den höchsten schwedischen Filmpreis, bekommen hatten. Sein erster Fall als Gerichtsmediziner war ein Doppelmord gewesen, und er hatte überwältigt ausgerufen: »Das ist ein echter Guldbaggen.«
Kristina begriff nicht, wie jemand freiwillig diesen Beruf ergreifen konnte, der eigentlich seine eigene Negation darstellte. Ein Arzt soll Menschen am Leben erhalten, doch das Einzige, was ein Gerichtsmediziner im besten Fall noch tun kann, ist, darüber zu reden, was sie getötet hat.
»Der Krankenwagen ist unterwegs.«
Kristina stand auf.
»Hast du mit denen geredet, die sie gefunden haben?«
Thomas sah sie an.
»Woher weißt du, dass es eine Frau ist?«
»Das weiß ich nicht. Ich gehe nur davon aus.«
Thomas schüttelte den Kopf. Er war ein Polizist, der nur seinen Augen traute. Einzig und allein seinen Augen.
»Ja, ich habe mit ihnen geredet. Zwei Flüchtlinge, Onkel und Neffe. Bringt nicht viel.«
»Ich will auch mit ihnen reden.« Sie bereute den Satz augenblicklich. Thomas würde das vielleicht als eine Geringschätzung seiner Arbeit empfinden. »Obwohl, nein. Ist nicht nötig.«
Thomas atmete aus und wurde gleichzeitig großzügig.
»Klar kannst du mit ihnen reden.«
Aber Kristina hatte sich entschieden. Es war unnötig.
»Lass sie gehen. Sag ihnen einfach, dass wir vielleicht noch mal mit ihnen reden wollen.«

Sie spürte eine schwere Last, ein Gewicht, das zu gleichen Teilen aus Müdigkeit und Schuld bestand. Die sinnlose Grausamkeit, die das Leben in ein Glücksspiel verwandelte, wurde ihr stechend bewusst. So fühlte sie sich jedes Mal zu Beginn eines schwierigen Falles. Sie nahm sich alle Erschöpfung im Voraus, denn wenn die Ermittlungen einmal aufgenommen waren, würde sie nicht müde werden, ehe sie gefunden hatte, was sie suchte.
Allerdings musste nun erst einmal begonnen werden.
Sie wandte sich wieder Thomas zu. Sie mochte ihn. Alle mochten ihn, vor allem die, die von seinen privaten Verhältnissen wussten, von seinem einzigen Kind, das mit Downsyndrom geboren worden war, und von seiner Ehefrau, die in regelmäßigen Abständen von so schweren Depressionen heimgesucht wurde, dass sie ins Krankenhaus eingeliefert werden musste. Und dennoch hielt Thomas den Kopf hoch, hatte für jeden ein freundliches Wort und behielt seine Schwierigkeiten für sich. Doch all das galt für Thomas, den Menschen. Für den Polizisten galt etwas anderes, sein Stolz war tödlich verletzt worden, und Kristina wusste, dass es zwischen ihnen nicht leicht werden würde.
»Glaubst du, es hat Sinn, Taucher zu holen?«
»Wonach suchen wir? Doch wohl nicht nach der Mordwaffe.« Wieder dieser schleppende, näselnde Tonfall.
Er hatte Recht. Keiner würde so dumm sein, die Waffe an derselben Stelle ins Wasser zu werfen wie die Leiche. Und doch könnte etwas anderes zu finden sein. Gewichte vielleicht, die die Leiche an ihrem Platz halten sollten. Ihr waren die Ösen im Seil aufgefallen.
»Man weiß nie, was man findet, solange man nicht gesucht hat.«

Das klang neunmalklug, sie wusste das.
Thomas lächelte.
»Ich kümmere mich morgen darum.«
Er verzog den Mund, als äße er etwas, das schlecht schmeckte.
In diesem Augenblick kam der Krankenwagen.
»Es gibt heute wahrscheinlich nicht mehr viel zu tun. Geh du ruhig nach Hause. Ich kümmere mich um den Rest.«
Kristina wusste, dass sie sich keine Sorgen zu machen brauchte. Er würde alles Nötige veranlassen. Abgesehen davon war Samstag. Die Obduktion musste bis Montag warten. Es gab wirklich nicht viel, was sie noch tun konnte, außer vielleicht in der Umgebung ein paar Häuser abzuklappern. Vielleicht hatte jemand etwas Verdächtiges beobachtet. Doch auch das konnte warten. Sie konnte nach Hause gehen. Aber eigentlich wollte sie das gar nicht. Sie sehnte sich nach der Ruhe in der Kirche zurück, zurück zur Musik, zu Mendelssohns schöner Trauer.

4

Sie hätte nicht Polizistin werden sollen. Sie hätte nicht heiraten sollen. Sie sollte keine Frau sein. »Am besten wäre es, ich wäre gar nicht geboren.« Sie drehte das zweite Programm im Autoradio an, das am häufigsten klassische Musik spielte, aber natürlich nicht in den seltenen Momenten, in denen sie Lust hatte zuzuhören.

»Ich habe einfach nur wie immer Pech«, murmelte sie und schaltete das Radio aus. Moderne Musik war nicht gerade das, was ihre Seele jetzt gebrauchen konnte. Sie suchte unter ihren Kassetten und wählte das Requiem von Maurice Duruflé aus. So konnte sie auch dem toten Menschen, den sie gerade gesehen hatte, die Ehre erweisen.

Die Liebe zur Musik hatte sie von ihrer Mutter geerbt, die in ihrer Jugend eine viel versprechende Pianistin gewesen war und sich gerade in den großen Konzertsälen der Welt zu etablieren begann, als die Krankheit zuschlug. Es war eine akute Gelenkentzündung, die chronisch wurde und ihre schönen Hände zerstörte. »Sieh sie dir an. Früher sahen sie aus wie Blütenstängel, jetzt wie abgestorbene Wurzeln«, sagte sie manchmal mit einem Lachen, das doch ihre abgrundtiefe Betrübtheit nicht verbergen konnte. Das Leben hatte sie verraten.

Dennoch bewahrte sie sich eine Art liebevoller Würde, sowohl gegenüber sich selbst als auch gegenüber ihrer Familie. Sie liebte ihre einzige Tochter, lehrte sie die Musik verstehen und gab ihrem Mann alle Wärme, die er brauchte, und Karl Vendel brauchte viel Wärme. Er war ein in sich gekehrter und exzentrischer Junggeselle, Flüchtling aus Ostdeutschland und Lateinlehrer am Gymnasium von Kungsholmen, wo die Schüler seine Fähigkeiten schätzten, sich jedoch über seinen Akzent und seine sprachlichen Schnitzer lustig machten, die sorgfältig gesammelt und dann in der Schulzeitung unter dem Titel »Vendels Unworte» abgedruckt wurden. Einmal hatte er, als die Rede von der Bildungsministerin war, gesagt, sie sei »senil« anstelle von »agil«.
Er konnte wirklich erstaunliche Sachen sagen. Aber das Allererstaunlichste, vor allem für ihn selbst, war, dass er sich in die junge Pianistin verliebte, dass er sein Alter und ihr Alter vergaß – zwanzig Jahre trennten die beiden – und dass er darum bat, sie heiraten zu dürfen.
Es war eine Liebe, auf die die banale Wendung vom Blitzschlag passte. Karl Vendel litt oft unter Schlaflosigkeit. Eines Nachts, als er wie gewöhnlich nicht einschlafen konnte, ging er hinaus auf die menschenleere Götgatan, wo er zu der Zeit wohnte, um nach Slussen hinunter zu gehen. Er wusste, dass es dort einen kleinen Imbissstand für Taxifahrer gab, wo er eine Tasse Kaffee und etwas menschliche Wärme würde bekommen können.
Er war sechsundzwanzig Jahre alt gewesen, als er aus Ostdeutschland floh. Anlässlich einer Schachmeisterschaft war er nach Schweden gekommen, er hatte einen Namen, war internationaler Meister, und die schwedischen Behörden halfen ihm bereitwillig. Vier Jahre später hatte er sein Studium der

klassischen Sprachen beendet, das er schon in Ostdeutschland begonnen hatte. In Schweden gab es keinen Überschuss an Lateinlehrern, und er bekam sofort eine Anstellung.

Alles war besser gelaufen, als er gehofft hatte, abgesehen von einer Kleinigkeit, einer schrecklichen Kleinigkeit: der Einsamkeit. Er hatte keine Ahnung gehabt, dass man so einsam sein konnte, er hatte nicht gewusst, dass ihn die Einsamkeit daran hindern würde, zu schlafen, zu lachen und überhaupt noch etwas anderes zu fühlen als die Angst seines leeren Herzens.

Also begab er sich hinaus und wanderte die Straße hinauf und hinunter, versuchte, den Körper zu ermüden, in der Hoffnung, dass dann sogar seine Angst wegdämmern würde.

So war es auch in dieser Nacht, als er der Frau begegnete, die sein Leben randvoll machen würde wie einen bayerischen Maßkrug. Es war nach ein Uhr in der Nacht, als er erstaunt sah, wie sie, jung und blond, mit einem schüchternen Lächeln auf den Lippen, auf ihn zukam. Ihr Ansinnen war nicht unbedingt gewöhnlich. Sie fragte ihn, ob er auf zwei Fingern pfeifen könne. Sie hatte ihren Schlüssel vergessen, und das Mädchen, mit dem sie die Wohnung teilte, schlief fest. Sie hatte versucht, sie zu rufen, hatte kleine Steine ans Fenster geworfen, selbst auf die Gefahr hin, die Scheibe zu zerschlagen. Jetzt blieb ihr nur noch, es mit Pfeifen zu versuchen.

Das konnte Karl, und sein Pfeifen hatte einen derart fröhlichen Klang, dass es nicht nur die fest schlafende Freundin weckte, sondern auch noch alle anderen im Viertel. Es war ungefähr so wie in der Bibel, als Jericho fiel, und so fiel auch Marie Louise Wilhelmsson. Durch Pfeifen auf zwei Fingern. Karl hingegen stand in dieser Nacht von den Toten auf, denn er wusste, was er nie wieder vergessen würde: Er war verliebt.

So hatte seine gemeinsame Geschichte mit Marie Louise begonnen, und ein Jahr später hielt er Kristina in seinem Arm. Kristina war nicht nur ein geliebtes Kind, sie war auch die Verkörperung des elterlichen Glücks, sie war der materielle Ausdruck der Zärtlichkeit, die zwischen den Eheleuten bestand, und sie wuchs ebenso ohne Widerstand auf wie wilde Blumen. Aber welches Glück währt schon ewig?

Die Mutter wurde erneut krank, und diesmal auf den Tod. Den einen Tag klagte sie über Magenschmerzen, und am nächsten Tag entdeckte man überall in ihrem Körper Krebs. Im Magen, in der Leber, in den Lymphknoten, in der Brust, in der Gebärmutter. Innerhalb von drei Monaten starb sie. Sie verklang, sagte Karl, der sich von da an der Tochter und der Erinnerung an die Verstorbene widmete.

Kristina nahm ihr Mobiltelefon. Der Vater antwortete sogleich, als hätte er auf ihren Anruf gewartet.

»Hallo, Papi-san.«

So nannte sie ihn, seit sie ein kleines Mädchen war und die beiden zusammen einen japanischen Film angeschaut hatten. Wie sagte doch Tolstoi? In allen glücklichen Familien hat man Kosenamen füreinander.

»Ich wollte nur kurz hören, wie es dir geht.«

Sie wusste, wie es ihm ging. Sie wusste, dass er mit geschlossenen Augen in seinem Lesesessel saß und versuchte, der Einsamkeit in der großen Wohnung auf Kungsholmen standzuhalten.

»Gut, es geht mir gut. Und dir?«

Sie mochte seine Stimme sehr, sie war warm und ein wenig heiser nach den vielen Jahren des Unterrichtens. Den Akzent hatte er nicht verloren.

»Wie wäre es, wenn du mich zu einer Pizza einladen würdest?«
Sie wusste, dass er Pizza verabscheute. Allein der Gedanke, dass seine Tochter Pizza essen könnte, brachte ihn immer dazu, sie in sein Lieblingsrestaurant La Famiglia einzuladen, das ganz in der Nähe seiner Wohnung lag.
So auch an diesem Abend.

»Wie geht's zu Hause?«
Gerade bestellte er den Nachtisch, Eis für Kristina und Crème Caramel für sich selbst.
»Wieder Crème Caramel?«, zog sie ihn auf.
»Ja. Ich kann mich nicht daran satt essen. Es ist so faszinierend, etwas zu essen und dennoch das Gefühl zu haben, als würde man nichts essen. Es gleitet einfach so hinunter. Man kaut es nicht, aber man kann es auch nicht trinken, obwohl man es kaum zu schlucken braucht. Aber wie geht's denn zu Hause?«
Sie war bekümmert. Sie hatte gehofft, er würde seine Frage vergessen. Natürlich konnte sie lügen. Aber warum sollte sie?
Sie lächelte stumm.
»Es ist nicht wie zwischen Mama und dir.«
Das wusste Karl Vendel. Nichts konnte so sein wie zwischen ihm und Marie Louise. Er hätte seiner Tochter herzlich gern ein solches Glück gegönnt, doch er wusste auch, welchen Schmerz das mit sich bringen konnte. Deshalb wechselte er das Thema.
»Ist es nicht an der Zeit, an eine Adoption zu denken?«
Seine Stimme hatte einen leichten Klang, als wolle er den Ernst der Frage verschleiern.
Kristina wusste auch, dass die Frage ihre Berechtigung hatte.

Alle dachten, dass Johan und sie keine Kinder bekommen könnten. Das stimmte nicht. Es war vielmehr so, dass Johan keine Kinder haben wollte. Als sie schwanger wurde, setzte er eine Abtreibung durch. Aber darüber konnte sie mit niemandem sprechen. Das war ihr Geheimnis.

»Papa, eine Ehe wird nicht besser dadurch, dass man sich ein Kind anschafft.«

Sie führte ihn hinters Licht, und sie hatte kein gutes Gefühl dabei.

In diesem Moment kam der Kellner mit einer großen Torte, die er mit würdevollen Bewegungen mitten auf den Tisch stellte.

»Was ist das denn? Wir haben keine Torte bestellt!«

Ihr Vater erhob sein Glas.

»Es ist mir eine Ehre, mein Liebling!«

Er konnte sich nicht länger beherrschen. Vor sich sah er seine Tochter, aber auch seine Ehefrau. Die Bilder verschoben sich in seinem Kopf, als sei sein Gedächtnis ein listiger Stier und er selbst ein unerfahrener Matador, der jederzeit Gefahr lief, zu Tode gespießt zu werden. Die Tränen rannen hinter den dicken Brillengläsern wie schwerer, lichter Herbstregen.

»Ich dachte, du hättest es vergessen.«

»An dem Tag, an dem ich deinen Geburtstag vergesse, habe ich auch mich selbst vergessen«, erklärte der Lateinlehrer, der mit einer geschickten Pirouette den Stier in seinem Kopf ausgetrickst hatte.

Sie prosteten einander zu, aufgeräumt, gerührt, verwirrt. Als Kristina das Glas an die Lippen führte, dachte sie, ohne wirklich zu begreifen warum, nicht an ihre Mutter oder ihren Vater oder ihren Mann oder gar an sich selbst.

Sie dachte an die Tote im Plastiksack.

5

Als sie nach Hause kam, fand sie Johan in einen Videofilm vertieft, der Al Pacino in der Rolle eines besessenen New Yorker Polizisten zeigte. Sie hasste Polizeifilme und Polizeiromane. Die hatten nichts mit der Wirklichkeit zu tun. Sie waren nur krause Bilder von der Wirklichkeit, logische oder halblogische Konstruktionen einer Welt, wo jede Ursache ihre Wirkung hatte und jede Wirkung ihre Ursache.
Sie hatte die gegenteilige Erfahrung gemacht. Die Welt des Verbrechens war im Grunde genommen irrational. Die Dinge geschahen, ohne dass jemand eigentlich wollte, dass sie geschahen. Das war auch ein Grund dafür, warum die meisten Verbrecher früher oder später entdeckt wurden – sie taten Dinge, die zu tun sie nicht geplant hatten, sie hatten kein Alibi vorbereitet, sie hatten sich keine Geschichte ausgedacht, und sie blieben erstaunlich oft dort, wo sie nicht hätten bleiben sollen.
»Es geht darum, den Verbrecher zu verstehen, es geht darum, so zu denken, wie er denkt«, verbreiteten diese Filme und Romane, in denen einsame Kommissare eine böse Tat nach der anderen aufklärten.
Hauptkommissarin Vendel war anderer Ansicht. Worauf es

ankam, war, die Umstände zu verstehen. Die Frage, wer das Verbrechen begangen hatte, war dann der letzte Schritt, und den tat man immer. Die ersten Schritte hingegen waren die schweren. Schlug man am Anfang die falsche Richtung ein, dann kam man am Ende nur selten richtig heraus.

Also vermied sie sorgsam, sich zu fragen, wer die Frau im Plastiksack ermordet haben könnte. Die Frage würde sich von selbst beantworten, wenn es an der Zeit war.

»Bist du immer noch sauer?«

Johan wandte den Blick nicht von dem Film.

Er rechtfertigte sich auf seine Weise. »Wieso sauer?«

»Ich soll dich von meinem Vater grüßen.«

»Wie geht es meinem Freund Karl?«

Johan imitierte dessen starken Akzent. Das machte er immer und meinte aus irgendeinem Grund, das sei lustig.

Kristina hatte es auch einmal lustig gefunden, doch heute nicht mehr. Sie dachte an eine Zeile, die sie irgendwo gelesen hatte: Man kann eine Sache tausendmal machen, doch dann ist es unmöglich, sie noch ein weiteres Mal zu tun. So war es zwischen ihnen geworden. Sie hatten gewisse Dinge tausendmal gesagt und getan, und jetzt war es unmöglich, sie noch einmal zu sagen oder zu tun.

Sie entschied sich dafür nachzugeben.

»Ich gehe schlafen.«

»Hmmm …«

»Es tut mir Leid, was heute Nachmittag passiert ist.«

»Mir auch.«

»Also, gute Nacht.«

Sollte sie ihm einen kleinen Kuss geben?

Sie tat es nicht.

»Gute Nacht.«

Ein rätselhafter Mord ist ein offenes Buch im Vergleich mit den Irrfahrten der Liebe. Sie bürstete ihr widerspenstiges Haar. Sie war sich sicher, dass Johan sie auf seine Art liebte, und sie wusste, dass sie ihn auf ihre Art liebte. Und doch schien zwischen ihnen nichts spontan, von innen heraus zu geschehen. Es schien, als seien sie in einem Krieg begriffen, in dem man Freund nicht mehr von Feind unterscheiden konnte.

Zum Beispiel seine Art zu schweigen. Sein Schweigen brodelte. Sie konnte es bis ins Badezimmer hören. Irgendwann war er einmal wie ein Mensch gewesen. Jetzt war er wie das Wetter, das sich jederzeit und ohne Vorwarnung ändern kann.

Sie wusste nicht, ob sie das noch lange aushalten würde. Sie musste es mit ihm besprechen. Sie sollten zu irgendeinem Familientherapeuten gehen, wenngleich sie gehört hatte, dass das der sichere Weg zur Scheidung sei.

Sie legte sich ins Bett und hatte vor, auf ihn zu warten. Sie wollte mit ihm schlafen. Aber sie wagte nicht länger, das zu zeigen. In der Verlassenheit des Doppelbettes war es manchmal leichter. Man tat es sozusagen im Schlaf. Das war nicht gut, es war nicht genug, aber es war besser als gar nichts.

Als Johan sich endlich zwischen die Bettdecken schob, schlief sie mit halb geöffnetem Mund.

6

Als Maria Valetieri gegen sieben Uhr nach Hause kam, fand sie ihren Mann Ronny mit einer Flasche Wodka vor sich. Er war bereits betrunken, war aber immer noch lustig drauf und scharf auf sie. Er holte seinen Penis heraus und schlug damit wie mit dem Hämmerchen eines Vorsitzenden Richters auf den Küchentisch. Maria war sehr müde, aber eine solche Vitalität muss belohnt werden, und das geschah auch, und zwar am Spülbecken.

Dann setzte er sich vor den Fernseher und trank weiter. Sie kochte etwas zu essen, und Ronny lobte ihre Kochkünste, und er war eitel Freude, und sie hoffte, dass es einen ruhigen Abend geben würde. Doch zwei Stunden später hatte Ronny die Flasche halb geleert und war ins depressive Stadium übergegangen. Sein Leben war eine Katastrophe. Er hatte immer davon geträumt, Pilot zu werden, und was machte er? Ja, er leckte den lieben langen Tag seinem Chef den Arsch und versuchte, seinen Job nicht zu verlieren. Er war nämlich Bauingenieur und damit Teil einer heftig krisengeschüttelten Branche.

Maria stimmte immer zu, um ihn nicht zu reizen, doch das reizte ihn auch, und die Mahlzeit nahm ein plötzliches Ende,

als er sich erhob, um ein wenig rauszugehen. Er würde es keine Minute mehr aushalten mit so einer Schlampe als Ehefrau, die nie ein Wort sagte. Da hätte er genauso gut die Vorsitzende des Bundesverbandes der Taubstummen heiraten können. Was für ein Inferno aus ihrem Leben geworden war. Dabei hatte es so gut angefangen. Sie kannten einander schon seit ihrer gemeinsamen Kinderzeit in Rågsved. Marias Vater war ein Italiener mit dunklen Locken, der die erste Pizzeria im Zentrum von Hagsätra aufmachte. Ihre Mutter war eine Wildpflanze aus Ulricehamn, wo die Augen der Mädchen von einem Blau sind, wie man es nirgendwo anders in Schweden sieht. Also war Maria alles andere als hässlich.
Ronnys Eltern waren geschieden, und er war seinem Vater nur wenige Male begegnet. Seine Mutter arbeitete als Aushilfsbedienung in der Pizzeria, und an diesen Abenden ließ sie ihn in der Obhut von Marias Mutter. Die beiden Kinder spielten gut zusammen, am Ende auch die Spiele, die sie im Laufe der Zeit zu dem neu gekauften und hoch verschuldeten Reihenhaus bringen sollten, wo Maria jetzt allein und voller Angst auf die Fortsetzung wartete.
Ronny kam zwei Stunden später, um zehn Uhr, zurück. Er hatte nur kurz in der Kneipe im Zentrum von Huddinge vorbeigeschaut und ein paar Bier gestemmt. Er war wieder ganz nachgiebig. Und dann hatte er gleich noch einen Pornofilm ausgeliehen, den er nun mit ihr zusammen anschauen wollte. Maria hatte Kopfschmerzen und würde am nächsten Morgen wieder um sieben Uhr anfangen müssen. Also sagte sie ihm, dass sie nicht mehr könne, dass sie keine Lust habe. Ronny machte sich nicht die Mühe zu antworten. Er griff sie an den Haaren und versuchte sie zu zwingen, neben ihm auf dem Sofa Platz zu nehmen.

Das war zu viel für sie. Sie gab ihm eine Ohrfeige, und er antwortete mit einem Tritt in den Bauch. Als sie dann fast ohnmächtig dalag, warf er sich über sie und nahm sie ein zweites Mal, diesmal mit dem Blick auf den Fernsehapparat fixiert, wo eine andere Vergewaltigung stattfand.
Noch ein paar Stunden später kam das letzte Stadium: Entschuldigungen und die Beteuerungen, sich bessern zu wollen.
Wie lange würde sie das noch aushalten?
Und doch liebte sie ihn mit derselben Hilflosigkeit, mit der eine Mutter ihr schwieriges Kind liebt. Tief in ihrem Innern glaubte sie, dass es besser werden würde, obwohl sie nicht wusste, wie.
Jetzt war es erst mal schlimmer geworden, denn jetzt musste sie auch noch an Östen Nilsson denken. Sie sollte nicht an ihn denken, aber sie tat es dennoch. Dachte er auch manchmal an sie?

7

Das tat er nicht. Östen Nilsson hatte an anderes zu denken. Er saß schon in seiner eigenen Hölle und hatte nicht die Absicht, sich eine weitere anzuschaffen. Seit nunmehr drei Jahren hatte Östen ein Verhältnis mit einer verheirateten Frau, Mutter zweier Kinder, die fünf Jahre älter war als er. Mehrere Male hatte er versucht, Schluss zu machen, aber es gelang ihm nicht. Er hatte sich sogar mit anderen getroffen, war mit ihnen ins Bett gegangen, aber am Ende war er immer bebend vor Lust zu Eva Trollén zurückgekehrt.

Mit anderen Frauen zu schlafen war, als würde man in einem dunklen See herumschwimmen. Es war einfach so, dass niemand ihn so schrecklich lebendig machte wie sie. Er wusste, dass sie ihre Versprechungen nicht halten würde – in regelmäßigen Abständen versprach sie, sich scheiden zu lassen, doch er wusste, dass das nie geschehen würde. Sie würde niemals ihre große Villa in Danderyd verlassen, die direkt neben dem Golfklub lag, in dem ihr Mann eines der tonangebenden Mitglieder war. Er wusste, dass sie nicht im Entferntesten die Absicht hegte, in seine Zweizimmerwohnung am Britas Gränd in Fullersta zu ziehen, es sei denn, um an einem Nach-

mittag zwischen Friseurtermin und Party in irgendeiner Botschaft dort mit ihm ins Bett zu gehen.
Liebte sie ihn?
Das tat sie wohl, auf ihre Weise. Aber auf welche Weise? Das fragte er sich und fand keine Antwort darauf. Auf jeden Fall keine schmeichelhafte Antwort. Und doch konnte er nicht einfach seines Weges gehen. Ein Nachmittag mit ihr stellte alle Nächte mit anderen in den Schatten. Wenn er mit dem Kopf an ihrer Brust lag, wenn er sie lachen, seufzen, stöhnen hörte oder wenn er sie immer wieder seinen Namen auf eine zweideutige Weise flüstern hörte, als sei er ein schamloses Wort, dann fühlte er sich vollkommen.
Eva Trollén wusste das und nutzte es aus. Sie trieb ihn jedes Mal, wenn sie sich trafen, ein wenig weiter. Sie erprobte seine Grenzen, sie dehnte sie aus, und wenn er dachte, dass er es nicht länger aushielte, trieb sie ihn noch ein Stück weiter fort von seinem so genannten Ich. Sie brachte ihn dazu, Dinge zu sagen und zu tun, die er nie gesagt oder getan hatte. Manchmal geschah es, dass er nach ihren Begegnungen eine schwarze Leere in sich spürte, doch er glaubte, es sei die Sehnsucht nach ihr.
Jetzt gerade sehnte er sich so schrecklich nach ihr, dass er alles tun würde, um sie zu treffen. Er wusste, dass es unmöglich war. Wie unmöglich war es eigentlich?
Er nahm den Hörer ab, um anzurufen, der Schweiß stand ihm auf der Stirn, und sein Herz schlug heftig. Er hielt inne. Er hatte eine bessere Idee. Er würde nach Danderyd fahren und ein- oder zweimal um ihre Villa herumgehen, dann würde er sie vielleicht sehen oder sie ihn.
Eine halbe Stunde später stellte er sein Auto, einen kleinen Japaner, an der Rückseite des Krankenhauses von Danderyd

ab, wo viele junge Schwesternschülerinnen ihre Wohnungen hatten. Er ging Richtung Kevingestrand. Es war inzwischen Abend, aber immer noch hell. Die riesigen Villen wirkten aufgedunsen wie satte Kater. Die Parabolantennen wendeten ihre Mäuler gierig dem elektronischen Müll der Atmosphäre zu. Es waren keine Menschen zu sehen, man hörte keine Kinderstimmen.

Im Golfklub schlugen ein paar eigensinnige Anfänger die Bälle auf die Bucht zu, wo das Wasser wie ein ironischer Blick spiegelblank dalag.

Er hatte hier nichts verloren. Das war ihre Welt, die sie für ihn niemals verlassen würde.

Das Einzige, was einen Menschen verändern kann, ist das Zusammentreffen mit einem Gott oder eine neue Einsicht. Östen Nilsson war einem Gott begegnet, und nun war ihm die Einsicht gekommen, dass dieser Gott nicht der seine war.

Er wanderte langsam weiter, bis er vor ihrem Zuhause stand. Draußen und drinnen. Sie war drinnen, und er war draußen. So würde es auch bleiben.

Plötzlich konnte er sie auf der großen Glasveranda sehen. Es war nicht zu erkennen, was sie tat, aber er nahm an, dass sie wohl den Tisch deckte, denn sie ging hinaus und hinein und schien die Dinge zu ordnen. Ab und zu warf sie einen Blick in seine Richtung, doch er wusste, dass sie ihn nicht sehen konnte. Außerdem wusste er, dass sie ihn dort nicht würde sehen wollen.

Ein blondes Kind, ein Junge, kam und schob sich zwischen ihren Beinen hindurch. Östen wusste, wie sich das anfühlte.

8

Von außen gesehen war Thomas Roth der Einzige, der immer noch an den makabren Fund dachte, und zwar ganz einfach, weil er noch auf dem Revier war und auch bis um acht Uhr am nächsten Morgen dort bleiben würde.
Er hoffte, dass es eine ruhige Nacht geben würde. Ihm standen nur zwei junge Wachtmeister zur Verfügung, und die hatte er nach Huddinge und Grantorp geschickt, wo immer mal wieder Schlägereien zwischen Gangs oder Betrunkenen vorkamen, wenn nicht gar Schlimmeres passierte, wie die Vergewaltigung eines dreizehnjährigen Mädchens vor einem Monat. Hundert Meter vom Zentrum von Huddinge entfernt in einem Treppenaufgang. Niemand hatte etwas gesehen, niemand hatte etwas gehört, und das Mädchen war so mitgenommen, dass sie sich an nichts anderes erinnerte, als dass der Vergewaltiger nach Knoblauch roch.
Bisher war alles ruhig. Um zehn Uhr rief er zu Hause an. Seine Frau saß vor dem Fernseher. Der behinderte Sohn war schlafen gegangen. Er erzählte ihr von der Leiche im Plastiksack.
»Wie furchtbar!«
Es war nicht sicher, ob sie furchtbar für das Opfer meinte oder für ihren Mann.

»Wie kann jemand so etwas tun?«
Angesichts schwerer Verbrechen fühlte er sich immer hilflos. Waren die Menschen so böse? Oder waren sie so verzweifelt? Nach fast dreißig Jahren als Polizist sollte er eigentlich abgebrüht sein. Das Gegenteil war der Fall. Mit jedem Jahr, das verging, wurde er weniger hart. In seinem Innern spürte er ein vages Gefühl von Mitverantwortung. Das hier war seine Welt, er war für sie verantwortlich.
Er wäre gern jemand gewesen, der sich eine Meinung bildet und sich dann daran hält. Doch diese Fähigkeit besaß er nicht. Seine Gedanken gingen in alle Richtungen, er konnte die Dinge gleichzeitig aus mehreren Perspektiven sehen. Er war mit anderen Worten dazu verdammt zu zweifeln.
Er wusste, dass er ein guter Polizist war, doch er bezweifelte, dass es gut für ihn war, Polizist zu sein.
»Du wärst genauso, wenn du Tischler wärst«, pflegte seine Frau zu sagen. Sicher hatte sie Recht. Man kann sich selbst nicht ausweichen, indem man den Beruf wechselt.
Was taten der Mörder oder die Mörder jetzt gerade? Dachten er oder sie an die junge Frau im Plastiksack? Hatten sie Angst? Hatten sie ein schlechtes Gewissen?
Und die Angehörigen des Opfers? Es gab doch bestimmt irgendwo Menschen, die es vermissten, wer immer es nun war.
Er nahm einen Bogen Papier und schrieb Fragen auf. Das würde auch der neuen Chefin nützen können. Sie war ohne Frage tüchtig, aber sie war so furchtbar jung. Natürlich lernte man heutzutage viel auf der Polizeihochschule – zu seiner Zeit war das Einzige, was man dort lernte, zu grüßen –, aber die Wirklichkeit war doch immer noch anstrengender.
Das würde Kristina Vendel noch merken.

9

Ohne richtig zu wissen warum, glauben viele Menschen, dass eine Obduktion eine Routinesache ist. Das ist es nicht. In Wirklichkeit kann eine Obduktion so umfassend und so fordernd sein, dass man es gewissermaßen als einen glücklichen Zufall betrachten wird, dass der Patient bereits tot ist.

Gustav Lindegren stand vor der Pritsche, auf der der Plastiksack lag. Er war nervös. Vor drei Stunden hatte er noch halb wach neben seiner Frau Lena im Bett gelegen. Sie hielten einander schweigend an den Händen, während es im Zimmer langsam heller wurde. Bald würde der Dreijährige angelaufen kommen.

Der schwarze Plastiksack glänzte matt. Vor einer Obduktion war man immer nervös wie ein Schauspieler vor der Premiere. Er hatte Angst, etwas zu übersehen. Es ist sicher richtig, dass die Toten nicht lügen, doch der menschliche Körper besteht für einen Gerichtsmediziner aus Verstecken, Unterschlupfen, verborgenen Fallen.

Manchmal war die Sache klar. Man sah die Wunde, man konnte erraten, welche Art Waffe sie verursacht haben könnte, und es gab keine andere Wunde. Aber bei Leichen, die im

Wasser gelegen hatten oder die eine längere Zeit begraben gewesen waren, lagen die Dinge nicht so einfach.
Der Plastiksack lag auf dem Obduktionstisch. Schwarz, matt glänzend, beunruhigend. Er schlug ein Kreuz, alle wussten, dass er praktizierender Katholik war, nahm das Skalpell in die linke Hand, da er nicht nur Katholik war, sondern auch Linkshänder, holte tief Luft und schnitt gleichzeitig quer über den Sack.
»Sind Sie sicher, dass Sie dabei sein wollen?«
Kristina Vendel war sicher, dass sie nicht dabei sein wollte, aber sie musste. Sie musste die Leiche mit eigenen Augen sehen, sie konnte sich nicht mit Fotografien und Beschreibungen zufrieden geben. Sie wusste, und das war einfach eine Selbstverständlichkeit, dass es nirgends so viele Spuren des Mörders gab wie auf dem Opfer. Das war wie gesagt eine Grundregel, und doch eine, gegen die Polizisten am häufigsten verstießen. Man konnte es einfach nicht. Man warf einen raschen Blick, verschaffte sich einen ersten Eindruck und ging dann seines Weges.
Sie war fest entschlossen, nichts zu übersehen.
Die Frau lag auf der Seite, die Füße leicht an den Unterleib gezogen. Sicher nicht jünger als dreißig und nicht älter als vierzig. Sie trug eine blaugrüne Jacke über einer weißen Bluse und blaue Jeans. Weiße Schlauchstrümpfe, aber keine Schuhe. Die Kleider waren geordnet, was darauf hindeutete, dass es keinen sexuellen Übergriff gegeben hatte.
»Das kann man nie wissen«, wies Gustav Lindegren sie zurecht.
Sie sah ihn an. Auf seiner Stirn hatten sich Schweißtropfen gebildet. »Was meinen Sie damit?«
»Er kann sich mit dem Mund begnügt haben.«

Seine Stimme war nicht so ausdruckslos, wie er wünschte, und das wusste er. Er hatte immer Angst, dass die Albträume, die er jeden Tag sezierte, auf ihn übergehen könnten. Es war dieselbe Angst, wie wenn er seinen dreijährigen Sohn im Arm hielt und fürchtete, ihn fallen zu lassen, und die Angst selbst erhöhte die Wahrscheinlichkeit, dass es passieren würde, um ein Vielfaches.

»Ja. Besser nichts ausschließen.«

Und doch war es genau das, was sie am liebsten wollte. Schon früh so viel wie möglich ausschließen, schnell die Alternativen einschränken. Sie trat einen Schritt näher an die Pritsche heran, obwohl sie am liebsten weggelaufen wäre.

Die Frau trug keine Ringe, aber ein Kreuz um den Hals. Kristina sah es sich genauer an. Es war dasselbe Kreuz, das sie auf dem Grab der Unbekannten auf Ekerö bemerkt hatte.

Gustav Lindegren wischte sich den Schweiß von der Stirn.

»Das hier ist interessant.«

Er wies auf das Kreuz.

Sie gingen ins Nebenzimmer, wo es ein Bücherregal mit einer Reihe Nachschlagewerke gab. In der Nationalenzyklopädie fanden sie, wonach sie suchten. Eine Beschreibung verschiedener Kreuze mit Skizzen dazu.

»Es ist also ein russisches Kreuz. Das kann uns viel sagen.«

Diesmal war es Kristina, die ihn zurechtwies.

»Das kann uns etwas sagen, aber nicht viel. Frauen tragen die seltsamsten Sachen. Manchmal, weil sie ihnen gefallen, manchmal, weil es ein Geschenk von jemandem ist, den sie mögen, und manchmal völlig ohne Grund.«

Ihre Stimme hatte einen aggressiven Beiklang bekommen, als gäbe es diese weibliche Eigenschaft nur, um ihr die Arbeit schwer zu machen.

Lindegrens eingebauter Seismograf vermerkte den Ausschlag auf der Richterskala, klein, aber deutlich zu vernehmen. Er begnügte sich damit, die Leiche schweigend auf die andere Seite zu drehen, und sie sahen sofort drei Schusswunden. Eine zwischen Hals und Schlüsselbein, eine auf der Höhe des Herzens und eine am oberen Rand des Beckens. Alle drei waren Einschusslöcher, und Lindegren drehte die Leiche um, um zu sehen, ob es auch Austrittswunden gab.
Er fand zwei, eine, die wahrscheinlich zu dem Schuss im Hals gehörte, und eine, die dem Beckenschuss entsprach.
»Die dritte Kugel ist noch im Körper.«
Er täuschte sich. Sie war nicht mehr im Körper. Er fand sie, als er den BH des Opfers abnahm. Dort steckte die Kugel. Er nahm sie mit einer Pinzette und legte sie in eine Aluminiumschale. Er wischte sich noch einmal die Stirn. Er entfernte den BH, der schwarz war und an der Oberkante Spitzen hatte. Es war ein Modell, das auch Kristina besaß, ein wenig gewagt, etwas kokett, und das Beste daran war die Marke. Das war keine Dutzendware. Es gab nur ein paar Geschäfte in Stockholm, die es in ihrem Sortiment hatten. Sie selbst kannte ein einziges in der Hornsgatan auf Söder, das sich auf Damenunterwäsche spezialisiert hatte. Das war immerhin ein Anfang.
Lindegren arbeitete konzentriert weiter. Er nahm die Strümpfe ab, dann die Jeans und am Ende die Unterhose, die seltsam einfach, weiß und spießig geschnitten war. Auf jeden Fall war das Opfer offenbar nicht auf dem Weg zu einem Treffen mit einem Liebhaber gewesen. Ein scharfes Oberteil kann man auch sich selbst zur Freude oder wegen der anderen Frauen tragen. Doch mit der Hose ist das etwas anderes. Die kommt erst zum Vorschein, wenn sich nichts mehr verbergen lässt.
Lindegren beugte sich über den nackten Körper, als sei er

kurzsichtig. Das war er nicht. Aber er hatte sich diesen Trick angeeignet. Keinen Schritt zurücktreten. Erlaube dir nicht zu sehen, wer dort liegt. Konzentriere dich auf die Details. Immer nur kleine Oberflächen auf einmal. Mit anderen Worten, töte den Toten noch einmal, wenn du es aushalten willst.
Kristina besaß seine Erfahrung nicht. Außerdem hatte sie andere Probleme. Sie wollte nicht nur wissen, was die Frau getötet hatte, sondern war ebenso dringend daran interessiert, wer sie war.
Sie war eine schöne Frau gewesen. Groß, fast einen Meter achtzig, mit langen wohlgeformten Gliedern und Beinen, die einen grünlichen Schimmer bekommen hatten. Das Haar war blond, aber wahrscheinlich gefärbt, blaue Augen, hohe Stirn, feste Brüste. Sie war eine Frau zum Lieben gewesen. Wer hatte sie ermordet und warum? Wer hatte dreimal auf sie geschossen, sie in einen Plastiksack gestopft und ins Meer geworfen?
Irgendetwas nahm Kristina gefangen. Es war wie eine Erinnerung, als hätte sie die Tote schon einmal gesehen, irgendwo, irgendwann. Sie schloss die Augen, um ihre Gedanken zu sammeln, und Gustav Lindegren verstand sie falsch.
»Es gibt jetzt nicht mehr viel für Sie zu sehen.«
Er wollte eine Tasse Kaffee anbieten, die er auch gebrauchen konnte.
Es stimmte. Für sie gab es nichts mehr zu sehen. Jetzt würden die Analysen kommen, unterschiedliche Proben. Das würde dauern.
Aber eine Sache wollte sie wissen.
»Was ist Ihr Eindruck?«
Gustav Lindegren sah sie mit einem traurigen Lächeln an.
»Vielleicht Eifersucht. Ein Mann mit heftigem Tempera-

ment, der die Kontrolle so weit verliert, dass er töten kann, der aber auch kalt genug sein kann, um sich der Leiche zu entledigen. Nicht psychotisch, aber fast.«

»Wie können Sie so sicher sein, dass es ein Mann war?«

In Wirklichkeit glaubte sie auch, dass es ein Mann war, aber sie wollte wissen warum. Es konnte genauso gut eine Frau sein. Zwar eine kräftige Frau, die es schaffte, die Leiche zu tragen, eine Frau, die mit einer Pistole oder einem Revolver umgehen konnte, aber solche Frauen gab es durchaus. Sie selbst war eine davon.

Das wusste Gustav Lindegren auch, und doch glaubte er, der Mörder sei ein Mann. Warum? Plötzlich geriet er in Zweifel.

»Nein, ich kann nicht sicher sein. Aber rein statistisch gesehen sind es meist die Männer, die die Frauen ermorden.«

Das wiederum war auch Kristina bekannt, aber die Statistik hatte mit ihrem Problem nichts zu tun. Die Statistik wird nach den aufgeklärten Fällen erstellt, nicht nach den unaufgeklärten. Bis auf weiteres war es das Klügste, alle Wege offen zu halten und sich nur an dem festzuhalten, was man mit völliger Sicherheit wusste.

Das war bisher nicht viel. Das Opfer war eine Frau um die dreißig, es war dreimal auf sie geschossen worden. Sie trug ein russisches Kreuz, und ihr BH war von einer besonderen Marke. Mehr als das wussten sie nicht.

»Oder? Wissen wir noch mehr?«

»Ja, wir wissen noch eine Sache.«

»Was denn?«

»Dass sie ein Kind per Kaiserschnitt geboren hat. Sie haben doch die große Narbe auf dem Bauch gesehen.«

Die hatte sie gesehen, ihre Bedeutung aber nicht verstanden.

»Vielen Dank.«

Es klang wie eine Entschuldigung.

»Keine Ursache.«

Er sagte das ohne Ironie. Er mochte Kristina Vendel, und sie tat ihm Leid. Er selbst hatte alle Fakten vor sich auf der Marmorpritsche versammelt. Ihre Aufgabe war schwieriger: Die Fakten, die er ihr nach und nach übermitteln würde, waren nur der Anfang von ihrer Arbeit.

»Nehmen Sie es nicht persönlich, aber Sie sehen so aus, als könnten Sie einen Kaffee vertragen.«

Sie mochte ihn auch und wunderte sich über ihn. Wie hielt er das bloß aus? Wie konnte er im einen Moment den Bauch einer verwesenden Leiche öffnen und im anderen ein Brot mit Leberpastete verschlingen? Man gewöhnt sich. Der Mensch gewöhnt sich an alles. Sie dachte an ihren Vater, der immer darauf bestanden hatte, dass Moral nichts anderes sei als gute Gewohnheiten. Man kann sich daran gewöhnen, ein anständiger Mensch zu sein, oder besser gesagt, man kann es zu einer Gewohnheit machen, ein anständiger Mensch zu sein. Was waren das für Gewohnheiten, die die Frau im Plastiksack getötet hatten? Welche Gewohnheiten waren es, die einen Mann zum Mörder gemacht hatten?

»Ja, ich nehme gern einen Kaffee, unter einer Bedingung.«

»Die wäre?«, fragte Gustav sie amüsiert.

»Dass wir nicht über unseren Fall reden.«

Es war leicht, ihrem Wunsch nachzukommen. Die Frage war nur, ob es etwas nützte. Die Frau im Plastiksack würde wie anhaltender Kopfschmerz in ihren Köpfen sein, wie ein leichtes Gefühl von Übelkeit, verbunden mit der quälenden Ohnmacht, die man gegenüber dem gewaltsamen, ungerechten Tod empfindet.

10

Thomas hatte eine nette Überraschung für sie. Er hatte vom Datenzentrum der Polizei eine Liste aller Menschen bekommen, die seit Beginn des Jahres als vermisst gemeldet worden waren, allerdings hatte er noch keine Zeit gehabt, sie durchzugehen.

»Wir setzen Maria daran. Du hast anderes zu tun.«

Kristina meinte das als Kompliment, und er fasste es auch so auf. Dann bat sie ihn, eine Zusammenkunft der ganzen Gruppe anzuberaumen, um die Situation einmal durchzuarbeiten.

Er überraschte sie wieder.

»Sie warten bereits auf dich.«

Im Konferenzraum hatte Östen schon Kaffee und kleine Kuchen bereitgestellt. Maria holte Tassen und Teller heraus, und diese alltägliche Tätigkeit gefiel ihr, denn sie verschaffte ihr einen Moment normaler Rituale, ungezwungener Gesten und nach innen gewandten Lächelns ohne Bedeutung.

Dann sollte sich eine andere Wirklichkeit durchsetzen.

Kristina berichtete kurz, was sie in der Gerichtsmedizin erfahren hatte.

»Gibt's dazu Fragen?«

Thomas hatte ja seine Liste, und er begann mit dem ersten Punkt.
»Konnte Lindegren etwas darüber sagen, wie lange sie im Wasser gelegen hat?«
»Nein, nicht mit hundertprozentiger Sicherheit, doch das Wahrscheinlichste ist, dass sie nicht in diesem Frühjahr ins Meer geworfen wurde, sondern im Winter, kurz bevor das Eis kam, und dass sie jetzt wieder auftauchte, als das Eis aufbrach. Weiß jemand aus dem Kopf, wann das war?«
Maria wusste es ungefähr. Sie fuhr gern Schlittschuh. Das Eis trug nach Mitte März nicht mehr, aber sie erinnerte sich nicht genau, wann es aufgebrochen war.
»Weißt du noch, wann es kam?«
Das wusste sie nicht. Doch es war meist irgendwann um Weihnachten herum.
Östen hatte einen Vorschlag. »Vielleicht können wir das rauskriegen. Ich glaube, dass die beim Wetterdienst im Fernsehen Satellitenbilder haben. Ich kümmere mich darum. Ich rufe gleich an.«
Er ging hinaus.
Thomas überlegte weiter.
»Wenn es stimmt, dass sie so lange im Wasser gelegen hat, müssen wir uns auch die Vermisstenliste vom vorigen Jahr besorgen.«
Seine Stimme hatte plötzlich den näselnden Tonfall verloren und klang fast aufgeregt. Herausforderungen gefielen ihm.
»Das stimmt.«
Kristina klang überhaupt nicht erfreut. Sie nahm sich einen Kuchen, legte ihn aber wieder hin.
»Ich werde fett!«
»Du wirst fett?«

Thomas wies auf seinen Bauch, der die Knöpfe am Hemd sprengte und wie ein neugeborener Seehund hervorquoll.
»Bei einem Mann ist das etwas anderes.«
Maria, die ihren Kuchen bereits gegessen hatte und gierig auf den von Kristina schielte, wollte vermitteln. Sie konnte essen, so viel sie wollte, man sah es ihr nicht an. Ihr Vater behauptete, sie habe einen Bandwurm. Sie selbst wusste am besten, was sie auszehrte.
»Wie auch immer, es gibt noch etwas anderes, worüber ich nachdenke.«
Thomas hatte eine besondere Art, sie alle zur Ordnung zu rufen. Sie sahen ihn mit leicht kindlicher Erwartung an, als würde er jetzt ein Kaninchen aus dem Ärmel ziehen.
»Ich glaube, nein, ich bin fast sicher, dass sie nicht dort ins Wasser geworfen wurde, wo wir sie gefunden haben. Es muss woanders geschehen sein. Vermutlich von einer Brücke, wo man eine Zeit lang stehen kann.«
Das war eigentlich ein einfacher Gedanke, eine offenkundige Beobachtung, und Kristina wurde fast wütend auf sich selbst, dass sie nicht daran gedacht hatte. Zur Brücke über den Fittjaviken kam man nicht leicht. Man musste ein Stück entfernt parken und dann dorthin laufen. Das tut man nicht gern, wenn man eine Leiche mitzuschleppen hat.
»Super!«
Sie meinte, sich das leisten zu können.
Thomas lächelte und senkte den Kopf, als wolle er nicht, dass alle sähen, wie erfreut er war.
Kristina fuhr in ernsterem Ton fort: »Du kannst dich darum kümmern. Es würde viel bedeuten, wenn wir eine vernünftige Theorie hätten, der wir dann nachgehen könnten. Wir kennen den Tatort nicht, wir kennen den Ort nicht, wo sie

ins Wasser geworfen wurde, wir kennen nur den Fundort. Wir wissen nicht, wer sie ist, und nicht, wann sie ermordet wurde …«

»Und nicht von wem!«

Maria unterbrach Kristina in letzter Sekunde, ehe diese sich einen Bärendienst erweisen konnte, nämlich als eine Chefin aufzutreten, die alles am besten weiß, wo man in Wirklichkeit doch überhaupt nichts wusste.

Kristina lachte, und die anderen mit ihr. Sie würde schon irgendwann in die Gruppe hineinwachsen. Gleichzeitig tauchte Östen wieder auf, um zu sagen, dass das Fernsehen ihnen nicht helfen konnte. Sie hatten zwar Satellitenbilder, doch waren die nicht so detailliert, dass man auf den Zustand des Eises schließen konnte.

11

Maria rief am selben Nachmittag im Touristenbüro in Huddinge an. Sie erwischte jemanden, der ihr versichern konnte, dass sie Glück hatte, denn das Büro hätte nur zwischen neun und elf geöffnet.

»Jetzt ist es doch neun vor elf.« Maria versuchte es mit einem Witz, nur um zu erfahren, dass es der falsche Tag sei, da das Büro montags nicht geöffnet sei.

»Die Gemeinde muss Geld sparen«, verkündete der Unbekannte, der, wie sich herausstellte, der Sekretär war. Außerdem stellte sich heraus, dass er nicht die geringste Ahnung davon hatte, wie es sich im Winter mit dem Eis verhielt, und er zweifelte auch daran, dass es irgendjemand anders wissen könnte.

»Ich weiß, dass ich Mitte Januar Schlittschuh gelaufen bin. Aber ich wüsste es gern etwas genauer«, erklärte Maria ihm und beschrieb ihm kurz die Sachlage. Der Sekretär wurde sogleich etwas zugänglicher.

»Es tut mir Leid, ich kann Ihnen nicht helfen. Aber ich kann Ihnen einen Tipp geben. Im Vårbycafé gibt es einen schwedischen Kellner, der im Eis angelt, sowie es irgend geht. Vielleicht erinnert der sich.«

»Wie heißt er?«

»Ich weiß es nicht. Aber alle nennen ihn Baguette, und er wird dann höllisch sauer; wenn ich Sie wäre, wäre ich also vorsichtig.«

Maria versprach, das zu bedenken, und dankte für das Gespräch. Natürlich hätte sie in dem Café anrufen können, aber das Wetter war schön, und sie hatte nichts dagegen, mal rauszukommen. Sie nahm den alten Volvo und fuhr los.

Es war fast Viertel vor zwölf, als sie ankam. Sie parkte das Auto, ging aber nicht sofort in das Café hinein. Plötzlich hatte sie Lust, sich noch einmal den Fundort der Leiche anzuschauen. Es war direkt gegenüber, auf der anderen Seite der Straße. Sie nahm den Pfad unter der Brücke hindurch. Der Mörder, oder wer auch immer den Plastiksack ins Meer geworfen hatte, wäre gezwungen gewesen, denselben Pfad zu gehen. Das war zu riskant und zu weit. Es war sicher richtig, die Theorie, dass er es hier getan hatte, abzuschreiben. Auf der anderen Seite war das Thomas' Problem und nicht ihres.

Sie stand einen Augenblick am Ufer und sah, ohne etwas Besonderes zu denken, über das Wasser, als würde sie eine Seelenmesse für die unbekannte ermordete Frau halten.

Dann ging sie zu dem Café zurück. Es waren nicht viele Gäste dort, nur eine kleine Anzahl arbeitsloser Einwanderer und Flüchtlinge, die sich hier wie Zugvögel sammelten. Ihr Vater war ein solcher Zugvogel, aber er hatte das Glück gehabt, nach Schweden zu kommen, als man nach arbeitenden Händen rief. Jetzt rief niemand nach diesen Leuten, nur die wilde Leere in ihren Herzen.

Sie wusste, dass sie der Polizei nicht vertrauten, und das wurde sofort deutlich, als sie sich zeigte. Es ging auf irgendeine Weise ein Zucken durch den Raum, eine Unruhe, die ihr ent-

gegenschlug, obwohl sie sich mit einem unschuldigen Lächeln auf den Lippen vorbereitet hatte, das jetzt erstarrte und sie falsch und trügerisch wirken ließ.
Sie wandte sich an das junge Mädchen hinter der Kasse und erklärte, dass sie auf der Suche nach einem Mann namens Baguette sei. Es sei wichtig.
»Er arbeitet nicht mehr hier. Worum geht es denn?«, fragte das Mädchen weltgewandt und ohne das kleinste Zeichen von Nervosität, eher im Gegenteil – sie war sich bewusst, dass sie das Recht hatte, Fragen zu stellen und Antworten zu bekommen.
Maria sah sie freundlich an. Ganz klar, so sollte man sein: sicher, furchtlos, neugierig. Sie beneidete dieses junge Mädchen; obwohl sie selbst nicht so viel älter war, hatte sie doch das Gefühl, einer anderen Zeit anzugehören.
»Wissen Sie, wann er aufgehört hat?«
Das Mädchen, das keine Antwort auf seine Frage bekommen hatte, wollte nicht so leicht aufgeben.
»Nein. Keine Ahnung.« (Dabei wusste sie es sehr gut.)
»Okay. Wissen Sie vielleicht, wie er richtig heißt?«
»Nein. Ich habe noch nie gehört, dass ihn jemand anders als Baguette genannt hätte, obwohl er dann wütend wird. Aber darum kümmert sich niemand. Keiner hat Angst vor ihm.«
»Wieso das denn?«
»Was glauben Sie, warum man ihn Baguette nennt? Er sieht aus wie eins. Wiegt kaum fünfzig Kilo.«
»Sie wissen also nicht, warum er aufgehört hat, hier zu arbeiten?«
Aber jetzt hatte das junge Mädchen genug. Sie gedachte nicht, sich verhören zu lassen, ohne erfahren zu dürfen, worum es ging.

»Das hat mit dem Mord zu tun, oder?« Sie klang fast aufgeregt.
Maria kannte diese Reaktion. Nichts scheint die Menschen so zu faszinieren wie ein Mord. Sie konnte sich vorstellen, dass ganz Vårby und Fittja darüber sprachen. Schon bald würde ein großer Artikel darüber in der Lokalzeitung stehen, ganz zu schweigen von den großen Hyänen *Expressen* und *Aftonbladet*.
»Ja. Es hat mit diesem Mord zu tun«, gab sie eine Spur resigniert zu.
»Dann kann es auf keinen Fall Baguette gewesen sein. Er könnte keiner Fliege etwas zu Leide tun.«
»Nein, ich wollte ihn etwas völlig anderes fragen. Sie wissen nicht zufällig, wo er wohnt?«
Das Mädchen war jetzt ruhiger.
»Doch, klar. Er wohnt da hinten auf der Seite von Fittja in dem Hochhaus, das am nächsten am Wasser steht.«
»Sie haben keine Anschrift?«
Sie schüttelte den Kopf, und ihr langes blondes Haar machte Maria einen Moment lang fast blind.
»Sie können es gar nicht verfehlen. Man sieht das Haus von hier.«
»Es wäre schön, wenn ich einen Namen hätte«, seufzte Maria. »Ich glaube kaum, dass an der Tür Baguette steht.«
Das Mädchen lachte.
»Wir können ihn anrufen. Ich habe seine Nummer hier.«
Jetzt wollte sie hilfsbereit sein.
»Das ist eine ausgezeichnete Idee.«
Das Mädchen ging in die Küche, um zu telefonieren.
Maria spürte die nicht gerade erwärmenden Blicke der Gäste im Rücken.

»Es nimmt niemand ab.«
»Okay. Vielen Dank. Ich fahre rüber und versuche es.«
»Und es ist hundertpro, dass er nicht suspekt ist oder so?« Das Mädchen wollte es genau wissen.
Maria lächelte.
»Nein. Vielleicht ist er suspekt, aber er ist ganz sicher nicht verdächtig.«
Dann ging sie und ließ ein junges Mädchen zurück, das mit dem Unterschied zwischen suspekt und verdächtig nicht umgehen konnte. Damit war sie allerdings nicht allein. Maria hatte schon einmal den Chef der Landespolizei selbst die beiden Begriffe verwechseln hören.
Sobald sie auf den Parkplatz vor den Hochhäusern in Fittja einbog, schnürte sich ihr Herz zusammen, ohne dass sie recht wusste, warum. Ein gewisses Milieu machte ihr einfach Angst. Nein, vielleicht war es keine Angst, das wäre zu viel gesagt, aber eine Art tauber Schmerz von einer alten Wunde.
Ein verlassenes Auto mit zerschlagenen Fensterscheiben rostete langsam auseinander. Wie lange stand es wohl schon dort?
Sie erinnerte sich an Rågsved, wo sie in den siebziger Jahren aufgewachsen war. Dort hatte nicht dieselbe Tristesse geherrscht, sondern sogar eine gewisse Zuversicht. Die Zeiten würden besser werden, dessen war man sich sicher. In dem kleinen Zentrum des Ortes versammelten sich die Jugendlichen und schmiedeten Pläne für eine neue Gesellschaft. Es hatte Demonstrationen, Musik, Theater und nicht zuletzt Olof Palme gegeben mit dem herausragenden Haarschopf, der sich nicht in den Nahkampf der Großmächte in Ost und West hineinziehen ließ. Sie versuchte sich zu erinnern, ob sie

ihn jemals hatte das Wort »sparen« sagen hören. Das hatte sie nicht.
Ihr Vater war ein engagierter Sozialdemokrat gewesen, Mitglied in der Ortsgruppe von Hagsätra, und er hatte sie schon mitgenommen, als sie noch ganz klein war, damit sie, wie er sagte, »die Luft atmen« könne. Es war eine große Vereinigung, die ein aktives Leben im Folkets Hus unterhielt.
Als sie das letzte Mal dort war, zu einer Autorenlesung, waren zehn Menschen gekommen, die sämtlich über sechzig waren. Der arme Vortragende, ein Einwanderer, sagte, er komme sich vor wie Jesus. Es würden nur noch zwei fehlen, und dann wären sie Jesus und die zwölf Apostel. Die Zeit des Wortes war vorüber. Jetzt ging es nur um Videogeschäfte, Geschmiere und lärmende Musik, die nicht mehr gegen irgendetwas protestierte, sondern die Hoffnungslosigkeit manifestierte.
Die Zukunft war schon vorbei.
Sie versuchte, diese verwirrten und düsteren Gedanken abzuschütteln; sie hatte eine Aufgabe, sie musste Baguette finden. Sie ging in das Haus, das das Mädchen im Café ihr gezeigt hatte.
Sie las die Namen der Mieter. Vermutlich würden die schwedischen Namen in der Minderheit sein. Dann würde sie nur noch klingeln müssen. Und sie hatte richtig Glück. Es gab nur einen einzigen schwedischen Namen in der ganzen Reihe: Arne Sandberg im vierten Stock.
Sie nahm den Fahrstuhl nach oben und vertrieb sich die Zeit damit zu lesen, was auf der Fahrstuhltür und auf den Wänden stand. *Suck it Baby. Mein großer schwarzer Schwanz sehnt sich nach einer weißen kleinen Möse. Schwarzschädel raus.*
Das war nicht unbedingt große Literatur, aber es handelte

sich ohne Zweifel um die Stimme des Volkes. Es waren auch die Gerüche des Volkes, die im Fahrstuhl herrschten und sie zu ersticken drohten. Anscheinend wurden die Fahrstühle oft von Menschen in Bedrängnis benutzt, die nicht darauf setzen wollten, dass sie es vielleicht doch nach Hause schafften.

Es war eine Erleichterung, in den halbdunklen Flur zu kommen, in dem Kinderwagen und Fahrräder standen. Als sie die Namensschilder auf den Briefkastenschlitzen in den Türen studierte, stellte sie fest, dass fast alle Spuren von Einbruchsversuchen trugen.

Irgendwo bellte ein Hund. Da wurde ihr klar, dass sie die richtige Tür gefunden hatte. Einwanderer halten nur selten Haustiere, das wusste sie, denn sie hatte viele Jahre lang vergebens versucht, ihren Vater dazu zu bringen, ihr einen Welpen zu kaufen.

Man hätte meinen können, dass der Hund die Tür öffnete, denn ihn sah sie zuerst, und der Halter war dahinter kaum auszumachen.

Sie stellte sich vor, zeigte ihre Polizeimarke, und Arne Sandberg bat sie in die Wohnung, eine Zweizimmerwohnung, die nach Hund und Junggeselle roch. Sie sah sich nach einem Sitzplatz um, und Sandberg fegte mit einer nahezu galanten Bewegung einen Berg Unterhosen von der einen Hälfte des Sofas. Die andere war von dem Hund belegt, der eine erstaunliche Ähnlichkeit mit seinem Herrn aufwies. Zunächst einmal waren sie beide auf vier Beinen unterwegs, denn Baguette ging an zwei Krücken. Zum anderen hatten die beiden dieselben herabhängenden Mundwinkel. Er sah, dass sie auf seine Krücken schaute.

»Rheuma.«

Das war die Erklärung.
Sie setzte sich ganz außen aufs Sofa.
»Er tut nichts.«
Sandberg wollte sie beruhigen, aber die Miene des Hundes strafte seine Beteuerungen Lügen.
»Wie heißt er?«
Sie wollte nicht unhöflich sein, wenngleich es nicht ganz klar war, ob Höflichkeiten an den Hund oder seinen Herrn gerichtet werden mussten.
»Ra.«
»Ra?«
»Ja. Kennen Sie sich mit Hunden aus?«
Es sah aus, als würde er gern einen kleinen Vortrag halten, und sie wollte ihn nicht daran hindern.
»Diese Kerle, die müssen einsilbige Namen haben, die begreifen nicht mehr als eine Silbe auf einmal, sitz, hier, da, still, such und so weiter, verstehen Sie, und der Witz dabei ist, dass dieser Name irgendwas auf R sein muss, sonst kapieren sie es auch nicht, so ein Köter kann zum Beispiel nicht Dolly heißen.«
Sandberg machte hier eine Pause, denn er war mit seinem Scherz zufrieden und wollte Maria Zeit geben, ihn zu honorieren, was sie auch treu und brav mit einem kurzen Lachen tat.
»Außerdem ist er verdammt gut darin, die Neger auf Abstand zu halten. Sowie er einen Schwarzschädel sieht, wird er zehn Jahre jünger. Also, nun denken Sie mal nicht, ich hätte was gegen die, viele sind ja ganz in Ordnung, aber verdammt, es sind einfach zu viele geworden. Was wollen die hier?«
Er sah sie herausfordernd an und begriff dann, dass er danebengelangt hatte. Er musste sich rechtfertigen.

»Ich bin halt der einzige Schwede hier.«
Maria ließ die Sache auf sich beruhen. Sie hatte keine Lust auf Erwiderungen, das lohnte sich nicht. Man konnte mit einem Menschen, der allein mit seinem Hund lebte, von allen Seiten von fremden Stimmen und fremden Gerüchen belagert, nicht vernünftig reden. Sandberg hatte Panik, was er sagte, war falsch, aber konnte man ihn dafür verurteilen, dass er fühlte, was er fühlte?
»Also, ich möchte eigentlich nur eine einfache Information. Man hat mir gesagt, dass Sie im Eis fischen, stimmt das?«
Sandberg war jetzt wieder ruhiger.
»Ja klar, sobald es geht.«
»Sie erinnern sich nicht zufällig, wann die Eisdecke sich in diesem Winter geschlossen hat?«
Ra gähnte genüsslich und ließ gleichzeitig einen fahren. Sandberg tätschelte ihm den Rücken, wie eine liebevolle Mutter ihr rülpsendes Kind.
»Ich weiß genau, wann sie sich schloss. Es war am dreizehnten Dezember.«
»Wie können Sie das so genau wissen?«
»Freuen Sie sich nicht, dass ich es so genau weiß?«
Plötzlich war er auf diese seltsame Weise zum Flirten aufgelegt, wie es Männer mittleren Alters manchmal sein können. Sie bilden sich dann Dinge ein; das ist die männliche Variante des Klimakteriums.
»Ich bin nur neugierig«, erklärte sie.
»Es ist so, wissen Sie, dass ich jedes Jahr mit mir selbst darum wette. Das ist eine alte Gewohnheit aus Skellefteå, da habe ich als Kind gelebt. Jedes Jahr haben wir Jungen gewettet, wann die Eisdecke sich schließen würde.«
»Das ist also hundertpro?« Sie sah das junge Mädchen aus

dem Café vor sich. Sie hatte »hundertpro« auf eine Art gesagt, dass das alte Wort »sicher« einem wie ein entfernter Verwandter vorgekommen war.
»Ja. Das ist es. Es war der dreizehnte Dezember, und das war ein Samstag.«
Sie stand auf, um zu gehen, als Sandberg fragte, ob sie einen Kaffee haben wolle, während er gleichzeitig in einer Geste überschwänglicher Großzügigkeit ein Fenster öffnete, das aufs Wasser wies.
»Es geht um diesen Mord, oder?«
Maria sah keinen Grund, das zu verneinen. Es reichte schon, dass sie zum Kaffee Nein sagte.

12

Man konnte nicht gerade sagen, dass das Geschäft für Damenunterwäsche in der Hornsgatan ins Auge fiel. Man musste schon wissen, wonach man suchte, wenn man es finden wollte. Trotzdem befand es sich seit fast dreißig Jahren dort. Es war nicht verschwunden, was praktisch allen anderen kleinen Geschäften in derselben Straße widerfahren war. Der Elektroladen war als Erstes weg. Dann war das Eisenwarengeschäft an der Reihe. Dann die Tanzschule, in deren Räumen jetzt Pornofilme gezeigt wurden, das große Schaufenster war schwarz wie ein blindes Auge, und es stand Eros Video darauf.

Der Stadtteil Söder war einem ständigen Wandel unterworfen. Eine Menge neuer Esslokale tauchte auf, einige blieben, vor allem die chinesischen. Andere gingen nach ungefähr einem Jahr Pleite. Neue Reformhäuser, neue Friseursalons. Vor zwanzig Jahren gab es auf der Strecke zwischen Mariatorg und Ringvägen einen einzigen Friseur. Jetzt waren es vierzehn. Und Fitnesscenter natürlich. Früher hatte es so etwas überhaupt nicht gegeben, jetzt konnte man vom »Saga Motion« zum »Coliseum« laufen, danach bei der »Muskelakademie« hereinschauen, um später seinen Potenzdrink ein Stück weiter

bei den »Profis« zu nehmen, wenn man es nicht vorzog, zu »World Class« an der Haltestelle Söder/Slussen zu gehen.
Marianne Persson hatte alle Zeit der Welt, darüber zu sinnieren, während sie in dem kleinen Raum ganz hinten in dem Laden saß, den sie selbst in den siebziger Jahren eröffnet hatte, als ihr Lebensgefährte nach Amerika verschwunden war, um eine Karriere als Modefotograf zu machen.
So hatten sie sich einmal kennen gelernt. Marianne war Fotomodell gewesen, eines der ersten, die sich in gewagter Unterwäsche zeigten. Der Fotograf und zukünftige Lebensgefährte war kein Freund großer Worte. Er fotografierte sie schweigend, keine aufmunternden Zurufe, keine Schmeicheleien, nichts. Sie fragte sich fast, ob er wohl schwul sei.
Das war er nicht. Als die Fotosession vorüber war und sie sich gerade anzog, klopfte es an ihrer Tür. Da war er, mit finsterem Blick und verkniffen wie ein Weinprüfer, der gerade Essig hatte trinken müssen.
»Wenn ich dich nicht bumsen darf, sterbe ich«, sagte er geradeheraus. Das war zu der Zeit, als in gewissen Kreisen die Direktheit zum Evangelium erhoben worden war. Marianne verfiel ihm sofort. Sie fand es originell und heldenhaft zu sagen, was man wollte, ohne viel schmieriges Drumherum. Ebenso aufrichtig sagte er drei Jahre später, er habe die Schnauze voll von ihr und ihr Hintern finge an, wie ein Bettsofa auszusehen.
Marianne war allein mit ihren beiden Jungen. Ihr Vater sprang ein, er finanzierte ihren Import von Qualitätsunterwäsche, half ihr bei den Rechnungen, und sie kam in Gang. Es war nicht das große Geld, aber es reichte. Ihre Kunden waren Frauen, die die Kunst beherrschten, sich auszuziehen, und Männer, die wussten, wie sie sie anziehen sollten. Sie war

diskret, hilfsbereit und entsprechend teuer. Ungefähr wie ein Psychoanalytiker. Es wurde keiner gesund, aber alle fühlten sich besser.
Manchmal geschah es, dass sie Laufkundschaft hatte, Leute, die vorbeikamen und irgendetwas im Schaufenster entdeckten. Das war nicht oft der Fall, aber es passierte, vor allem in der Weihnachtszeit. Deshalb dachte sie, die junge Frau, die gerade hereinkam, sei von dieser Sorte, doch ihr Instinkt warnte sie. Sie sah vielleicht aus wie eine Kundin, aber sie war keine.
So war sie nicht erstaunt, als Kristina Vendel sich mit vollem Titel vorstellte. Sie beschloss, sie wie eine Kundin mit ungewöhnlichen Wünschen zu behandeln.
»Ich glaube, Sie führen eine Marke, die Lilith heißt. Ich habe sie nirgendwo sonst in der Stadt gesehen. Kann das sein?«
Kristina hatte ein unbestimmtes Lächeln auf den Lippen.
»Das ist doch wohl kein Verbrechen, hoffe ich.«
Marianne Persson begriff nichts und wählte deshalb die Taktik des unschuldigen Charmes.
»Nein, absolut nicht. Es ist nicht einmal ein Verbrechen, die Marke zu tragen!«
Kristina wollte in die scherzhafte Atmosphäre einstimmen. Das pflegte die Sache leichter zu machen, wenn man den Leuten Informationen entlocken wollte.
»Aber wir ermitteln in einem Fall, und das Opfer trug einen BH ausgerechnet von der Marke Lilith. Wir wissen nicht, wer sie ist. Deshalb dachte ich, Sie würden sich vielleicht an irgendetwas erinnern. Übrigens finde ich selbst, dass diese BHs äußerst schön sind, aber man muss einen Busen haben, der dazu passt.«
Das war ein Fehler, denn jetzt hatte sie sich auf Marianne Perssons Gebiet begeben.

»Im Gegenteil, Frau Kommissarin. Sagt man so?«
Kristina nickte bestätigend.
»Das Gegenteil ist der Fall. Nicht der Busen soll dem BH passen, sondern der BH dem Busen. Davon leben wir. Wenn ich ein wenig frech sein darf, dann muss ich sagen, dass Frau Kommissarin die völlig falsche Unterstützung anwenden, das kann ich mit einem Blick sehen.«
»Wie das?«
Jetzt war Kristina gezwungen, die Suppe auszulöffeln, die sie sich eingebrockt hatte.
Marianne Persson sah sie aus zusammengekniffenen Augen und mit geschürzten Lippen an.
»Frau Kommissarin haben einen schönen Busen, doch er fließt ein wenig zu den Seiten hinaus. Das kann an und für sich schön sein, so als würde man ein wenig durch eine verbotene Tür schielen, doch sollte es nur eine kleine Mulde sein, nicht ein Schweizer Tal für wiederkäuende Rinder. Also, man sollte einen BH tragen, der etwas nach innen zieht, auch wenn das ein klein wenig drücken könnte. Verstehen Sie, was ich meine, Frau Kommissarin?«
Kristina fingerte ängstlich an sich herum. Mein Gott, es stimmte. Bald würde sie ihre Brust im Rückspiegel sehen können. Trotzdem war es an der Zeit, zur Tagesordnung zurückzukehren. Das fand Marianne Persson offenbar auch, denn sie fragte, welche Farbe der BH des Opfers gehabt habe.
»Schwarz.«
»Das ist allerdings die häufigste Farbe. Die meisten, die Lilith kaufen, wählen Schwarz. Sie haben nicht zufällig eine Fotografie?«
Kristina Vendel hatte ganz viele Fotografien.
»Sie sind nicht schön anzuschauen«, warnte sie Marianne

Persson, die sich jedoch als mit starken Nerven ausgestattet erwies. Sie sah sich die Bilder genau an, dachte nach und schaute noch einmal darauf.

»Es tut mir Leid. Ich habe diese Frau noch nie gesehen. Ich würde mich an sie erinnern. Das BH-Modell erkenne ich wieder, aber das ist wie gesagt recht häufig.«

»Könnte sie es woanders hier in der Stadt gekauft haben?«

»Nein. Wie Sie eingangs schon bemerkten, bin ich die Einzige, die diese Marke führt. Doch sie kann es auch im Ausland gekauft haben, oder jemand anders hat es für sie gekauft.«

Das war klar. So konnte es sein.

»Ja. Es war nur ein Versuch«, seufzte Kristina Vendel. Doch dann hatte sie eine Idee. »Wo werden die denn hergestellt?« Sie hoffte, die Antwort würde nicht Thailand oder etwas Ähnliches sein.

»Die Marke ist aus Spanien, zumindest ursprünglich, wem sie jetzt gehört, weiß ich nicht, aber ich habe gehört, dass sie in Estland nähen, das ist dann billiger.«

Kristina spürte, wie ihr das Blut in die Wangen stieg. Das war besser, als sie gehofft hatte.

»Wo in Estland? Wissen Sie das?«

Doch das war alles, was Marianne Persson wusste. Sie könnte sich allerdings erkundigen, da musste sie nur in Madrid anrufen.

»Da wäre ich dankbar!«

Kristina war so dankbar, dass sie einen BH des gleichen Modells kaufte, wie das Opfer es getragen hatte.

»Wie schade, dass Sie es nicht als Berufskleidung deklarieren können«, bemerkte Marianne Persson, während sie die Kreditkarte durch den Apparat zog.

13

Thomas Roth und Östen Nilsson saßen nebeneinander an dem großen Tisch im Konferenzraum. Vor ihnen lag eine Karte von Stockholm und Umgebung ausgebreitet. Sie waren beide überzeugt davon, dass der Plastiksack nicht dort ins Wasser geworfen worden war, wo man ihn gefunden hatte. Der Albysjön war zu flach, und die Brücke über den Fittjaviken war nicht leicht zu erreichen. Der Plastiksack musste mit der Strömung dorthin gekommen sein. Und wie verlief die? Vom Albysjön zum Mälaren oder umgekehrt? Und wenn sie vom Mälaren her kam, aus welcher Richtung dann?

Theoretisch gesehen hätte man die Leiche überall ins Wasser werfen können, und eine günstige Strömung hätte sie zum Albysjön getragen.

»Wer könnte etwas darüber wissen?«, fragte Östen.

»Es gibt sicher jemanden, der das weiß. Es gibt immer jemanden, der Bescheid weiß. Die Frage ist nur, wie wir ihn finden.«

»Beim Wetterdienst vielleicht?«

Östen hatte Gefallen daran gefunden, mit der unbekannten jungen Dame des dortigen Kundendienstes zu plaudern. Sie

schien der freundlichste Mensch nördlich von München zu sein.
Gesagt, getan. Es stellte sich zwar heraus, dass der Chefhydrologe auf Dienstreise war, doch das war kein Grund aufzugeben. Sie würde mit jemand anderem sprechen, versprach sie und bat Östen, in der Leitung zu warten.
Anderthalb Minuten später war sie mit der Antwort zurück.
»Also, es ist so, dass die Hauptströmung in Richtung Meer geht, Richtung Stockholm mit anderen Worten. Allerdings können sich auch mehr oder minder zufällig örtliche Strömungen bilden, darüber gibt es keine Studie, aber Lennart (das war der Chefhydrologe) weiß alles über den Mälaren, und wenn es nicht so eilig ist ... Sie können ihn auch direkt anrufen.«
»Ja ja, es kann warten, der Kunde ist tot.«
»Was Sie nicht sagen!«
Sie war unvermindert freundlich und gab ihm die Nummer.
Thomas nahm die Informationen mit patriotischem Stolz auf.
»Schweden ist fantastisch! In welchem anderen Land kann man einfach den Hörer abnehmen und so etwas herausbekommen? Und das, ohne eine Öre zu bezahlen!«
Und doch hatte in diesem fantastischen Land eine junge Frau, vermutlich Mutter eines oder mehrerer Kinder, ihr Leben durch drei Schüsse verloren und war in einen See oder Fluss geworfen worden, der zum Meer strömte.
Sie beugten sich wieder über die Karte. Wenn der Sack südlich vom Fittjaviken abgeworfen worden war, wo hatte dann der Mörder gestanden, wenn man den Verlauf der Strömung in Betracht zog?
Die nächste Brücke, die sie sehen konnten, war die zwischen

Stallarholmen und Selaön. Es war nicht sehr wahrscheinlich, dass ein Plastiksack von so weit kommen würde. Da gab es zahlreiche Stellen, an denen er hätte festhängen können, und er musste darüber hinaus durch eine ganze Reihe enger Passagen hindurch. Nein, das war nicht nur unwahrscheinlich. Es war ausgeschlossen.

Die freundliche Frau beim Wetterdienst hatte etwas über lokale Strömungen gesagt. Das hieß, es gab eine vage Möglichkeit, dass der Mörder eine Brücke nördlich des Albysjön benutzt hatte. Ein rascher Blick auf die Karte machte ihnen klar, dass sie unter ziemlich vielen Brücken wählen konnten. Da war die Nockebybrücke, in deren Nähe vor nicht allzu langer Zeit ein anderer Mord geschehen war, dann die Drottningholmsbrücke und des Weiteren die Tappströmsbrücke zwischen Ekerö und Lovö sowie die Brücke über den Lullehovssund.

»Und wie sieht es da aus?«

Östen hatte nach zehn Jahren in Stockholm immer noch nicht das Schloss von Drottningholm besucht, und er fand, dass das eine gute Gelegenheit sei, es jetzt zu tun.

Thomas erinnerte sich auch nicht genau. Sie mussten hinfahren und es sich mit eigenen Augen ansehen. Man konnte sich vorstellen, dass der Mörder den Plastiksack irgendwo dort versenkt hatte. Die Fähre über den Vårbyfjärden erzeugte bestimmt eine gewisse Strömung, in der der Plastiksack dann hätte folgen können.

Das klang einleuchtend. Östen rief noch einmal beim Wetterdienst an, um zu fragen, ob man dort etwas Genaueres über die lokalen Strömungen im Vårbyfjärden wusste.

Diesmal lachte die Frau laut heraus. Diese Frage konnte sie aus dem Stand beantworten.

»Nein. Eine solche Statistik führen wir nicht. Aber ich kann jemanden fragen.«

»Wen denn?«, erkundigte sich Östen hoffnungsfroh.

»Einen Hecht. Das sind die Einzigen, die etwas darüber wissen können.«

Er lachte ebenfalls.

Thomas hingegen lachte nicht.

»Da haben wir nicht gerade viele Anhaltspunkte«, stellte er fest. »Es kann also irgendwie passiert sein. Vielleicht war es nicht nur ein Mörder, sondern mehrere, vielleicht luden sie sie in ein kleines Boot und fuhren ein Stück vom Ufer weg. Wir werden nie herausbekommen, wie es sich zugetragen hat.«

Östen hätte gern etwas Tröstliches gesagt, und deshalb sagte er, was selbstverständlich war.

»Na gut. Nur wenn wir die Verantwortlichen finden, werden wir alles erfahren.«

Thomas sah ihn wohlwollend an.

»Okay. Lass uns losfahren.«

Drei Minuten später waren sie unterwegs und schafften es so gerade noch mit der Fähre von Slagsta nach Ekerö hinüber. Sie blieben im Auto sitzen, die Fenster geöffnet, jeder in seine Gedanken versunken. Östen spürte, wie das Loch in seinem Magen wuchs, sein ganzer Körper vermisste Eva. Sobald im Tagesablauf ein leerer Moment entstand, erfüllte sie ihn mit ihrer Abwesenheit. Wie lange würde er das aushalten? Beinahe überkam ihn das Bedürfnis, seinem Chef das Herz auszuschütten, doch Thomas saß zurückgelehnt und hatte die Augen geschlossen. Östen konnte seinen Puls an der Stirn schlagen sehen. Diese sehr kleine Bewegung war das ganze Leben. Wenn man sie unterbrach, hielt man das Leben an.

»Man sollte nicht so leicht sterben können.«
Er hatte nicht vor, Konversation zu betreiben, und deshalb war er nicht gekränkt, dass Thomas weiter schweigend dasaß. Umso erstaunter war er drei Minuten später.
»Das ist es nicht.«
War das Thomas, der da aus dem Grab redete?
»Was?«
»Es ist nicht leicht zu sterben. Vor zwei Jahren bin ich mit dem Expresszug nach Sundsvall gefahren. Ich war eingeschlafen, als der Zug plötzlich knallhart bremste. Es quietschte und pfiff, und am Ende fuhren wir über etwas und entgleisten fast. Ich habe gedacht, es sei ein Lastwagen oder so etwas, aber weißt du, was es war? Nein, das kannst du dir nicht vorstellen. Ein kleiner Mann. Ein dünner kleiner Mann, der sich auf die Schienen gelegt hatte, um sich das Leben zu nehmen. Er hatte dem Lokführer sogar noch zugewinkt, und er lebte noch eine ganze Weile, nachdem der ganze verdammte Zug über ihn drüber gefahren war. Kannst du dir das vorstellen? Die Menschen kriegt man nicht so leicht kaputt.«
Sie waren schon am Ziel, als Östen auf der Karte die Brücke zwischen Ekerö und Helgö entdeckte, die im Hinblick auf die Strömung eigentlich perfekt war. Thomas fand, es würde sich lohnen, die Sache näher anzusehen.
Sie fuhren langsam dorthin, die Fenster geöffnet. Die Sonne war wieder herausgekommen. Die Landschaft war … Östen fiel das Wort nicht ein. Er wollte nicht schön sagen, denn das war es nicht. Es war etwas anderes, eine Art Sanftheit, die er noch nirgendwo anders in Schweden gesehen hatte, eine Ahnung, als würde diese Landschaft einen Rock tragen. Doch die Brücke war eine Enttäuschung. Sie lag einsam ge-

nug, so dass man dort ungestört hätte stehen können, vor allem in einer Winternacht, doch das Wasser darunter war viel zu flach.

Ohne ein Wort kehrten sie nach Ekerö und Tappström zurück, wo sie ebenfalls eine Enttäuschung erlebten: Die Brücke lag mitten in einem Ort, so dass sie weiter nach Lullehovssund fuhren.

Thomas atmete aus.

»Das hier könnte eine Möglichkeit sein.«

»Es ist aber ein gutes Stück vom Albysjön entfernt«, gab Östen zu bedenken.

Das stimmte. Auf der anderen Seite war ja viel Zeit gewesen. Der Plastiksack war schließlich nicht erst vor einer Woche ins Wasser geworfen worden. Vielleicht war es sogar Monate her, erst die Obduktion würde ihnen konkretere Informationen geben, wenn alle Proben untersucht waren.

Thomas hatte eine heimliche Leidenschaft, er liebte Schlösser, und eines der Schlösser, die er am meisten liebte, war Svartsjö. Nun waren sie nicht weit davon entfernt und konnten sich im dortigen Café einen Kaffee gönnen.

»Dann kannst du etwas über die Geschichte deines Landes lernen!«

Plötzlich war er guter Laune und scherzte.

»Ich bin nicht aus Schweden.«

»Verdammt, stimmt ja. Du bist Gotländer.«

Thomas versuchte eine halb gelungene Imitation des Dialektes.

»Ich bin kein Gotländer. Ich komme von Fårö!«

In dieser Sache war Östen eigen.

Das Schloss war wegen Renovierung geschlossen, doch das Café hatte geöffnet. Thomas kaufte ein Schneidebrett aus

geölter Erle, das in dem Café im Auftrag der holzverarbeitenden Industrie von Svartsjöland verkauft wurde.
Sie aßen ihren Kuchen und tranken ihren Kaffee, schweigend unter einem Baum sitzend, dessen Namen sie nicht kannten. Ab und zu kam eine Windbö aus Osten. Die Wolken wurden manchmal auseinander getrieben und dann wieder zusammengedrückt, als würde Gott Ziehharmonika spielen. Sie vergaßen, warum sie da waren, die Frau im Plastiksack war in den hintersten Raum des Hinterkopfes verbannt.
»So sollte es immer sein!«
Aber Östen durfte es nicht so lange so haben, denn Thomas wanderte mit ihm zur Linde von Königin Christina, die mit einem Durchmesser von neun Metern eine der größten in Schweden sein soll.
Östen pfiff anerkennend und zeigte sich von der Erklärung für die Größe des Baumes ebenso beeindruckt: Die Linde war gemäß einer alten Tradition auf den Kopf gestellt gepflanzt worden. Der Gärtnermeister war kein Geringerer als Gustav Adolf II. gewesen.
»Das war mal eine gute Idee!«
Er lobte seinen Chef und wünschte sich gleichzeitig, dass er mit Eva zusammen dort wäre, dass er unter der großen Linde verborgen mit ihr schlafen könnte. Sogar Thomas dachte an jemand anders. Er dachte an seinen behinderten Sohn. Er wollte den Jungen so gern mit etwas glücklich machen, das ihn selbst auch mit Freude erfüllte. Doch das war nicht immer leicht. Das Schneidebrett würde ihm immerhin Freude machen, denn er liebte alle glatten, sauberen Oberflächen.
Um das Thema zu wechseln, schlug er vor, über Drottningholm nach Stockholm zurückzufahren. Es würde nicht schaden, einen Blick auf die Nockebybrücke und die Drottning-

holmsbrücke zu werfen, obwohl er sich nicht viel davon erhoffte. Die Straße hatte viel zu viel Verkehr. Aber trotzdem. Es war eine Möglichkeit. Eine sehr unwahrscheinliche, aber es war alles, was sie hatten.

Thomas sagte düster: »Der Ertrinkende versucht, sich selbst am Schopf aus dem Wasser zu ziehen.«

»Ja. Wenn er nicht in einer Plastiktüte steckt.«

14

Um vier Uhr am selben Nachmittag war Konferenz in Kristina Vendels Büro. Östen und Thomas traten pünktlich eine Minute vor vier bei ihr ein.
»Kommt Maria nicht?«
Die beiden anderen lachten.
»Habe ich einen Witz gemacht?«, fragte sie etwas säuerlich.
»Maria kommt niemals rechtzeitig zu irgendwas, sie kommt, wenn sie kommt – zuverlässig.« Warum versteiften sich Frauen darauf, sich so zu benehmen, wie es erwartet wurde? Sie musste mit Maria darüber sprechen.
»Ja, dann müssen wir wohl ohne sie anfangen. Seid ihr irgendwie weitergekommen?«
Sie berichteten kurz von ihrer ergebnislosen Suche nach einem passenden Platz, wo die Leiche ins Wasser geworfen worden sein könnte.
Kristina saß eine ganze Weile schweigend da. Einerseits, um Maria eine Chance zu geben, andererseits, weil eine neue Idee in ihr Gestalt annahm. Sie hatte das Gefühl, als würde ihr Gehirn niesen wollen, und manchmal wurde tatsächlich auch nicht mehr daraus.
»Ich glaube, wir denken in die falsche Richtung. Ich glaube,

wir haben uns vom Fundort täuschen lassen. Es gibt eine Brücke in der Nähe, folglich haben wir uns darauf fixiert, dass der Mörder den Sack von einer Brücke geworfen hat. Er kann es aber auch ganz anders gemacht haben.«

Sie versuchte, nicht dozierend zu wirken. Sie stand auf und drehte eine Runde im Zimmer. Das tat sie immer, wenn sie plötzlich Lust auf eine Zigarette bekam. Sie hatte vor zwei Jahren aufgehört, als sie schwanger geworden war.

»Ich glaube, wir suchen zu weit weg, ich habe so das Gefühl, als sei die Leiche viel näher hier bei uns ins Wasser geworfen worden, vermutlich am Fähranleger, entweder auf dieser Seite oder auf der anderen Seite, genau gegenüber.«

Thomas stutzte.

»Ja, verdammt noch mal!«

Am Fähranleger war das Wasser tief, man konnte mit dem Auto bis auf den Kai fahren, und nach elf Uhr abends war kein Mensch mehr dort. Natürlich gab es Cafés sowohl auf der Seite von Vårby als auch auf der von Ekerö, aber dort übernachtete niemand. Oder?

Sie beschlossen, sich der Sache am nächsten Tag zu widmen.

»Gut gedacht, Chef!«

Thomas lobte sie. Das tat gut.

Es klopfte an der Tür, und Maria kam herein. »Ich bitte vielmals um Entschuldigung. Habe ich was verpasst?«

»Du hast alles verpasst!«

Kristina bereute ihre Worte sofort.

»Es war diese Hexe Hole-in-one, die mich aufgehalten hat«, erklärte Maria.

Kristina sah sie verständnislos an.

»Sie ist Polizeireporterin beim *Aftonbladet*. Die haben sie ihrerseits vom *Expressen* abgeworben«, erklärte Thomas.

»Und warum wird sie Hole-in-one genannt?«
Das hätte sie besser nicht gefragt.
»Ja, warum wohl?«, antworteten alle drei gleichzeitig.
Und wieder wurde ihr klar, dass sie in ihrem neuen Job noch viel lernen musste.
Sie wandte sich an Maria. »Ich hoffe, du hast nicht zu viel gesagt.«
»Nein, natürlich nicht. Ich habe nichts gesagt, und das war genau das Problem. Aber die werden wir so schnell nicht los. Eine Frauenleiche in einem Plastiksack – da gibt es viel zu berichten.«
Das war ohne Frage wahr. Kristina fuhr fort.
»Ja, ich weiß ja nicht, was uns die Information nutzt, aber der BH des Opfers ist in Estland genäht worden.«
»Da drüben wird viel genäht. Das Einzige, was noch hier zu Lande genäht wird, sind Fallschirme«, fiel Östen ein.
Sie dachten alle, er meinte die widerrechtlich angeeigneten Altersbezüge, die unter Vorsitzenden und hochrangigen Gemeindebeamten und Staatsdienern so sehr in Mode gekommen waren.
»Nein, ich meine wirkliche Fallschirme.«
Er wusste das von Eva, deren Ehemann der größte Aktionär der *Borås Industrier* war. Aber das konnte er ja nicht sagen.
»Es stimmt, dass dort drüben viel genäht wird, und es stimmt auch, dass die Frau den BH so ziemlich überall gekauft haben könnte, aber erinnert euch doch mal an das Kreuz! Es war ein Kreuz, wie es die Orthodoxen tragen, was nicht heißt, dass sie auch dieser Konfession angehörte, aber vielleicht derjenige, der es ihr geschenkt hat. Jedenfalls haben wir nichts, was wir sonst verfolgen können, und da dachte ich, wir könnten die Polizei in Tallinn bitten, uns ihre Liste von Vermissten zu

schicken. Sie könnte Estin gewesen sein. Klingt das zu abgedreht?«
Es klang nicht abgedreht, aber auch nicht sehr wahrscheinlich.
»Das kann zwei Wochen dauern«, murmelte Thomas.
»Hast du einen anderen Vorschlag?«, fragte Maria eine Spur zu scharf. So war er immer. Er sah erst den Graben und dann die Straße. Er sah niemals die Möglichkeiten zuerst. Sie hatte sich gefreut, als Kristina Vendel zur Chefin ernannt wurde. Zuvor war sie die einzige Frau im Morddezernat gewesen. Es war mit all den Witzen und Anspielungen ein wenig ermüdend gewesen.
»Nein, das habe ich nicht«, gab Thomas zu. »Außerdem kenne ich dort einen Kommissar.«
»Ausgezeichnet! Maria und Östen können mit den Besitzern der Cafés an den beiden Fähranlegern sprechen. Ich selbst habe vor, ein paar Pornoklubs zu besuchen. Ich kann mir gut vorstellen, dass sie in so einem gearbeitet hat. Wenn dort jemand verschwindet, dann rennen die nicht gleich zur Polizei und melden es. So wie ich es sehe, gibt es nur zwei Typen, die Interesse daran hatten, sie nicht als vermisst zu melden. Einmal ihr Mörder und dann ein fragwürdiger Arbeitgeber. Klingt das einleuchtend?«
Es schien so.

15

Man konnte sich ja über viel beklagen, nicht aber über das neue Hauptgebäude der Polizei von Huddinge. Überall blinkte es von Metall, glänzender Keramik und Glas. Das Untersuchungsgefängnis hätte man jederzeit in eine Disco verwandeln können. Kristina fühlte sich hier nicht zu Hause. Sie vermisste ihre Bude in der Rosenlundsgatan auf Söder, wo sie noch bis vor einer Woche ihren Platz gehabt hatte. »Man kann nicht denken mit so viel Neuem um sich herum.«

Warum hatte sie sich um diesen Job als Chefin beworben? Die Wahrheit war schnell gesagt: Sie hatte nicht gedacht, dass sie ihn bekommen würde. Also hatte sie sich mehr aus Prinzip beworben, um die Personalpolitik der Polizeizentrale auf die Probe zu stellen. Es passierte ihr häufiger, dass sie Dinge nicht für sich selbst tat, sondern um der Sache willen oder eher noch aus einer gewissen Gedankenlosigkeit heraus. Manchmal lebte sie, indem sie sich selbst den Rücken zuwandte, ungefähr wie Gott, der sich Moses nicht zeigen wollte, aber doch zuließ, dass er seinen Rücken zu sehen bekam. Auf dieselbe Weise war sie in den Polizeidienst gekommen. Nach dem Abitur hatte sie nicht gewusst, was sie tun sollte,

und ihr Vater hatte ihr geraten, Philosophie zu studieren. Sie stellte fest, dass ihr das Spaß machte, und verbrachte vier ihrer glücklichsten Jahre am Philosophischen Seminar in Stockholm, wo kein Professor dem anderen glich. Professor Anders Wedberg brachte es fertig, seine Vorlesung mit den Worten abzubrechen: »Jetzt bin ich dumm. Jetzt muss ich nach Hause gehen und über das hier nachdenken«, und dann ging er. Der Professor in praktischer Philosophie, Harald Ofstad, war nicht weniger originell, er hatte einen tiefsinnigen Essay verfasst: über die Kunst, mit Hexenschuss im Bett zu pinkeln.
Die Probleme begannen, als sie Arbeit suchte. Es stellte sich heraus, dass niemand so verrückt war, eine Philosophin anzustellen.
Da brachte es der Zufall mit sich, dass sie eine Anzeige in *Dagens Nyheter* entdeckte. Die Polizei suchte Leute zur Ausbildung für die höhere Laufbahn. Sie glaubte nicht, dass sie angenommen werden würde, doch genau das geschah.
Sie glaubte auch nicht, dass es ihr dort gefallen würde, aber es gefiel ihr. Obwohl sie keine Bürokratin bei der Polizei werden wollte. Sie wollte in die Wirklichkeit hinaus. Also arbeitete sie zunächst als Anwärterin für die gewöhnliche Streife. Danach wurde sie Polizistin. Drei Jahre später ging sie zur Kripo als Kriminalinspektorin. Weitere drei Jahre später wurde sie zur Kommissarin und Chefin ernannt. Als Polizistin zu arbeiten war, als würde man in den geheimsten Laboratorien der Gesellschaft arbeiten. Es befriedigte ihre Neugier und ihr Bedürfnis zu verstehen, was die Menschen dazu bringt, so zu leben, wie sie es tun. Ihre Karriere innerhalb der Abteilung hatte senkrecht nach oben geführt. Es gab nur wenige Frauen auf der höheren Ebene, und es gab nur wenige Akademiker dort. Sie war sowohl Frau als auch Philosophin.

Es war schnell gegangen. Vielleicht ein wenig zu schnell? Ihre neue Stelle war kein Zuckerschlecken. Die Auswirkungen der Sparpolitik auf die Polizeiarbeit waren überall zu spüren. Ihr Vorgänger hatte sieben Ermittler und zwei Sekretärinnen gehabt. Sie musste sich mit drei Ermittlern und einer Halbtagssekretärin zufrieden geben, während die Gemeinde immer größer wurde. Im Bewerbungsgespräch zu dem Job hatte sie das ganz klar angesprochen. Sie gedachte nicht, mit dem Auskehren anzufangen. Es sollte fertig aufgeräumt sein, wenn sie kam.

Das hatte man ihr auch von höchster Stelle versprochen, aber sie sah gleichzeitig ein, dass sie Ergebnisse vorweisen musste. Die Menge unaufgeklärter Gewaltverbrechen gefährdete die Glaubwürdigkeit der Polizei. In Huddinge hatte man im Laufe der Jahre einen ganz schönen Stapel Akten mit unaufgeklärten Fällen angesammelt.

So durfte es nicht weitergehen.

Und ihr Leben durfte auch nicht so weitergehen. Johan und sie mussten sich entscheiden. Ihre Ehe glich einer Anzeige für ein Sommerhaus mit Seeblick. Auf dem Bild sieht es wunderbar aus, aber wenn man hinkommt, stellt man fest, dass das Dach undicht ist, die Wände faulen und man den Blick auf den See nur vom nächsten Hügel aus hat.

Sie hatten alles. Ein großes schönes Haus, gute Jobs, zwei Autos, ein Sommerhaus auf Gotland. Und doch – ihre Ehe faulte.

Sie erhob sich von ihrem Bürostuhl und drehte eine Runde im Zimmer. Vor dem Fenster mit Blick auf den Bahnhof von Flemingsberg und auf das Krankenhaus dahinter blieb sie stehen. Es war nach fünf Uhr. Zeit, nach Hause zu gehen. Sie sah einen Mann und einen Jungen auf dem Rad vorbeifahren.

Sie erkannte sie wieder. Es waren die beiden, die die Leiche gefunden hatten.

Sie fuhren mäßig schnell, als hätten sie nichts Bestimmtes vor. Doch sie wusste es besser. Sie wusste, dass die beiden seit fast drei Jahren unterwegs waren, und plötzlich wirkten ihre eigenen Probleme wie Kleinkram. Und sogar die Probleme der beiden waren Kleinkram, verglichen mit der jungen Frau, die sie aus dem Wasser gefischt hatten.

Man kann das Leiden nicht aufrechnen. »Kein Glück ist größer als das eigene, aber das Glück keines Menschen ist das Leiden eines anderen wert«, pflegte ihr Vater zu sagen. Das bedeutete, dass auch kein Unglück größer war als das eigene. Und doch – im tiefsten Innern ihres Herzen glaubte sie nicht daran, sie wusste, dass es schlimmer war, wenn man kein Zuhause hatte, als wenn der geliebte Mensch untreu war. Man konnte das eigene Empfinden zwar zum Maß aller Dinge machen, aber richtig war das nicht.

Das Unglück, das momentan am wichtigsten für sie war, war jenes, das eine Frau um die dreißig ereilt hatte, eine schöne Frau ohne Namen, die jemand mit drei Schüssen ermordet hatte. Drei Schüsse! Das wies nicht auf einen Fachmann hin. Ein solcher weiß, wohin er treffen muss. Auf der anderen Seite kann selbst der härteste Berufsmörder sich wie ein Amateur verhalten, wenn er die Frau töten soll, die er liebt.

Alle Möglichkeiten waren offen. Das störte sie am meisten. Es waren drei Tage vergangen, seit sie die Leiche gefunden hatten, und immer noch konnte man keine Möglichkeit ausschließen. Es durfte keine weitere Akte auf dem Stapel ungelöster Fälle geben. Sie nahm den Hörer auf, um den Gerichtsmediziner anzurufen und zu fragen, ob er auf etwas Interessantes gestoßen sei, als es an ihrer Tür klopfte.

16

Es ist leichter, sich selbst zu verändern als seinen Ruf. Sie wusste das. Sie hatte hart daran gearbeitet, ihn sich zu erwerben.

Sie trank zu viel, rauchte zu viel, ging mit den kürzesten Röcken auf den Fluren der Zeitung, sprach laut, lachte noch lauter, saß breitbeinig, so dass ihre schwarzen Unterhosen zur Attraktion für die verlorenen Blicke der Männer wurden. Es war unmöglich, sie zu ignorieren, und es war ebenso unmöglich, sich vorzustellen, dass sie eine großartige Journalistin sein könnte. Sie versteckte ihre Begabung ebenso effektiv, wie sie ihren Körper einsetzte, der, hol's der Teufel, noch den verwelktesten Mann ein paar Zentimeter länger machen konnte.

Ihre Strategie war ebenso schlicht wie die eines Einwanderers: Sie musste einfach doppelt so gut sein, um als halb so gut angesehen zu werden. In der Männerwelt, mit der sie jeden Tag konfrontiert wurde, funktionierte ihre Taktik ausgezeichnet.

Jetzt war sie verwirrt, denn sie hatte es mit einer Frau zu tun. Sie hatte schon Hunderte von Männern getäuscht, aber wie täuschte man eine Frau?

Sie entschied sich für die Scharade der Ehrlichkeit, gemischt mit dem Balsamessig der weiblichen Solidarität.
»Hallo. Ich bin Beata Viklund, besser bekannt als Hole-in-one!«
Sie lächelte breit, um den ironischen, fast ein wenig flehenden Ton in ihrer Stimme zu unterstreichen.
Kristina hatte nicht erwartet, dass sie einander so bald begegnen würden, und es gelang ihr nicht, ihre Überraschung zu verbergen, was dazu führte, dass sie gleich sehr formell wurde.
»Was kann ich für Sie tun?«
Beata Viklund sah sie an, während das breite Lächeln langsam verschwand.
»Sie haben eine Leiche, die ich gern sehen würde.«
Sie hatte sich, wie gesagt, dazu entschlossen, mit offenen Karten zu spielen.
»Möchten Sie einen Kaffee oder etwas Ähnliches?«
Kristina wollte Zeit gewinnen. Das war auch das Einzige, was sie noch gewinnen konnte. Sie wusste, dass Beata Viklund das gesetzliche Recht hatte, die Leiche zu sehen.
»Gern einen Kaffee. Schwarz. Keinen Zucker.«
Das war eines der Grundprinzipien von Beata Viklund. Wenn das Interviewopfer zu etwas einlädt, dann sage nie Nein. Wenn Kaffee angeboten wird, frage nicht, ob es vielleicht auch Tee gibt. Das war ein einfaches Prinzip, und wie alle einfachen Prinzipien funktionierte es auch.
Kristina wurde sogleich ruhiger. Jetzt würden sie die Sache über einer Tasse Kaffee besprechen können. Sie wollte nichts geheim halten, aber sie hatte auch keine Lust zu erzählen, dass sie nichts wussten. Vor allem wollte sie nicht das Wenige preisgeben, das sie wussten, denn dann verliert man den einzi-

gen kleinen Vorsprung, den man vor dem Mörder hat, nämlich den, dass der Mörder nicht weiß, wie viel die Polizei weiß.

»Ich will Ihnen gegenüber ganz offen sein«, begann sie ihr Ablenkungsmanöver, war sich allerdings darüber im Klaren, dass Viklund sich nicht würde ablenken lassen. »Ich bin neu hier. Das ist mein erster Fall. Ich kann alle Hilfe brauchen, die ich kriegen kann. Kann ich mich auf Sie verlassen?«

Beata lachte kurz.

»Ich verlasse mich nicht einmal auf mich selbst. Wissen Sie denn eine bessere Alternative?«

»Ich verstehe. Okay. Ich schätze Ihre Aufrichtigkeit. (Das tat sie allerdings überhaupt nicht). Ich werde den Gerichtsmediziner anrufen.«

»Ist das Guldbaggen?«

»Ja.«

»Gut. Wir sind alte Kumpel.«

Beata lehnte sich auf dem Stuhl zurück. Das hier war leichter gegangen, als sie zu hoffen gewagt hatte. Sie hatte ihren Kaffee nicht angerührt, als hätte sie Angst, er könne vergiftet sein, und im Hinblick auf die Qualität des Automatenkaffees waren ihre Vorbehalte auch nicht ganz unberechtigt.

Sie sah Kristina an, die plötzlich hinter ihrem großen Schreibtisch ein wenig verloren wirkte, und hatte eine Idee.

»Wie wäre es, wenn wir ein richtiges Interview für die Sonntagszeitung machen würden? Das könnte doch interessant sein. Sie sind die erste Frau auf einem solchen Posten.«

Kristina schien nachzudenken.

»Ich muss mich natürlich erst mit der Redaktion absprechen, aber meistens kriege ich, was ich will.«

Daran hatte Kristina keinen Zweifel. Doch kannte sie auch die Regel Nummer eins in der öffentlichen Verwaltung sehr gut. Man sollte sich nicht unnötig präsentieren. Das führt nur zu Neid und bissigen Kommentaren.

»Ich denke, es ist am besten, etwas leisere Töne zu spielen, bis ich hier etwas warm geworden bin.«

Beata lachte, als hätte sie gerade den Witz des Jahres gehört.

»Ich verstehe.«

Dann wurde sie ernst.

»Man nennt mich Hole-in-one. Wissen Sie warum?«

»Das kann ich mir denken.«

»Aber Sie denken falsch. Sie glauben sicher, dass das mit meinen sexuellen Gewohnheiten zu tun habe, aber darum geht es nicht. Hole-in-one bedeutet, dass ich für die Typen ein einziges Loch bin, eine Fotze. Und was noch schlimmer ist, sie haben Recht. Das bin ich. Und Sie sind es auch. Man wird Sie nicht schonen, nur weil Sie etwas leisere Töne spielen.«

In Beatas Stimme schwang eine Bitterkeit mit, die Kristina fast peinlich berührte. Nicht alle Männer waren Schweine. Ihr Vater war kein Schwein. Johan, ihr Mann, war kein Schwein. Er war vielleicht kindisch, aber er war kein Schwein. Sie konnte die Liste beliebig verlängern.

Beata Viklund hatte ihre Gedanken erraten.

»Ja, ich kenne auch Männer, die keine Schweine sind. Aber das ist eine Sache. Eine andere Sache sind Männer in Gruppen. Im Verein oder im Umkleideraum oder auf einer Tribüne. Das ist etwas völlig anderes. Ich will Sie nicht unter Druck setzen. Denken Sie einfach über alles nach. Denken Sie an all die jungen Mädchen, die andere Vorbilder brauchen als magersüchtige Fotomodelle.«

Jetzt war sie in Schwung. Wenn sie so in Form war, konnte sie sogar dem Papst beweisen, dass Moses der erste Fabrikant von Kondomen gewesen war. Kristina sah sie mit einem hinterhältigen Lächeln an.

»Sie haben schon Recht.«

»Was denn?«

»Sie sind eine Fotze!«

Beide brachen in Lachen aus. Das Eis war gebrochen. Jetzt kam es nur darauf an zu merken, wenn es sich wieder schloss.

17

Zu Hause wartete eine angenehme Überraschung auf sie. Es roch gut, und sie traf Johan mit Schürze in der Küche an, wo er gerade dabei war, Essen zu kochen. Er trug ein kleidsames schuldbewusstes Lächeln, und sein Blick kam von unten wie der eines Welpen.

Sie wusste, worauf es jetzt ankam. Zunächst einmal durfte sie ihre Überlegenheit nicht deutlich sichtbar ausnutzen. Zum anderen musste sie seine Kochkünste in Worten beschreiben, die einen Belgian Blue zum Erröten bringen könnten. Denn so war es heutzutage. Früher fragte der Mann nach der Liebe: »Wie war es?« Jetzt fragte er dasselbe nach dem Essen.

Sie gab ihm einen flüchtigen Kuss auf die Stirn, wo das Haar sich gelichtet hatte wie der Wald, der einer Wiese Platz macht. Das war das Zärtlichste, was sie sich derzeit vorstellen konnte. Früher küssten verliebte Frauen den tuberkulösen Liebhaber auf den Mund. Heute wählte man stattdessen die Stirn.

Johan hatte Hähnchen à la Korfu gekocht, wo sie vor vielen Jahren im Urlaub gewesen waren, fast in einem anderen Leben, als sie Studenten waren und dermaßen verliebt, dass sie

einander nicht streifen konnten, ohne dass ihre Körper sich miteinander verbanden wie ein griechischer Bauernsalat.
Das war auch die Zeit gewesen, in der er sich von seinem Vater frei gemacht hatte, dem mürrischen Pfarrer Oskar Theodor Lynéus, der die Bibel in und auf seinen Kopf gehämmert hatte.
Um ehrlich zu sein, war hauptsächlich er derjenige, der sich nach dieser Zeit zurücksehnte. Am meisten vermisste er wohl seine Lust von damals, als das Leben ihn unter den Achseln kitzelte. Eigentlich trennte sie eher das Verhältnis zur Vergangenheit als das zur Gegenwart. Sie schien sich niemals zurückzusehnen. Er hatte diesen Unterschied auch schon im Lehrerzimmer erstaunt festgestellt, wo seine männlichen Kollegen gern und oft von ihrer Kindheit und Jugend erzählten, während die Frauen ausschließlich über Gegenwart und Zukunft sprachen.
Er hatte noch nie eine Frau sich nach der Zeit zurücksehnen hören, als sie sechzig Meter unter zehn Sekunden laufen konnte, er hatte noch nie eine Frau die Handballspiele in der Schulturnhalle vermissen hören. Sobald die Männer über die entschwundenen glorreichen Zeiten sprachen, die ihre Körper ihnen einmal geschenkt hatten, hatten die Frauen ein müdes Lächeln auf den Lippen.
Hähnchen à la Korfu erwies sich jedoch als ein perfekter Kompromiss zwischen seiner Sehnsucht nach vergangenen Zeiten und ihrer Sehnsucht nach einem guten Essen.
Sie aßen nicht schweigend. Sie sprachen über den vergangenen Tag und die Tage, die kommen würden. Unter all dem lag das Schweigen wie eine Übereinkunft.
Sie wusste, dass er nicht von dem sprach, was ihn quälte. Er wusste, dass sie nicht davon sprach, dass sie es wusste.

Was wusste sie denn?
Ganz einfach, dass er verliebt war. Es gab viele Zeichen dafür, und sie waren deutlich. An ein paar Abenden in der Woche ging er unter dem Vorwand, einen oder mehrere Freunde zu treffen, aus. Aber warum duschte er dann eine halbe Stunde, bevor er ging? Warum rasierte er sich noch einmal und legte so viel Aftershave auf, dass er wie eine spanische Hure roch? Warum hatte er angefangen, einfache Melodien wie »'cause I'm your lady and you are my man« zu pfeifen? Er, der Jazz hasste, Pop verabscheute und Rock als Serie von terroristischen Anschlägen betrachtete? Am wenigsten mochte er amerikanische Countrymusik, die seiner Ansicht nach die sentimentale Barbarei der Kuhtreiber mit der barbarischen Sentimentalität der Lastwagenfahrer verband.
Sie wollte sich nicht dadurch erniedrigen, dass sie die vergifteten Fragen der Eifersucht stellte, deren Antworten schon im Vorhinein feststanden, und sie wollte ihn nicht lügen hören. Also schwieg sie und wartete.
Es gibt eine Art Liebe, die einem bengalischen Feuer gleicht. Sie erleuchtet grell den nächtlichen Himmel, und dann verlischt sie.
Ihre Liebe war nicht so. Die hatte nie den Boden verlassen.
Also wartete sie.
Auf der Rückseite dieses Wartens lag ein völlig anderes. Sie hoffte auf den Gedanken, der wie eine schnell fliegende Schwalbe von irgendwo kommen würde und sie zu dem Mann führen würde, den der Blick der toten Frau eingefangen hatte, ehe er verlosch wie ein bengalisches Feuer.

18

Alessandro Baldini war im Jahr 1964 gemeinsam mit einigen hundert anderen Italienern nach Schweden gekommen. Sie hatten unterschiedliche Ziele. Einige reisten weiter nach Gislaved, andere nach Trelleborg, ein paar nach Västerås. Er war in Södertälje bei *Scania Vabis* gelandet, wo er fast zwanzig Jahre lang arbeitete, bis er freigestellt wurde. Er hatte etwas Geld gespart, das er nun in den Zeitungskiosk am Fähranleger von Slagsta investierte.

Damals war er sechsundvierzig Jahre alt und seine schwedische Ehefrau Ulla vierzig. Sie war Kassiererin im ICA-Supermarkt in Skärholmen gewesen, kündigte jedoch und begann, mit ihrem Mann zusammenzuarbeiten. Innerhalb von kurzer Zeit war aus dem einfachen Kiosk ein richtiges Geschäft mit Kaffee, Würstchen und Hamburgern, Lotterie und Spielen geworden. Sogar die Kinder halfen mit. Der Sohn, der inzwischen dreiundzwanzig Jahre alt war, studierte Medizin, und die zwanzigjährige Tochter war soeben an der Opernschule angenommen worden, um ihre Gesangsstudien fortzusetzen. Trotzdem kamen die beiden noch immer zum Kiosk hinunter, sowie sie Zeit hatten. Andere Angestellte gab es nicht.

»Man kann hier in Schweden keine Leute auf Dauer anstellen, und das liegt nicht an den Steuern, von denen der Arbeitgeberverband die ganze Zeit quengelt. Keineswegs. Es liegt daran, dass die Schweden faul geworden sind. Sie sind inzwischen schlimmer als die Italiener. Alles dreht sich nur noch um Wochenenden und ungünstige Arbeitszeiten und Halbtagsarbeit und Gleittage und Ferien und Mutterschaftsurlaub und Vaterschaftsurlaub und Schwiegermutterschaftsurlaub und kein Ende in Sicht. Als ich nach Schweden kam, hatten alle einen kleinen Luther unterm Arm, heute haben sie ihre Badesachen dabei und glauben, dass Luther Katzenfutter ist.«
»Jetzt übertreiben Sie aber!«
Östen protestierte nur halbherzig, da er seit drei Jahren vergeblich versuchte, einen Handwerker zu bekommen, der die Arbeit an seinem Sommerhaus auf Fårö fertig stellen konnte, die ein anderer Handwerker hatte liegen lassen.
»Sie müssen ungefähr zur gleichen Zeit wie mein Papa gekommen sein.«
Alessandro schaute Maria erstaunt an.
»Sei italiana!«
»No, sono svedese!«
Maria konnte es nicht ausstehen, wenn man sie zur Italienerin machte.
Östen begriff gar nichts.
»Hallo!«
»Entschuldigung. Ich freue mich immer so, wenn ich ein Mädchen aus der Heimat treffe.« Alessandro wandte sich Maria zu. »Wie heißt dein Papa?«
»Valetieri. Giovanni Valetieri.«
»Nein, aber … mamma mia! Lebt Giovanni noch? Ist er

immer noch in Schweden? Wir beide haben uns einmal von demselben Mädchen den Tripper eingefangen. Entschuldigen Sie bitte, aber so was kam damals häufig vor. Bevor wir heirateten. Setzt euch! Das muss gefeiert werden. Was wollt ihr? Hamburger? Kaffee? Cola? Wein haben wir leider nicht. Es kostet über hunderttausend, die Rechte für den Alkoholausschank zu kriegen. Schwarz kriegt man sie für die Hälfte, aber da lebt man gefährlich.«

»Vivere pericolosamente!«

Alessandro lachte herzlich.

»Kleines Mädchen! Du bist deinem Vater sehr ähnlich! Der sagte das auch immer.«

»Davon ist nicht mehr viel übrig. Das Gefährlichste, was er jetzt machen kann, ist, eine Pizza im Ofen zu vergessen.«

Diesmal lachte Östen auch, aber er hatte nicht vergessen, warum sie gekommen waren.

»Wann schließen Sie abends?«

»Meist, wenn die letzte Fähre abgefahren ist, Viertel vor elf, dann dauert es noch eine Weile, bis ich nach Hause gehen kann, Kasse machen und so.«

»Sie schlafen also niemals hier? Sie oder jemand anders?«

»Nein. Es gibt hier keine Schlafgelegenheit.«

»Wissen Sie, ob die Anlage in irgendeiner Weise überwacht wird?«

»Ja, sie wird bewacht. Wir haben einen örtlichen Wachdienst angeheuert, weil hier in der Gegend mit all den Computerfirmen viel eingebrochen wird.«

»Wie heißt der Wachdienst?«

»Argus.«

»Argus?«

»Argus.«

»Was ist denn das für ein Name?«
»Ich weiß nicht. Den Laden betreibt ein Grieche.«
Östen und Maria stellten eine Reihe von Fragen, und Alessandros Blick, der immer unruhiger wurde, wanderte von einem zum anderen, als würde er ein Tischtennismatch anschauen.
»Warum alle diese Fragen? Hat es mit diesem Mord zu tun?«
Offenbar hatte er die Neuigkeit gehört. Maria fand, dass sie mit offenen Karten spielen konnten.
»Wir glauben, dass der Mörder das Opfer irgendwo hier ins Wasser geworfen haben könnte. Es muss im Herbst gewesen sein, irgendwann im November. Also suchen wir nach jemandem, der etwas gesehen haben könnte, ein Auto zum Beispiel, spät in der Nacht.«
»Ich kann Ihnen nicht helfen. Ich will da nicht reingezogen werden!«
Maria und Östen sahen einander rasch an.
»Warum glauben Sie, dass Sie da reingezogen werden könnten?«, fragte Östen.
Alessandro schwieg einen Moment, als würde er verschiedene Alternativen abwägen. Ein paar Schweißtropfen traten ihm auf die Stirn. Schließlich rang er sich zu einem Entschluss durch.
»Okay. Ich sage es besser gleich, als dass ihr irgendwann drauf kommt. Ich habe gelogen. Es kommt schon mal vor, dass ich hier übernachte.«
»Warum denn?«
Er sah sie flehend an.
»Kann das unter uns bleiben?«
Sie antworteten nicht.
»Ich habe ein, wie soll ich sagen, ich habe eine Frau, die ich ab

und zu treffe, und zwar hier, denn sie ist verheiratet, und ich bin es auch.«

»Wie heißt sie?«, fragte Östen.

»Meine Lieben! Können wir das nicht vermeiden?« Alessandro schwitzte jetzt richtig. »Sie ist, wie gesagt, verheiratet, und ihr Mann wird sie umbringen, wenn das rauskommt, abgesehen davon, dass er auch nicht zögern würde, mir ein Messer zwischen die Rippen zu stecken.«

Maria machte die Sache für ihn leichter.

»Okay, wir vergessen sie. Aber haben Sie irgendwas gesehen?«

Erneutes Schweigen.

»Ja.«

Östen spürte, wie ihm das Blut in den Schläfen rauschte. Maria lief es eiskalt den Rücken hinunter.

»Und? Brauchen wir einen Angelhaken, um aus Ihnen etwas rauszufischen?« Östen entlieh seine Vergleiche oft der Welt der Fischer, in der er groß geworden war.

Maria sah ihn vorwurfsvoll an. Es war nicht die richtige Taktik, hier hart ranzugehen. Alessandro stammte wie ihr Vater aus Sardinien, und dort passiert viel, aber keiner redet mit der Polizei.

»Ja, es war im November, voriges Jahr. Ich weiß nicht, an welchem Tag.«

»Glauben Sie, dass die gewisse Dame sich daran erinnern könnte?«

Maria war die Liebenswürdigkeit in Person.

»Das ist möglich, sie führt Tagebuch, ich habe ihr gesagt, sie soll es verbrennen, aber sie meint, ihr Mann würde es nie finden.«

»Okay, machen wir weiter!«, mahnte Östen.

»Wir waren also hier. Es war eine stürmische Nacht, es wehte schrecklich, und ich dachte, der ganze Kiosk würde wegfliegen. Also war ich unruhig und konnte nicht einschlafen, und außerdem (und hier wandte er sich an Maria) schnarcht die gewisse Dame wie ein gestrandeter Wal, also bin ich aufgestanden, um eine Zigarette zu rauchen, und da habe ich dieses Auto gesehen.«
»Was war das für ein Auto?«
»So ein kleiner Bus, ich dachte, es wären die Wachleute, die ihre Runde drehten, aber mir fiel auf, dass der Wagen so nah am Kai stand, und das war doch komisch. Im Grunde genommen standen sie direkt an der Kante, also schaute ich noch etwas genauer hin, aber ich konnte nichts mehr sehen, außer, aber ich bin nicht sicher ...«
»Was denn?«
»Ich glaube, ich habe ein großes D darauf gesehen, als Landeskennzeichen, aber ich bin, wie gesagt, nicht sicher.«
»Stand der Wagen lange dort?«
»Nein. Ungefähr eine Minute.«
»Und Sie haben niemanden aussteigen sehen?«
»Nein. Es war stockdunkel.«
»Wie konnten Sie dann das D sehen?«
»Das habe ich hinterher gesehen, als es hier vorbeifuhr, in voller Fahrt, da blitzte es gerade zufällig.«
»Aber warum war es stockdunkel? Die Beleuchtung des Fähranlegers ist doch wohl die ganze Nacht lang an?«
»Es war Stromausfall. Wie ich schon sagte – es war ein unglaublicher Wind in jener Nacht.«
Sie saßen schweigend da. Dann sagte Östen mit ernster Miene: »Also, wissen Sie, ich bin ja ansonsten nicht gerade ein Freund von Seitensprüngen, aber dieser hier könnte ganz

nützlich sein.« (Konnte man dasselbe auch von seinem Seitensprung sagen?)

Alessandro lachte bitter.

»Ich hoffe wirklich, dass das unter uns bleibt.«

Maria versicherte ihm, dass er sich keine Sorgen machen müsse. Sie dankten ihm für seine Hilfe und nahmen die Fähre nach Ekerö hinüber. Der Morgen war wolkenverhangen gewesen, mit unruhigen böigen Winden, die unentwegt die Richtung wechselten, wie eine ungeduldige Kinderzeichnung. Jetzt schien die Sonne, der Wind hatte sich gelegt, die Fähre der staatlichen Straßenmeisterei glitt ruhig über den Vårbyfjärden.

»Es geht in die richtige Richtung.«

Maria glaubte, er meine die Ermittlungen, aber Östen dachte an das Wetter. Es war ein anstrengender Winter gewesen, lang wie eine Soap im Fernsehen, dunkel wie ein geschlossener Tunnel, düster wie eine Flucht übers Meer.

»Es ist ein Wunder, dass wir überhaupt jedes Jahr überleben.«

Gleichzeitig dachte sie weiter nach.

»Glaubst du, dass das Elektrizitätswerk über Stromausfälle und dergleichen Buch führt?«

»Ruf an! Man muss nur anrufen.«

Maria rief in der Polizeizentrale an und ließ sich die Nummer des Elektrizitätswerks in Huddinge geben. Derjenige, der dort ranging, hatte keine gute Laune.

»Woher soll ich verdammt noch mal wissen, ob es im November einen Stromausfall gab?«

»Vielleicht nicht Sie. Aber es wird doch jemanden geben, der es weiß.«

»Das kann dann nur Billy sein!«

»Wer ist Billy?«
»Der Computer. Wir haben ihn nach Bill Gates benannt.«
»Nach dem Motto: ›Ich frage meinen Hund, und der Hund fragt seinen Schwanz!‹«
Maria zitierte eines der Sprichworte ihrer Großmutter in dem Versuch, ihren Ärger über die unfreundliche Stimme in der Leitung zu verbergen, die ihr eine Gänsehaut machte. Sie war sehr empfindlich, was Stimmen anging.
»Das dauert einen Moment«, sagte die Stimme jetzt ein wenig umgänglicher. »Um welches Gebiet geht es?«
Östen, der das Gespräch verfolgte, hatte genug.
»West-Kiruna wird es sein, du Klotzkopf!«, schrie er in den Hörer. »Huddinge natürlich. Das ganze verdammte Huddinge!«
Es wurde still. Dann sagte der Nörgelfritze am anderen Ende: »Ich werde mich beschweren.«
»Beschwer dich, wo du willst. Aber nimm vorher bitte einen Ausdruck mit allen Stromausfällen zwischen dem 10. November und dem 10. Dezember und schick ihn an die Polizeizentrale. Ende der Durchsage!«
Er knallte den Hörer auf und atmete schwer.
Da passierte es.
Maria beugte sich vor und küsste ihn auf den Mund, in demselben Moment, als der Haken der Fähre sich in die Öse des Fähranlegers einhakte und es Zeit war runterzufahren.
Also wurde ihr Kuss nicht mehr als ein verschämtes Küsschen, dünn wie eine Schneckenspur.

19

Man sollte glauben, dass Polizisten auf der ganzen Welt gern und oft zusammenarbeiten. Sie tun es, allerdings weder gern noch oft. Prestige, Leichen im Keller, ideologische Gegensätze und andere Dinge streuen Sand ins Getriebe. Wenn Zusammenarbeit zu Stande kommt, dann ist sie meist das Resultat glücklicher Zufälle. Ein schwedischer Kommissar, der einen estnischen oder einen russischen zufällig gut leiden kann. Es kann passieren, dass sie dieselbe Sorte Wodka oder denselben Mädchentyp bevorzugen oder dass sie gezwungen werden zusammenzuarbeiten, wobei eine Zuneigung entstehen kann.

Das war der Fall bei Thomas Roths Freundschaft mit dem estnischen Kollegen Jannis Vitalis. Zwei schwedische Geschäftsleute waren in Tallinn brutal ermordet worden. Zu allem Überfluss noch eine banale Geschichte mit Alkohol, Sex und schwedischer Blauäugigkeit, die mit zwei leblosen Körpern auf einer Müllhalde vor der Stadt geendet hatte.

Die estnische Polizei hatte so etwas schon allzu oft gesehen, um eine größere Geschichte daraus zu machen, aber die Politiker übten Druck aus. Estland wollte in die EU, und Schweden war eines der Länder, auf deren Unterstützung

man rechnen konnte. Man konnte es sich nicht leisten, schwedische Geschäftsleute ohne weiteres verschwinden zu lassen.
Also bemühte man sich, die Huren und die Zuhälter zu finden, die in die Sache verwickelt waren, und um zu zeigen, wie artig man war, lud man auch noch die schwedische Polizei ein. Da der eine der Geschäftsleute in Huddinge lebte, war es Thomas Roth, der hinfahren durfte, um seinen estnischen Kollegen zu applaudieren. Es war ja nur eine symbolische Handlung. Man setzte zwei Huren, einen Zuhälter und zwei seiner Mitarbeiter fest, die sicher schuldig waren, mit dem Verbrechen aber nicht in Verbindung gebracht werden konnten und dann freigelassen wurden. Die schwedischen Geschäftsleute blieben tot.
Doch die Sache hatte auch ihr Gutes. Kommissar Jannis Vitalis und Kriminalinspektor Thomas Roth fanden auf Grund von zwei Umständen zueinander. Zum einen waren sie beide jüdischer Herkunft, Vitalis auf Seiten seiner Mutter und Roth auf der seines Vaters. Zum anderen liebten beide Schlösser, Herrensitze, alte Festungen, alte Kapellen, verfallene Brücken. Sie waren schlicht und einfach in eine Zeit verliebt, die nicht die ihre war. Sie glaubten beide, dass sie die Schönheit liebten, während sie in Wirklichkeit den Abstand liebten, die Möglichkeit, nahe zu sein, ohne direkt involviert zu sein, zu betrachten, ohne betrachtet zu werden.
Man sollte meinen, dass sie beide mit dieser Voraussetzung eigentlich hätten Archäologen werden sollen, doch was war ein Polizeikommissar, wie Jannis Vitalis zu sagen pflegte, anderes als Archäologe der Gesellschaft. Die beiden Männer verbrachten unzählige Stunden miteinander und diskutierten die wilden Auswüchse des Verbrechens in der estnischen Ge-

sellschaft nach dem Zusammenbruch der Sowjetunion. Die nahe liegendste Theorie war, dass Chaos und Unordnung folgen, wenn ein autoritärer Staat zusammenbricht.
Das lehnte Jannis Vitalis rigoros ab. Seiner Ansicht nach war es gerade umgekehrt. Es war der autoritäre Staat, der die Ursache für das Problem darstellte. Die Menschen sammelten über mehrere Jahrzehnte hinweg vielfältige Impulse zur Freiheit an, und wenn die Freiheit endlich kam, konnten sie ihre Impulse nicht länger kontrollieren. Ein ausgehungerter Mensch will immer mehr essen als er verträgt, das ist ja allgemein bekannt.
Der Fehler des autoritären Staates ist es, dass er die Freiheit in einen verbrecherischen Traum verwandelt. Der Fehler unserer derzeitigen Gesellschaft ist, dass sie das Verbrechen in einen Traum verwandelt.
»Man kann die Ostsee nicht mit einem Tau festbinden«, pflegte Jannis Vitalis zu sagen. »Ebenso wenig festbinden kann man die Sehnsucht der Menschen nach allem, wonach sie sich nun gerade sehnen können: Geld, Sex, Bewusstlosigkeit. Deshalb ist unsere Welt, wie sie jetzt ist, und es wird noch schlimmer werden, ehe sich etwas ändert.«
Thomas Roth war solche Diskussionen nicht gewohnt. Zu Hause in Stockholm sprachen die Polizisten über ihre Pension, Überstundenausgleich oder Urlaubspläne. Ideologische Debatten waren für sie gleichbedeutend mit Modeworten, die ohne jegliche Konsequenz gegeneinander ausgetauscht werden konnten.
Woher kam dieser Unterschied? Warum wirkte alles Schwedische so platt, so erdgebunden auf eine Weise, die eher banal als vernünftig war?
»Der Krieg!« Das war die stehende Antwort von Jannis

Vitalis. Schweden war um den Krieg herumgekommen. »Die Schweden mussten nie erwachsen werden.«
Das war starker Tobak, den Roth nicht akzeptieren wollte. »Mir tut jedes Land Leid, das einen Krieg braucht, um erwachsen zu werden«, dachte er im Stillen, aber welche Alternativen gab es? Die Sandkiste?
Seine letzte Woche in Tallinn verbrachte er in Gesellschaft seines neu gefundenen Freundes. Dann war es an der Zeit, nach Hause zu reisen, und Jannis Vitalis fuhr ihn zum Hafen, wo die Estonia lag, bereit auszulaufen. Es ging ein starker Wind. Die Wellen waren hoch, sogar innerhalb der Wellenbrecher des Hafens. Thomas leistete sich einen Witz.
»Bei diesem Seegang werde ich allen Wodka auskotzen, den ich in der ganzen Woche getrunken habe.«
Vitalis sagte nichts. Er ließ den Wagen wieder an und kehrte um.
»Du wirst heute Nacht bei mir schlafen. Das hier ist kein Wetter, um auf See zu sein.«
Roth glaubte, der Este würde Witze machen, doch das tat er nicht. Er wehrte alle Proteste von Thomas ab und fuhr direkt nach Hause, wo seine Frau gerade das Abendessen bereitete.
Als die Estonia auf Grund sank, schlief Thomas Roth also auf einem Feldbett im Wohnzimmer von Jannis Vitalis.

Das war der Mann, den Thomas Roth inzwischen mehrere Male versucht hatte, telefonisch zu erreichen. Jedes Mal bekam er widersprüchliche Antworten. Einer sagte, dass Kommissar Jannis Vitalis in einer Konferenz, ein Zweiter, dass er auf Dienstreise sei, ein Dritter, dass er in Pension gegangen sei.
Der Vierte, der den Hörer abnahm, war Jannis Vitalis selbst.

Nach den Begrüßungsfloskeln und den üblichen Fragen nach dem Befinden der Familie erklärte Roth sein Anliegen.
Das war kein leichter Fall. Die estnische Polizei war noch nicht vernetzt worden. Die Akten stapelten sich in Kisten, die in einem Keller standen. Eine Liste mit vermissten Personen zu finden erforderte fast mehr Arbeit, als die Vermissten zu finden.
»In diesem Chaos hier brauchen wir Radar, um unseren eigenen Hintern zu finden!«, behauptete der Kommissar in Tallinn.
Aber er würde tun, was er könne.

20

Kristina Vendel saß über einigen Berichten. Die Techniker im staatlichen kriminaltechnischen Labor in Linköping hatten herausfinden können, dass die Kugel eine .32 SCP war, die sowohl bei einer Walther mod. PP als auch bei einer Browning verwendet werden konnte, zwei äußerst verbreiteten Waffen, die zudem nicht schwer zu bekommen waren. Der Verformungsgrad von 209 mm/Umdrehung war jedoch weder für eine Walther noch für eine Browning typisch, was die Leute erstaunte.
Der Schießabstand betrug wahrscheinlich zwischen zwei und drei Metern, da man am Opfer keinerlei Schmauchspuren gefunden hatte.
Der Bericht des Gerichtsmediziners beschrieb eingehend die Verletzungen, den Inhalt des Magens, den Inhalt des Darmes und die Bakterienflora der Vagina. Nirgendwo Spuren von Sperma, doch das schloss nicht aus, dass es sie gegeben hatte und dass sie mit der Zeit verschwunden waren. Der Körper hatte mindestens sechs Monate lang im Wasser gelegen, so dass nicht ausgeschlossen werden konnte, dass es einen entweder freiwilligen oder unfreiwilligen sexuellen Kontakt zwischen dem Opfer und dem Täter gegeben hatte. Die letzte

Mahlzeit des Opfers musste Fleisch mit Roter Bete gewesen sein.

»Borschtsch!«, dachte Kristina. Das Opfer musste wohl Borschtsch gegessen haben. Das wies darauf hin, dass sie aus dem Osten kam. Man konnte mit großer Wahrscheinlichkeit ausschließen, dass sie Schwedin war. Das war ein Anfang.

Am interessantesten waren die Zähne. Das Opfer hatte fünf große Füllungen. Vier waren aus Amalgam, aber die fünfte aus einem moderneren Keramikmaterial. Das konnte darauf hindeuten, dass das Opfer seine Zähne in Schweden hatte richten lassen, denn in den meisten östlichen Ländern war die Debatte um Amalgam noch nicht in Gang gekommen.

»Sogar die Hysterie hat ihre guten Seiten«, schrieb Guldbaggen, und Kristina konnte sich vorstellen, wie er die Lippen schürzte und die Augen zufrieden über sich selbst und seine Arbeit zusammenkniff.

Das war interessant, aber wie sollte man den Zahnarzt finden?

Nach welchen Kriterien wählt man einen Zahnarzt aus? Vor allem, wenn man in einem Land Ausländer ist? Geht man zum ersten besten? Oder fragt man nach einem, der die eigene Sprache spricht?

Das Letztere war am wahrscheinlichsten.

Sie konnte es einfach versuchen. Wenn die Frau aus Estland kam, dann würde sie wahrscheinlich nach einem Zahnarzt suchen, der Estnisch oder wenigstens Russisch sprach.

Sie holte die Gelben Seiten und blätterte sich zerstreut bis zu den Zahnärzten vor. Elf Seiten. Es würde einen ganzen Monat Vollzeitarbeit erfordern, allein herumzufahren und alle zu besuchen. Sie gab auf. Es war noch nicht einmal sicher, dass die Frau die Füllungen in Schweden hatte machen lassen,

und noch weniger konnte man wissen, ob sie in Stockholm zum Zahnarzt gegangen war.
Sie wollte gerade das Telefonbuch zuklappen, als ein Name ihre Neugier weckte.
»Marja Ragosin, Manhemsgatan 4, Hägersten. Telefonische Anmeldung täglich 7 Uhr 15 bis 8 Uhr.«
Die Versuchung war zu groß. »Mein Gott, Millionen von Schweden kaufen jede Woche Lose. Da kann ich es wohl auch mal probieren.«
Sie nahm den Hörer ab, und ihr Puls schlug schneller.
Es war nicht die ausgewiesene Anmeldezeit, und es ertönte das Besetztzeichen. Fünf Minuten später dasselbe. Eine Viertelstunde später genauso. Da stimmte etwas nicht.
Eine halbe Stunde später.
»Ragosin.«
Es war ein Mann am Telefon. Sicherlich war er es auch gewesen, der zuvor die Leitung blockiert hatte.
»Ich würde gern mit der Zahnärztin Marja Ragosin sprechen.«
»Es ist keine Anmeldezeit.«
Ganz ruhig, als ginge es um eine Bombendrohung.
Kristina war in ironischer Stimmung.
»Ich rufe nicht wegen meiner Zähne an, sondern wegen eines Mordes!«
Sie genoss die besorgte Stille am anderen Ende der Leitung.
»Wer ist denn da bitte?«
Der Grund ihres Anrufes wirkte offenbar nicht besonders ungewöhnlich.
»Hauptkommissarin Vendel von der Polizei in Huddinge.«
»Einen Moment bitte.«
Sie wartete. Ein Königreich für eine Zigarette!

»Hier Dr. Ragosin.«
Eine beherrschte Frauenstimme.
»Ja, guten Tag. Hier ist Hauptkommissarin Vendel. Entschuldigen Sie bitte, dass ich zu dieser Zeit anrufe, aber ich brauche einige Informationen.«
»Jetzt?«
»So bald wie möglich, auf jeden Fall.«
»Sie können um ein Uhr kommen, Frau Kommissarin. Da habe ich Mittagspause.«
»Ausgezeichnet. Ich komme.«
Sie verfluchte sich selbst, als sie den Hörer auflegte. Es war klar, dass sie anfing, manisch zu werden.
Aber einen Menschen gab es, der sie besser als jeder andere beruhigen konnte.
Nicht ihr Mann, nicht ihr Vater und nicht ihre engsten Mitarbeiter.
Der Staatsanwalt.
Die Leute glauben, dass es Staatsanwälte gibt, damit sie Anklagen gegen die Verbrecher erheben. Das tun sie auch. Doch sind die Staatsanwälte ebenso wichtig, wenn es darum geht, dafür zu sorgen, dass die Polizei nicht macht, was sie will. Das ist einer der Gründe, warum ein Staatsanwalt immer schon von Anfang an dabei ist und einen Fall verfolgt. Der andere Grund ist, dass der Staatsanwalt genauso viel weiß wie die Polizei, was die Arbeit entschieden erleichtert.
So ist das also. Die Menschen wollen, dass der Verbrecher seine Strafe bekommt. Die Polizei sorgt dafür, dass das Verbrechen aufgeklärt wird. Der Staatsanwalt sorgt dafür, dass die Polizei bei der Jagd auf den Täter nicht ihre Befugnisse überschreitet, und formuliert die Anklage. Die Verteidiger sind dazu da, die Anklage zu widerlegen oder sie umzufor-

mulieren. Das Gericht verurteilt sowohl den Verbrecher als auch den Staatsanwalt, die Verteidiger und die Polizei. Und am Ende verurteilt das Volk den Richterspruch des Gerichtes, der meist als zu mild angesehen wird.

Das System der Gerichtsbarkeit beruht darauf, dass keiner der Kontrahenten je richtig zufrieden ist, und das ist die beste Garantie dafür, dass es meist zufrieden stellend funktioniert.

Wichtig ist nur, dass man nicht in Zynismus verfällt, dass man nicht die annähernde Gerechtigkeit als Beweis dafür nimmt, dass keine Gerechtigkeit möglich ist – eine Krankheit, die jeden früher oder später ereilt.

Die stellvertretende Staatsanwältin Mitsuko Öberg-Namamoto hatte noch keine Zeit gehabt, zynisch zu werden. Sie war gerade achtundzwanzig Jahre alt, die Tochter eines japanischen Choreographen, der während eines Gastspiels in Stockholm im Pas de deux mit einer schwedischen Tänzerin verblieben war. Die Eltern hatten ihr nicht nur das jeweils Beste von ihrem Aussehen vererbt, sondern auch ihre besten Eigenschaften.

Mitsuko war graziös und erdverbunden, sensibel und realistisch, fantasievoll und pragmatisch. Welche Eigenschaft sie von welchem Elternteil geerbt hatte, war ein beliebtes Thema bei Familienzusammenkünften, verbunden mit Sticheleien in alle Richtungen. Diese seltsame Mischung wurde von einem vielseitigen Kopf regiert, der mit ernsthafter Neugier ausgestattet war. Aber auch perfekte Menschen sind doch immer nur fast perfekt. Mitsuko war extrem kurzsichtig. Die stärksten Linsen, die man bekommen konnte, halfen ihr, sich im Raum zu orientieren, doch schon einen Meter entfernt sah sie niemals irgendwelche Details. Ihre Welt bestand nicht aus Körpern und Dingen, sondern aus Konturen und Schatten.

Deshalb hatte es sie zur Juristerei gezogen, genauer gesagt, zur juristischen Sprache. Die Klarheit und die Exaktheit lockten sie, sie war selig, wenn sie gut geschriebene Gesetze und Urteilssprüche las. Es war, als würden diese Texte die Schwäche ihrer Augen aufheben. Sie konnte dann verstehen, was sie nie sehen konnte.

Den Entschluss, Staatsanwältin zu werden, hatte sie bereits im Alter von sechzehn Jahren gefasst, als sie zum ersten Mal mit dem Bösen im Menschen und dem zu kurzen Arm der Gerechtigkeit konfrontiert worden war.

Ihre jüngere Schwester, ein lebhaftes Kind von knapp neun Jahren, war entführt, missbraucht und schließlich mit siebzehn Messerstichen getötet worden. Die Polizei konnte den Schuldigen nicht finden. Es gab einen Mann, der ein paar Monate in Untersuchungshaft war, es gab auch eine Reihe von Indizien gegen ihn, doch er leugnete, das Verbrechen begangen zu haben, und der Staatsanwalt meinte, nicht genügend Beweise gegen ihn zu besitzen. Er wurde freigelassen. Sechs Monate später wurde er wieder eingesperrt. Diesmal hatte er sich an einem vierjährigen Jungen vergriffen und die Leiche dann unter einem Steinhaufen an der Mühle von Gladö verscharrt, wo eine riesige Maschine Steine zu Schotter zermahlte.

Wäre die Maschine an jenem Morgen in Gang gekommen, hätte man den ermordeten Jungen niemals gefunden. Doch die Maschine lief nicht an: Eine Kurbelwelle war gebrochen.

Es war der Schäferhund des Wachmanns, der sich zu dem leblosen Körper durchschnüffelte.

Diesmal gab es Zeugen. Man hatte den Jungen im Auto des Mannes gesehen. Der Gerichtsmediziner fand Sperma im

Mund des Kindes, und das Labor fand das Blut des Kindes an den Stiefeln des Mannes. Er hatte es totgetrampelt.
Diesmal konnte nichts geleugnet werden. Also nutzte er die Gelegenheit, sein Gewissen zu erleichtern, und gestand, dass er auch die neunjährige Schwester von Mitsuko getötet hatte. Es ging dabei nicht nur um sein Gewissen, sondern das alles war auch eine Frage der juristischen Taktik. Er gestand zwei Sexualmorde an Kindern, und er durchlief eine rechtspsychiatrische Untersuchung, die natürlich nichts anderes ergeben konnte, als dass er schwer psychotisch war. Als Psychopath kam er ohne Gefängnisstrafe davon, am Ende wurde er in die Psychiatrie überwiesen und landete in Säter im Bezirkskrankenhaus von Dalarna, wo er zumindest nicht um sein Leben bangen musste, denn unter gewöhnlichen Kriminellen sind Kindermörder nicht gerade beliebt.
Für Mitsuko bedeutete dieses Gerichtsverfahren ihre erste und tiefste Lebenskrise. Sie sah, wie die Trauer ihre Eltern zu Schlafwandlern machte. Ihre schöne Mutter, die den Tag immer mit einer Stunde Gymnastik begonnen hatte, quoll auf, als sei ihr Kummer in Fett eingelassen. Sie sah ihren Vater mit leerem Blick wie eine Buddhastatue apathisch auf dem Boden sitzen.
Sie war zu jung, um zu verstehen, dass die Trauer manchmal stärker ist als die Wut, und das war ihre Rettung. Zu einer Zeit, als die gleichaltrigen Mädchen den Jungen hinterherliefen, sehnte sie sich danach, die Prinzipien der Rechtsprechung zu verstehen. Was verurteilte das Gericht? Die Handlung oder den Täter? Vor dem Gesetz sollten alle gleich sein, so wurde es verlangt, doch das war offenbar nicht der Fall. Wenn man krank genug war, durfte man ungestraft töten. Doch der Beweis dafür, dass man ausreichend krank war, lag

oft darin, dass man getötet hatte. Das Gesetz biss sich selbst in den Schwanz, wie ein sterbender Skorpion. Das ging ihr im Kopf herum.
Ihr Studium, zunächst in Lund und dann in Uppsala, absolvierte sie in rasender Geschwindigkeit mit der höchsten Punktzahl in allen Fächern. Nur einmal hatte sie lediglich die zweithöchste Punktzahl erreicht, und zwar in einem kleinen Kurs, wo es im Grunde genommen darum ging, wie man etwas in juristischen Büchern nachschlägt.
Sie ging als Einzige ihres Jahrgangs an das Gericht von Stockholm. Danach bewarb sie sich um eine Stelle bei der Staatsanwaltschaft. Niemand konnte sie aus dem Feld schlagen.
Hier arbeitete sie inzwischen seit ungefähr zwei Jahren. Keine wichtigen Fälle bisher, doch zufällig hatte sie Dienst, als man die Frau in dem Plastiksack fand. Und es wurde ihr Fall, der erste große Fall.
Eine junge Kommissarin, eine junge Staatsanwältin. »Das wird ja der reinste Kindergarten«, hatte Thomas gemurmelt. Schon bald würde er seine Meinung ändern.

21

Der Fähranleger auf Ekerö wirkte viel ländlicher als der auf der Seite von Vårby. Es sah ein wenig aus wie in Broa auf Fårö, dachte Östen. Das Einzige, was fehlte, war der alte Mann, der bundweise Mohrrüben verkaufte.

Das Café war ein Holzhaus, wo im Eingang ein paar Zeitungen verkauft wurden und wo man es noch nicht geschafft hatte, alle Aufmacher auszutauschen. Einer davon gehörte zu einer Wochenzeitschrift vom vorigen Jahr. Nicht, dass das von irgendeiner Bedeutung gewesen wäre. Die aktuellen Aufmacher handelten von Silvia und Victoria, ebenso wie die alten.

Ein völlig gleichgültiges Detail, das jedoch bei den beiden Polizisten das Gefühl weckte, dass das Leben immer im selben Gleis verlief, vor allem ihr eigenes Leben. Eine federleichte Trauer über all die Möglichkeiten, die im Sande verliefen, ohne dass man etwas anderes tun konnte, als vom Stehplatz aus zuzuschauen.

Im Café waren keine Gäste. Der Kellner war ein junger Mann, der ungeheuer konzentriert in einem Groschenroman las, mit einem Gesichtsausdruck, als würde er versuchen, Einsteins Relativitätstheorie zu verstehen. Um sicherzuge-

hen, dass er nicht gestört würde, hatte er seine Ohren außerdem mit Kopfhörern geschützt.
»Eins ist sicher. Wenn dieser Typ etwas gesehen hat, dann hat er auf jeden Fall nichts gehört.«
Östen bekam mehr Recht, als er befürchtet hatte. Der Kellner ging nach der Arbeit immer direkt nach Hause, er erinnerte sich an nichts aus dem November des vorigen Jahres, er konnte sich kaum mehr erinnern, dass im vorigen Jahr überhaupt November gewesen war. Doch plötzlich hellte sich sein Gesicht auf.
»Jetzt erinnere ich mich!«
Er sagte das mit einer stolzen Freude in der Stimme, als würde er eine Verschwörung gegen den Ministerpräsidenten entlarven.
Sie warteten.
»Es war dieser Minibus, der fast reingefallen wäre. Es regnete wie verrückt, ich bin rausgelaufen, und anstatt sich bei mir zu bedanken, verschwand der Idiot, als hätte er Hummeln in der Hose.«
Wieder der Minibus!
»Erinnern Sie sich an noch etwas? Haben Sie gesehen, ob mehrere Leute in dem Auto saßen? Haben Sie das Nummernschild gesehen? War es ein schwedisches Auto?«
Der junge Mann war einen Moment lang versucht, eine Geschichte auszuspinnen, er befand sich immer noch in der Welt der Groschenhefte – da könnte er den Kumpels was erzählen hinterher, aber jetzt hatte er seine Kopfhörer abgenommen, und sein Gewissen kehrte zurück.
»Nein, ich hatte das Gefühl, als wäre noch jemand in dem Auto, eine Frau, aber ich bin nicht sicher. Das Nummernschild habe ich nicht gesehen, dazu reichte das Licht nicht.«

»Wie spät war es?«
»Also, das muss so kurz nach elf gewesen sein, ich wollte gerade nach Hause gehen.«
»Fahren Sie Auto?«
»Ja.«
»Haben Sie gesehen, wohin er fuhr?«
»Nein. Er ist gefahren wie eine gesengte Sau.«
»Konnten Sie die Automarke erkennen?«
»Die sehen jetzt ja alle gleich aus. Es kann ein Japaner gewesen sein, so einer, der aussieht wie ein Trüffelschwein.«
Maria nahm für alle Fälle seinen Namen und die Adresse auf. Dann fragte der junge Mann mit der Vertraulichkeit, die einer an den Tag legt, der gerade behilflich gewesen ist: »Geht es um diesen Mord?«
Aber genau in dem Moment kam die Fähre, und wenig später fuhren sie hinauf. Im Westen hatten sich schwere Wolken gesammelt. Würde es Regen geben?
Eins war sicher: Sie mussten den Minibus finden. War sein Besitzer der Mörder? Das konnte der Fall sein. Und die Frau in dem Auto? Wer war sie? War sie das Opfer? Das würde bedeuten, dass sie irgendwann zwischen elf und drei Uhr in der Nacht ermordet wurde. Vielleicht sogar im Minibus. Vielleicht auch woanders. Aber es könnte auch einen Mittäter geben. Und was machten die auf Ekerö? Kamen sie in der Absicht dorthin, die Leiche zu versenken? Und warum Ekerö? Wohnten sie dort? Oder war das alles nur ein Zufall?
Wenn alles Zufall war, dann war dieser Zufall niemals auf der Seite der Polizei, das wussten die beiden.
Sie strich mit der Hand über seinen Nacken.
»Du musst dir mal die Haare schneiden.«

Die Berührung wandelte seine Stimmung von düsterer Misanthropie in vorsichtigen Optimismus.
»Maria ... wo findet man ein Mädchen wie dich?«
»Na, da schau an!«
Die Selbstironie in ihrer Stimme verflog unbemerkt wie ein alter Aufmacher am Kiosk.

22

Die ersten Regentropfen kamen, als sie ihren Fiat vor einem Tätowierstudio auf dem Hägerstensvägen parkte. Ein roter chinesischer Drache, der auf das Fensterglas gemalt war, stellte die Kunstfertigkeit des Tätowierers unter Beweis. Tätowierungen waren in Mode gekommen. Es störte sie nicht besonders. Piercing zu akzeptieren fiel ihr schwerer.

Ein Mädchen von ungefähr achtzehn Jahren kam gerade aus der Werkstatt, oder besser gesagt aus dem Salon. Kristina bemerkte mit Schaudern, dass sie einen Ring in der Unterlippe hatte.

Warum machten die junge Leute heutzutage nur solche Sachen?

Um gesehen zu werden, sagte man. Aber auf diese Art und Weise wurde man nicht gesehen, sondern angestarrt. War es das, was sie wollten? Sie war sich nicht sicher. Im Moment war sie sich keiner Sache sicher.

Es war Viertel vor eins. Sie wurde nicht vor eins erwartet. Und es würde ihr zum Vorteil gereichen, wenn sie noch bis ein paar Minuten nach eins wartete. Das Warten ist der wichtigste Helfer der Polizei, denn wer auf den Besuch der Polizei wartet, ist nicht mehr sorglos. Er beobachtet sich selbst, seine

Umgebung. Er antwortet auf Fragen, die noch niemand gestellt hat.
Also war es das Klügste, einen Spaziergang zu machen. Es war lange her, dass sie in diesem Viertel gewesen war. Als sie fünfzehn war, galt Aspudden als Problemviertel: Alkoholiker, kleine Diebe, Hehler, Frührentner wohnten hier. Die Häuser verfielen.
Das hatte sich geändert. Neue Läden säumten den Hägerstensvägen, der durch Parkbuchten und eine mit Kopfsteinpflaster gelegte Mittellinie ein echtes Lifting erfahren hatte. Die Häuser waren restauriert, es gab ein paar kleinere Mittagslokale und ein altes Café, wo ein Schild darauf hinwies, dass Kaffee und Torte nur fünfzehn Kronen kosteten.
»Und was kostet Kaffee und Titte?«, fragte sie sich etwas unkeusch und schielte auf eine Runde junger Männer, die sich in der Nähe versammelt hatten und deren Gesichter jenen Zugang zu höheren Mächten verrieten, der nur Arbeitslosen zuteil wird.
Die Branche der Videoverleiher hatte es scheinbar nicht leicht. Drei Filme konnte man für fünfundvierzig Kronen mieten, wenn man wollte.
Die Manhemsgatan war ein kurzes Stück Straße zwischen Hägerstensvägen und Vapengatan. Ein vollkommen unansehnliches Stück Straße, wäre sie nicht in der Mitte von einem winzigen Platz geteilt worden, auf dem alte schöne Stechpalmen und ein paar jüngere Maulbeerbäume wuchsen. In der Mitte befand sich die Statue eines nackten Jungen, der entspannt ausgestreckt vor einer Fontäne lag, die Wasser auf ihn spritzte, eine Darstellung gegen die Tradition der Renaissance, wo es ja immer der Junge ist, der jemand anderen bespritzt, vorzugsweise eine Frau.

Kristina setzte sich auf die Bank und sah sich das Haus an, in dem die Zahnärztin Marja Ragosin ihre Praxis hatte. Es war ein schönes gelbes Haus, wahrscheinlich irgendwann Anfang des neunzehnten Jahrhunderts erbaut. Über dem Haupteingang sowie über den Fenstern hatte der Architekt waagerechte Granitsteine eingesetzt, die den Eindruck hochgezogener Augenbrauen vermittelten: Das Haus blickte auf seinen Betrachter zurück.

Das tat wahrscheinlich auch Marja Ragosin. Kristina bemerkte im zweiten Stock eine Gestalt hinter einer weißen Gardine. Es war nur so, dass Marja Ragosin nicht wusste, auf wen sie wartete, und Kristina wusste nicht, wer auf sie wartete.

Sie hatte versucht, sich kein Bild zu machen, ihre Aufmerksamkeit nicht dadurch einzuschränken, dass sie eine bereits fertige, aber völlig haltlose Vorstellung von einem Menschen bestätigen sollte, den sie im Begriff war zu stören, und zwar aus keinem anderen Grund als ihrem eigenen Wunsch, möglichst schnell mit ihrem Fall voranzukommen. Und doch hatten sich bestimmte Vorstellungen in ihren Kopf geschlichen, aus Filmen, die sie gesehen hatte, aus Büchern, die sie gelesen hatte. Ihr Kopf hatte schon vor langer Zeit die Unschuld verloren.

Früher, als sie noch richtig jung gewesen war, hatte sie ihren Onkel jemanden mit den Worten loben hören: »Der ist echte Ware!«

Gab es denn noch echte Ware nach der Art, die der Onkel meinte?

War sie selbst echte Ware?

Sie ließ die Gedanken abschweifen, um die Zeit vergehen zu lassen. Jetzt war es soweit.

Sie stand eilig auf und spürte einen kleinen Widerstand von der Bank. Sie hatte sich auf einen Kaugummi gesetzt. Was sie erstaunte, war, dass sie nicht wütend wurde, sondern angeekelt – als hätte jemand sie angespuckt oder etwas noch Schlimmeres getan. Sie drehte den Rock herum, um die Sache in Augenschein zu nehmen.
Ein gelblicher Klumpen, bestehend aus ein paar Milliarden beweglicher Moleküle und einer großen Menge Bakterien, war auf ihrem Hintern festgeklebt wie ein altmodisches Siegel.
Da konnte man nicht viel tun. Sie kratzte den Klumpen mit ihrem Taschenmesser ab, wischte die Schneide ab, so gut sie konnte, und drehte den Rock resolut noch ein Stück weiter herum. Lieber ein Fleck, den man selbst sieht, als einer, den nur alle anderen sehen.
Sehr richtig. Das Erste, worauf Marja Ragosins Blick fiel, war der fantasieanregende Fleck, aber Kristina widerstand der Versuchung, ihn zu erklären.
Die Zahnärztin Ragosin war in einen züchtigen weißen Arztkittel gekleidet, der gewisse Möglichkeiten für Koketterie barg. Die obersten zwei Knöpfe sowie die beiden untersten standen offen. Sie war zwischen vierzig und fünfundvierzig Jahre alt, ihr Handschlag war fest und trocken. Das Haar war wie bei einem Marine in einem amerikanischen Film sehr kurz geschnitten. In ihrem Pass stand sicher, dass ihre Augen graubraun seien, denn sie waren auf eine unbestimmte Art hellbraun. Kristina dachte an geröstete Walnüsse, was sie sofort in die herbstlichen Straßen von Paris zurückversetzte, vor vier Jahren, Hand in Hand mit Johan, als das Glück noch jung und die Liebe ewig gewesen war.
»Ich möchte Sie nicht lange aufhalten. Wir ermitteln in einem

Mord, das Opfer ist eine Frau unbekannter Identität. Wir haben Anlass zu der Vermutung, dass sie aus … (Hier wurde sie unsicher. Sollte sie sagen aus Russland oder aus Estland? Sie beschloss, sich alle Türen offen zu halten.) … Ihrem Land ist. Wir wissen auch, dass sie ihre Zähne möglicherweise in Schweden hat richten lassen …«

»Ich verstehe. So hätte ich auch gedacht«, sagte Marja Ragosin voller Anteilnahme. »Gibt es ein Bild, das Sie mir zeigen könnten?«

Kristina war darauf vorbereitet, sie hatte ein Foto dabei. Ragosin sah es lange an. Ab und zu sah sie auf und lächelte Kristina an, als wolle sie sich dafür entschuldigen, dass sie nicht schneller sei. Dann gab sie, ohne ein Wort zu sagen, die Mappe zurück. Kristina wartete.

»Ich bin nicht sicher, ich meine, das Gesicht schon einmal gesehen zu haben, aber wo? Hier? In der orthodoxen Kirche? Im Café Walewska, wo wir uns manchmal treffen? Ich kann es nicht sagen. Die Haare sind anders, aber junge Frauen wechseln manchmal die Haarfarbe, Frau Kommissarin, Sie haben nicht zufällig Röntgenbilder von den Zähnen des Opfers?«

Frau Kommissarin hatte auch daran gedacht. Kristina zog eine andere Mappe heraus.

Diesmal war die Zahnärztin Ragosin sofort absolut sicher.

»Nein! Sie ist nicht hier gewesen. Das ist die Arbeit eines Pfuschers. Wahrscheinlich ein Russe!«

Sie schien vollkommen überzeugt.

»Warum gerade ein Russe?«

Ragosin lachte kurz auf.

»Ha! Das sind die schlechtesten Zahnärzte der Welt. Sie betrachten den Mund wie Stalin Sibirien: als eine Goldgrube. Es kann von mir aus sein, dass Stalin ein paar Millionen Menschen in Russland und in meinem Land umgebracht hat, aber diese russischen Zahnärzte haben alle überlebenden Russen zahnlos gemacht. Sehen Sie sich das an! (Sie zeigte auf eine Füllung.) Hier sehen Sie eine Tasche. Da sammeln sich Bakterien. Wenn das Opfer drei Monate länger gelebt hätte, hätte dieser Zahn angefangen zu wackeln.«

»Ich dachte, ehrlich gesagt, Sie seien selbst Russin.«

Marja Ragosin sah sie entsetzt an.

»Gott bewahre!«

»Aber woher kommen Sie dann?«

»Ich bin aus Polen.«

»Könnte das Opfer Polin gewesen sein?«

»Auf keinen Fall. Eine Polin würde niemals zu einem russischen Zahnarzt gehen!«

»Ich verstehe. Entschuldigen Sie die Störung.« Ragosin wirkte nicht sonderlich gestört. Kristina hatte niemanden warten sehen, und sie hatte auch kein Wartezimmer im gewöhnlichen Sinne bemerkt, sondern nur eine Art Salon mit zwei bequemen Ledersesseln und drei roten Plüschstühlen. War diese Frau wirklich Zahnärztin?

Wenn sie keine Zahnärztin war, so war sie doch Gedankenleserin.

»Frau Kommissarin, Sie fragen sich sicher, ob das hier wirklich eine Zahnarztpraxis ist. Es sieht eher aus wie ein Boudoir. Das ist es auch. Hier sollen die Menschen einen Augenblick sitzen dürfen, ehe sie zu mir hereinkommen, um sich meinen Bohrern, Nadeln, Messern und Schrauben aller Art auszusetzen. Sie werden dort geknebelt sitzen, mir wie lallende Idioten mit offenem Mund ausgeliefert sein. Deshalb bin ich der Ansicht, dass sie das Recht haben, einen Augenblick bequem zu sitzen und eine Zeitschrift zu lesen, und zwar nicht eine über gezogene Zähne oder eine Wochenzeitung vom vorigen Jahr. Wir sind hier nicht beim Amtsgericht. Das hier ist Zahnärztin Ragosin!«

Das alles wurde mit großer Schnelligkeit gesagt, eine Art verbalen Ausfalls, dessen Ziellinie mit einem Lächeln markiert wurde.

Kommissarin Vendel entdeckte plötzlich, dass es schwierig werden würde wegzukommen. Das Haar! Das kurz geschnittene Haar! Die Zahnärztin flirtete mit ihr.

»Wer Wind sät, wird Sturm ernten.« Das pflegte Maria Valetieri zu sagen, es war eine Redewendung, die sie von ihrer Großmutter aus Sardinien übernommen hatte.

Wenn man rumprobierte, endete das so.

Kristina war in die Zahnarztpraxis gekommen, um die Spur der ermordeten Frau zu finden, und jetzt war sie dabei, mit dieser Russen hassenden Inhaberin der Praxis im Bett zu landen.

»Help«, dachte sie auf Englisch, denn das pflegten die Mädchen in ihrer Klasse zu sagen, wenn der Englischlehrer im Anzug war: Dieser Herr hatte so ungeheuer lange Arme.

»Kennen Sie irgendwelche russischen Kollegen in Stockholm?«

»Ich gebe mich nicht mit Russen ab!«

»Könnte diese Keramikfüllung hier in Russland gemacht worden sein?«

»Das glaube ich kaum.«

»Vielen Dank. Dann will ich Sie nicht länger stören.«

Aber Marja Ragosin wollte gestört werden.

»Papa!«, rief sie in die Wohnung hinein und wandte sich dann Kristina zu.

»Entschuldigen Sie bitte meine Unhöflichkeit, aber möchten Sie vielleicht etwas trinken? Eine Tasse Kaffee? Eine Limonade?«

Kristina war damit beschäftigt, ihren Rückzug zu organisieren, doch sie wollte nur ungern den Eindruck eines schwedischen Bauerntölpels erwecken.

Außerdem war sie neugierig geworden auf den Vater der Zahnärztin, der gerade ins Zimmer gekommen war, tadellos in einen hellblauen Anzug gekleidet, mit einem bordeauxfarbenen Schlips, der nicht zu dem Anzug passte, aber zu seiner Nase.

Vater Ragosin, der das erste Telefongespräch entgegengenommen hatte, war eine Art Mädchen für alles für seine Tochter. In Polen war er im Dienst der Geheimpolizei gewesen, und als der Kommunismus fiel und der Katholizismus wieder auferstand, hatte er daher keine andere Wahl, als zu seiner Tochter nach Schweden zu gehen.

Er servierte den Tee in hohen Gläsern mit Metallfassung und in der entspannten Haltung eines Menschen, der schon viel hochstehendere Damen und Herren bedient hat.

Kristina mochte ihn, er erinnerte sie an ihren eigenen Vater, und sie dachte überhaupt nicht daran, ihn zu verhören, doch Marja Ragosin, die das gut trainierte Gedächtnis ihres Vaters für Gesichter kannte, bat sie, die Fotos noch einmal vorzuzeigen.

Jerzy Ragosin erinnerte sich an viele grobkörnige Tage in dem unansehnlichen Raum bei der Geheimpolizei. Dort hatte er, über schlechte Bilder gebeugt, die aus großer Entfernung aufgenommen waren, Studenten, Priester, Werftarbeiter und andere gewöhnliche Menschen identifiziert. Ein dünner Widerschein der alten Selbstgenügsamkeit kehrte zurück, er wurde noch roter im Gesicht und sah die tote Frau mit fast metaphysischer Neugier an.

Und er wirkte sicher, als er sagte, dass die junge Frau nicht in der Praxis gewesen sei und dass er sie auch nirgendwo anders gesehen habe. Er empfand das als Niederlage und entschuldigte sich.

»Ich werde alt.«

Das Notwendige ist trist und das Unnötige trügerisch, dachte Kristina, als sie für den Tee dankte, sich erhob und ging. Sie hatte einen kraftvollen Schlag in die Luft gelandet, und die einzige Belohnung dafür war ein langer, fester Handschlag mit einem ehemaligen polnischen Spitzel und ein noch längerer und festerer mit seiner Tochter gewesen, deren funkelnder Blick – da gab es nichts zu leugnen – die Spinnweben des Geschlechts weggefegt und den Tau der Lust sich dort hatte legen lassen, wo er es zu tun pflegte.

23

Der Regen setzte wieder ein, als sie sich um den Konferenztisch niederließen. Das verursachte ein verlegenes Schweigen, so als wäre es ihr Fehler. Der Frühling wollte sich einfach nicht einfinden. Eine gewisse Resignation arbeitete sich in die Seele vor, und erst als Kristina frisch gebrühten Kaffee in die Tassen goss, kehrte ein wenig Lebensfreude in die Blicke der Anwesenden zurück. Nur Staatsanwältin Mitsuko Öberg-Namamoto wollte keinen. Sie hatte einen Beutel von ihrem Lieblingstee dabei. Jetzt sah sie auf ihre Uhr. Sie war allein erziehende Mutter, und in einer Stunde musste sie ihre Tochter aus der Tagesstätte auf der anderen Seite der Stadt abholen. Sie hatte keine Zeit zu verlieren.

»So, wo stehen wir denn?«

Sie lächelte, als sie das sagte.

Kristina gab eine Zusammenfassung.

Sie kannten die Identität des Opfers nicht. Sie kannten den Tatort nicht. Sie waren nicht sicher, was die Tatzeit anging. Sie meinten, dass der Mord irgendwann im November geschehen sein könnte. In der Nähe einer Stelle, an der die Leiche ins Wasser geworfen worden sein konnte, war ein Minibus gesehen worden.

Der Rest war Spekulation.
Mitsuko zog den einzigen angebrachten Schluss daraus und erhob sich, um zu gehen.
»Also brauchen Sie mich noch nicht.«
Dann wandte sie sich an Kristina.
»Sie werden den verdammten Kerl bestimmt kriegen. Obwohl man sich fragen kann, wozu das gut ist!«
Erst vor einer Woche hatte das Landgericht ihre Anklage gegen einen Mann, der einen anderen auf offener Straße erschossen hatte, von Mord auf Körperverletzung mit Todesfolge geändert.
Das Gericht hatte gesagt, man könne den vorsätzlichen Mord nicht beweisen. Die Frage hierbei war allerdings, ob man überhaupt jemals den Vorsatz zum Mord beweisen konnte. Wie konnte man denn beweisen, dass ein gewisser geistiger Zustand vorhanden gewesen war, wenn man nicht bereit war, Taten als Beweis dafür zu akzeptieren?
Manchmal bekam man das Gefühl, als würden viele Richter den Vorsatz als eine Art Sache betrachten, deren Existenz unabhängig von den Taten des Verbrechers bewiesen werden könne. Die Täter waren nicht so dumm, das nicht auszunutzen, und behaupteten immer öfter, dass sie aus Spaß geschossen und nur zufällig getötet hätten. Am weitesten war dabei ein Typ gegangen, der seine Ehefrau angeschossen und sie ernsthaft verletzt hatte, aber den Vorsatz leugnete, denn er habe nicht auf sie geschossen, um sie zu treffen, sondern um sie zu streifen.
Kristina war ebenso besorgt. Ein gewisser gesunder Menschenverstand war verloren gegangen. Wie bekam man den zurück? Sie wusste es nicht. Sie war bereit, den Buchstaben des Gesetzes zu respektieren, aber das Gesetz bestand nicht

nur aus Buchstaben. Doch was war gesunder Menschenverstand schon anderes als überholte Ansichten, die zu Wahrheiten erstarrt waren.

»Das ist auf jeden Fall eine süße Staatsanwältin.«
Östen begriff zu spät, dass das die falsche Bemerkung war.
»Ja – also – ich meine – sie scheint total nett zu sein«, murmelte er und wurde rot.
Früher hatte jede Zunft ihren Schutzheiligen. Die schwedische Polizei hatte es nicht geschafft, sich einen solchen zuzulegen, was jedoch nicht heißen musste, dass es ihn nicht gab. Das Telefon klingelte nämlich genau in diesem Moment, und der Rechtsmediziner Guldbaggen war dran. Kristina stellte das Telefon auf Lautsprecherfunktion, damit alle im Raum mithören konnten.
Guldbaggen hatte es nicht eilig, zum Punkt zu kommen. Er wollte erst einmal die ganze Geschichte erzählen.
Er hatte einen Assistenten, der während des Studiums manchmal nebenher gearbeitet hatte, vor allem im Sommer, und zwar als Reinigungskraft. Dieser Assistent war sehr nett und außerdem eine Art Experte für Plastiksäcke. Er behauptete, schon alle Sorten gesehen zu haben, die es gab. Aber nicht den, in den die Leiche gepackt war. Er war sicher, dass diese Säcke nicht in Schweden hergestellt würden. Es müsste also ganz einfach sein herauszufinden, wer sie verkaufte, wenn sie denn verkauft wurden.
»Das sind gute Neuigkeiten, Gustav. Vielen Dank!«
»Klingeln Sie mal durch, wenn Sie etwas herausfinden!«, rief er und senkte damit ihre Dankbarkeit um ein paar Grad. Sie hasste solche Ausdrücke. Klingeln Sie mal durch, an Stelle von rufen Sie mich an. Schau'n Sie mal drüber, an Stelle von

kontrollieren Sie das, ich sitze hier und grübel, an Stelle von ich denke nach.

Es machte sie wütend, wenn erwachsene Menschen in verantwortungsvollen Positionen so redeten. Alle drückten sich vor der Verantwortung. Zunächst in sprachlicher Hinsicht, aber wohin sollte das noch führen?

Denn wer kann einen Menschen für ein Schauen oder ein Grübelmal zur Rede stellen? Wer kann sauer werden, wenn ein Durchklingeln ausbleibt?

Dann wandte sie sich Maria und Östen zu.

»Nehmt euch eine Liste mit allen registrierten Minibussen in Huddinge vor. Dann machen wir weiter mit Ekerö. Wer zu diesen Fähranlegern fährt, wohnt vermutlich in der Gegend. Es gibt nicht so viele, die den Platz kennen. Auf jeden Fall ist es einen Versuch wert, oder was meint ihr?«

Sie hatten darüber schon nachgedacht, waren aber zu dem entgegengesetzten Schluss gekommen, dass es ebenso gut jemand sein konnte, der weit entfernt wohnte und den einen oder den anderen Fähranleger wählte, um die Polizei, für den Fall, dass er beobachtet wurde, in die Irre zu leiten.

Aber warum sollte man widersprechen?

24

Georg Selin war um die sechzig Jahre alt und zufrieden mit dem Leben. Sein üppiger krauser Haarschopf war ganz weiß, und das ließ ihn wie einen Nobelpreisträger aussehen, der sich seit der Preisverleihung nicht mehr gekämmt hatte. Vor zwanzig Jahren hatte er schwarzes Haar und einen anderen Namen gehabt. Er hieß Goran Selinevic. Nach Stockholm war er über Hamburg gekommen, wo er sich eine Zeit lang als Zuhälter und Auftragsmörder verdingt hatte. Doch das war ein gefährliches Leben. Da war es einfacher, gemeinsam mit seiner deutschen Freundin Margaretha, die unter dem Namen Maggie auftrat, eine Liveshow zusammenzustellen.

Es waren die goldenen Anfangsjahre der Pornoindustrie. Überall schossen Sexklubs aus dem Boden. Die Künstlerinnen, denn so nannten sie sich selbst, verdienten ganz gut Geld, aber Goran war schlau genug zu sehen, dass das große Geld bei den anderen landete, den Besitzern der Klubs oder den Produzenten der Pornofilme und der Pornohefte.

Doch in Deutschland wurde der Markt streng kontrolliert. Ein Neuanfänger wie er durfte nicht darauf hoffen, sich zum überreich gedeckten Tisch durchschlagen zu können. Deshalb zog er nach Schweden. Mit seinen Ersparnissen eröffnete er seinen ersten Klub, die »Schwarze Katze«. Margaretha und er hatten im Bett genug voneinander, doch rein geschäftlich blieben sie ein Paar.

Sie durfte sich um die Künstlerinnen des Klubs kümmern, während er sich der Kunden annahm. Er wollte nicht jeden in seinem Klub haben, sondern wollte ihn zur ersten Adresse der Pornoindustrie machen. Seine Steuern bezahlte er wie alle Geschäftemacher, und er betrog den Staat ums Geld, wann immer sich die Möglichkeit bot.

Die »Schwarze Katze« wurde in Stockholm ein Begriff. Politiker, hohe ausländische Würdenträger und Geschäftsleute pilgerten dorthin, um sich an den gewagten Liebesakten zu delektieren, die gezeigt wurden. Inspirierte einen das zu mehr, dann konnte man immer auf ein gewisses Verständnis seitens der Künstlerinnen rechnen, die allerdings offiziell nicht tun durften, was sie taten.

Goran Selinevic wurde schwedischer Bürger, heiratete Margaretha und änderte seinen Namen in Georg Selin. Innerhalb von sieben Jahren hatte er sich drei Nachtklubs zugelegt und ein Studio, in dem er Filme und Zeitschriften produzierte. Er wurde reich, so reich, dass er hinaus nach Djursholm ziehen konnte, auch wenn in den Villen rundherum ein wenig geredet wurde.

Doch kein Glück währt ewig. Eine seiner Künstlerinnen wurde von ihrem Zuhälter brutal ermordet. Es gab polizeiliche Ermittlungen, ein Gerichtsverfahren, schlechte Presse. Dann kamen die Steuerfritzen, militante Feministinnen und neue Moralapostel – eins nach dem anderen, und manchmal auch alle drei auf einmal.

Die Sexklubs wurden zum Anachronismus. Aber die Zeitschriften und die Filme liefen immer noch so gut wie früher, wenn nicht sogar besser. Die Sünde war ein für alle Mal in die private Sphäre verschoben worden.

Georg Selin hatte keinen Grund zur Panik. Er wickelte seine Geschäfte in aller Ordnung ab, nahm sein Kapital und reiste nach Portugal, wo er in Immobilien investierte und noch einmal das große Geld verdiente. Und das Lebensrad drehte sich weiter: Zu Beginn der neunziger Jahre, nach fast fünfzehn mageren Jahren, kamen die Sexklubs wieder in Mode. Georg hatte nicht die Absicht, den Zug zu verpassen.

Seinen neuen Klub taufte er »Folie du Nord«. Diesmal achtete er noch mehr auf die Künstlerinnen und die Kunden. Nur erstklassige Mädchen und erstklassige Kunden. Und wieder verdiente er Geld und suchte nach einer Villa in Djursholm. Er war also zufrieden mit dem Leben, und er hatte keinen Grund der Welt, beunruhigt zu sein, als Hauptkommissarin Vendel und die Polizistin Maria Valetieri in sein Arbeitszimmer geleitet wurden, wo er tief versunken in einem Ledersessel saß.

Sein Gorilla bezog Posten, während Georg sich erkundigte, ob die Damen etwas trinken wollten. Als die Damen Nein sagten, winkte er sein Faktotum hinaus.

An den Wänden hingen Fotografien von den Künstlerinnen des Klubs in mehr oder weniger gewagten Posen. In einem großen Aquarium schwammen eine Menge Fische, die dem Augenschein nach eifrig damit beschäftigt waren, einander aufzufressen.

Kristina hatte sich keine wesentliche Information von diesem aalglatten Oberzuhälter erhofft. Die Fotos von dem Opfer zeigte sie ihm eher pro forma. Sie wollte etwas anderes. Sie wollte mit den Mädchen reden, die für ihn arbeiteten. Um das zu tun, brauchte sie Selins Zustimmung nicht, doch wäre es besser, wenn er nicht gleich anfangen würde, seinen Anwalt anzurufen.

Deshalb war sie die Freundlichkeit in Person, lächelte ihn an und erklärte Selin, was er bereits wusste, nämlich dass er sich keine Sorgen zu machen brauchte.

Es war erst zehn Uhr, und das Geschäft war noch nicht richtig in Gang gekommen, obwohl die meisten Mädchen bereits an der Bartheke aufgereiht standen. Mit ihren hohen Absätzen und den superkurzen Röcken sahen sie aus wie eine Konferenz Bachstelzen.

»Wie möchten Sie gern verfahren?«, fragte Selin, der, obgleich er keine richtige Ausbildung genossen hatte, ein fehlerfreies Schwedisch sprach. »Sollen wir die Mädchen eins nach dem anderen hereinrufen, oder wollen Sie zu ihnen hinausgehen?«

Kristina zog es vor, allein mit ihnen zu reden, und Selin tat so, als hätte er diese Möglichkeit nicht bedacht. Aber nun lagen die Karten bereits auf dem Tisch. Er überließ ihnen ritterlich sein Zimmer, stellte zwei Flaschen Perrier bereit und ging hinaus. Sie sahen ihn mit den Mädchen sprechen, und zwei Minuten später kam die erste hinein.

Sie war aus Thailand, sprach Englisch und hatte nichts von Interesse zu der Sache zu sagen. Sie zeigten ihr die Bilder, allerdings ohne sich Hoffnungen zu machen, da sie erst seit einem Monat in Schweden war.

Es stellte sich heraus, dass Selin eine Künstlerin selten länger als drei Monate lang behielt. Das gehörte zu seiner Politik: kurze Anstellungen, maximaler Gewinn, minimale Kosten.

Das zweite Mädchen stammte aus Norwegen, was Kristina sehr erstaunte.

»Mein Gott, was machen Sie denn hier? Ihr habt dort oben doch Geld wie Heu.«
»Es reicht eben nicht für uns alle. Außerdem tue ich nichts Ungesetzliches!«
Maria setzte noch einmal nach.
»Wer spricht denn vom Gesetz? Die Frage ist, warum Sie sich entschlossen haben, hierher zu kommen und Matratze zu spielen, wenn Sie doch zu Hause einen guten Job haben könnten!«
Die Norwegerin schüttelte ihr Haar.
»Waren Sie schon mal in Norwegen?«
»Nein.«
»Fahren Sie nicht hin!«
Offenkundig waren nicht alle Nordländer Patrioten.
»Außerdem bin ich keine Matratze. Ich bin Künstlerin.«
»Und ich bin der Papst.«
Maria übertrieb ein wenig.
Kristina zeigte dem Mädchen die Fotos.
»So kann es manchen Künstlerinnen ergehen.«
Das Mädchen schaute weg.
»Diesen Menschen habe ich noch nie gesehen.«
Sie wussten, dass sie die Wahrheit sagte. Sie war erst seit kurzer Zeit in Schweden.
Drei Mädchen waren noch übrig. Als Nächstes kam eine herein, die aus Brasilien stammte. Sie hatte erst vor einer Woche mit der Arbeit angefangen. Also begnügte sich Kristina damit zu fragen, wo sie ihre Strumpfhosen kaufte: Ihre Beine waren so lang wie der Amazonas.
Die nächste Künstlerin stammte aus Rumänien. Fehlanzeige.
Die letzte kam aus Polen, arbeitete seit drei Monaten hier und würde bald nach Hause zurückkehren, wo sie im Kirchen-

chor sang. Fehlanzeige. Abgesehen davon, dass sie ihnen verriet, dass es noch eine weitere Künstlerin gab, die an diesem Abend nicht gekommen war, weil sie schwer erkältet war.

»Wissen Sie, woher sie stammt?«

»Aus Estland.«

»Sind Sie sicher?«

»Ja. Aus Tallinn.«

»Wo wohnt sie?«

»Das weiß ich nun wirklich nicht!«

In ihrer Stimme schwang Indignation mit, als würde sie sich mit solcher Gesellschaft nicht abgeben.

»Aber Herr Selin weiß es sicher.«

So war es auch.

Das war einer seiner kleinen Extraverdienste. Er besorgte seinen Künstlerinnen Unterkünfte, und der Salzgehalt der Mieten konnte es locker mit dem Toten Meer aufnehmen. Mit ein paar kleineren Hotels hatte er Absprachen und brachte die Künstlerinnen einzeln unter, da er nicht wollte, dass sie in ihrer Freizeit fraternisierten. Die Künstlerinnen zahlten ihn, und er bezahlte das Hotel. Und dazwischen lag ein satter Gewinn.

Deshalb machte es ihm keinen sonderlichen Spaß, die Adresse herauszugeben. Auf der anderen Seite war er ein Mann, der wusste, wenn ihm keine andere Wahl blieb.

Kristina und Maria verließen das Lokal ebenso diskret, wie sie gekommen waren. Es war immer noch fast leer im Saal, doch eine laute Schar ausländischer Herren, angeführt von einem hoch gewachsenen Mann, der einmal Handelsminister gewesen war, betrat soeben das Lokal.

»Mädchen! Geht ihr, jetzt, wo wir kommen?«

Sie sagten nichts. Was sollten sie darauf auch sagen?

Nur Maria murmelte etwas.
»So ist es halt. Wenn man den ganzen Tag mit Hühnerfutter zu tun hat, wird man am Ende für ein Huhn gehalten.«
Kristina musste nicht erst fragen, wo die Quelle dieser Weisheit lag.
Es regnete schon wieder, und sie beeilten sich, zu Kristinas Wagen zu kommen. Nun mussten sie schnell die Frau aus Estland besuchen. Es war halb elf. Kristina war besorgt.
»Das wird Mitsuko nicht gefallen.«
»Nein.«
»Man braucht triftige Gründe, um jemanden mitten in der Nacht zu stören.«
»Ja.«
»Eigentlich haben wir ja keine Eile.«
»Nein.«
»Vielleicht lassen wir das hier einfach sein.«
»Ja.«
Am Auto wartete eine unangenehme Überraschung auf sie. Hauptkommissarin Kristina Vendel hatte ein Knöllchen bekommen.
»Mein Gott, mitten in der Nacht!«
»Knöllchen kriegt man, weil es einen Gott gibt!«
Und das sagte Maria bar jeder Ironie.

25

Die Überraschung, die Östen Nilsson erlebte, war bedeutend angenehmer. Es war halb elf, und er war auf dem Weg nach Hause. Er hatte ein paar Stunden in Harrys Bar in Huddinge verbracht. Es war einfach unerträglich, allein in der Zweizimmerwohnung zu hocken. Die endlosen Autorennen auf Eurosport hingen ihm zum Hals heraus. Er hing sich selbst zum Hals heraus.

Als er die Abkürzung durch den Fullerstapark ging, begegnete er dem Armen Ritter.

Er hatte ihn so getauft, weil dieser Mann bei jedem Wetter in Reithosen und Reitstiefel gekleidet war. Das Einzige, was ihm fehlte, war ein Pferd. Stattdessen hatte er einen Hund, einen giftig kläffenden grauweißen Pudel mit Albinoaugen und einer laufenden Nase, die er in jeden möglichen Scheißhaufen steckte.

»Hallo. Unterwegs auf einem kleinen Spaziergang?«

Der Arme Ritter überlegte, ob diese Aussage auf ihn zutraf.

»Nein. Aber der Hund muss das Abendblatt lesen.«

Eines schönen Tages ende ich wie er, dachte Östen bei sich.

Zehn Tage lang hatte er nichts von Eva Trollén gehört. Das war im Grunde nichts Neues. Sie ging in seinem Leben ein und aus, wie es ihr passte. Er hatte ihr das Recht dazu gegeben. Das Neue war, dass er seine Sehnsucht nicht länger zügeln konnte. Sein Wolf rief nach ihrem Mond. Wann würde der Mond nach dem Wolf rufen?

»Hab ich vergessen, das Licht auszumachen?«

Sein Schlafzimmer war erleuchtet. Er öffnete seine Tür.

Ihre Mütze im Flur.

Er hatte ihr einen Satz Schlüssel nachmachen lassen, damit sie kommen konnte, wann sie wollte.

Er konnte sich kaum vornüberbeugen, um sich die Schuhe auszuziehen, denn er war ebenso mit Gefühlen überlastet wie die Gotlandfähre in der ersten Ferienwoche.

Sie wartete auf ihn in seinem Bett. Nackt wie das Meer und süß wie Gottes kleiner Zeh. Sie war noch niemals später als fünf Uhr bei ihm zu Hause gewesen. Er war noch nie neben ihr aufgewacht.

Sie streckte die Arme nach ihm aus. Der Raum schrumpfte zusammen. Er konnte nirgendwohin.

»Weine nicht, mein Lieber«, flüsterte sie immer wieder.

Eine Stunde später stand sie auf.

»Willst du schon gehen?«

»Ich bin abgehauen. Eigentlich sitze ich gerade im Restaurant von Ulrikdal und esse mit meiner Schwester.«

»Dann wartet sie auf dich?«

»Nein. Aber es ist schon spät. Mein Mann wartet sicher auf mich. Wenn ich nicht um zwölf zu Hause bin, wird er womöglich das Restaurant anrufen.«

»Ich verstehe.«

»Nein. Das tust du nicht!«, sagte sie verletzt.

»Soll ich ein Taxi rufen?«

»Ich hoffe nur, dass er heute nicht im Tennis gewonnen hat!«

Sie zog sich ihren Spitzenslip an.
»Warum denn?«
»Dann will er todsicher mit mir schlafen. Lohn des Siegers!«
»Und wenn er das will?«
Eva erwiderte nichts.
»Ich habe dich etwas gefragt. Wenn er mit dir schlafen will, was machst du dann?«
Sie zog die Strumpfhosen mit langsamen Bewegungen hoch.
»Da habe ich wohl keine Wahl. Außerdem …«
Sie beendete den Satz nicht.
»Was außerdem?«
»Wenn ich von dir komme, habe ich das Gefühl, mit der ganzen Welt schlafen zu können. Du weckst solch eine Lust in mir …«
Wenn Östen ein kultivierterer Mensch gewesen wäre, hätte er sich vielleicht geschmeichelt gefühlt. Doch so kultiviert war er nicht, und er fühlte sich nicht geschmeichelt. Er fühlte Verbitterung.
Sie ging ins Badezimmer. Er rief einen Wagen. Er zog sich die Hose an.
Er verabschiedete sich von ihr.
Er wusste etwas, was sie nicht wusste.
Er würde sich nie wieder mit ihr treffen. Der Regenbogen, der die Körper der beiden Liebenden verbunden hatte, trug jetzt nur noch eine Farbe: Schwarz.
Die Leidenschaft hatte ihn überraschend befallen. Die Gleichgültigkeit ebenso. Die Lust nahm nicht langsam ab. Sie hörte auf, wie sie angefangen hatte – in einer Millisekunde.
Eine Geste, ein Tonfall, ein halbes Wort genügen. Was früher nicht war, ist plötzlich da, und was da war, verschwindet.

Er hatte sie drei Jahre lang geliebt. Jetzt konnte er sie keine Minute länger lieben.
Die Trauer über die verlorene Liebe ließ ihn die ganze Nacht wach sitzen. Er wechselte die Bettwäsche, machte hinter ihr im Badezimmer sauber, fächelte ihren Duft hinaus.
Gegen Morgen fiel er aufs Sofa und schlief traumlos, bis es Zeit war, zur Arbeit zu gehen.

26

Links neben dem Eingang des Hotels lag eine Buchhandlung, die auf New-Age-Bücher spezialisiert war, rechts ein ehemaliges Pornokino, das jetzt aber ein chinesisches Restaurant war. Die Drottninggatan war nicht völlig menschenleer, aber doch fast. In Rydbergs Bar & Matsal fand der Lyrikabend statt. Sie konnten eine junge, schwarz gekleidete Frau vor einem Mikrofon stehen sehen. Sie stand völlig aufrecht, als hätte sie einen Stock verschluckt. Sie hörten den Applaus des Publikums, jedoch nicht, warum es applaudierte.

Kristina beschwerte sich.

»Es ist lange her, dass ich irgendwelche Gedichte gelesen habe.«

»Ich habe noch nie Gedichte gelesen. Das habe ich nie verstanden.«

»Es kann sehr schön sein.«

Maria schüttelte skeptisch den Kopf.

»Für wen?«

Die Tür war verschlossen. Eine Textzeile informierte den, den es interessierte, dass man die Nachtglocke läuten könne, was sie auch taten.

Ein raschelndes Geräusch war zu hören, sie drückten an die

Tür und gingen hinein. Das Hotel begann im dritten Stock. Die Rezeption befand sich unlogischerweise im vierten Stock, und der Nachtportier im siebten Himmel. Er hatte soeben den zehnten Geheimschluck aus seinem Whiskyflachmann genommen.
»Aber nein … hallo, meine Damen! Herzlich willkommen, willkommen!«
»Mein Gott, ein Mann aus Skåne!«
Er war um die sechzig, kurz, aber dick, mit doppelt geschliffenen Brillengläsern, was dazu führte, dass er den Kopf wie ein pickendes Huhn bewegte.
Man merkte sogleich, dass er ein Mann der weiten Ebene war, denn sein Horizont war ziemlich breit.
»Ich habe ein sehr schönes Zimmer mit einem Wasserbett in Kingsize.«
Er suhlte sich bereits in der Sünde, die, wenn er die Sache richtig sah, bald begangen werden würde.
»Wir sind nicht hier, um ein Zimmer zu mieten, und wir sind keine Lesben!«
Maria wollte ihm möglichst schnell den Kopf zurechtrücken.
»O Entschuldigung. Ich dachte, heutzutage wären alle Lesben. Sogar die Männer. Worum geht es denn?«
Sie stellten sich vor, und sein Blick begann zu dem Schrank abzuschweifen, in dem der Flachmann lag.
»Wir möchten mit einem Ihrer Gäste sprechen. Ilona Ekmanis. Ist sie im Haus?«
»Himmel noch mal! Was hat das Mädchen getan?«
Kristina wusste, dass ihr schon das eine Abreibung von Mitsuko Öberg-Namamoto einbringen würde.
»Seien Sie so gut und holen Sie sie.«
»Ich werde sie anrufen.«

Ilona Ekmanis konnte unmöglich geschlafen haben, denn sie war sofort am Apparat. Fünf Minuten später kam sie in den kleinen Salon mit Erker zur Drottninggatan, den der Nachtportier zur Verfügung gestellt hatte.
Ihre Erkältung verbarg ihnen nicht, dass sie eine hübsche junge Frau mit hellem Haar und großen blauen Augen war. Aber sie verbarg ihnen, dass sie geweint hatte.
Kristina musste sie beruhigen.
»Sie müssen sich keine Sorgen machen. Wir sind nicht hier, um Ihre Papiere zu kontrollieren, und Sie werden auch nicht in irgendeiner Weise verdächtigt. Wir müssen einfach ein paar Fragen stellen.«
Ilona nickte.
»Wie lange arbeiten Sie schon im ›Folie du Nord‹?«
»Fast zwei Jahre. Aber ich habe eine Arbeitserlaubnis.«
»Machen Sie sich keine Sorgen. Wie kamen Sie zu der Anstellung?«
»Ich habe Herrn Selin in Tallinn kennen gelernt. Er fährt ein paar Mal im Jahr dorthin, um neue Mädchen … Künstlerinnen für seine Show zu suchen.«
»Aber die meisten hören nach zwei bis drei Monaten auf. Warum sind Sie so lange geblieben?«
Ilona sah zu Boden.
»Sie müssen nicht antworten, wenn Sie nicht wollen. Aber wenn Sie nicht jetzt antworten, müssen wir zurückkommen und Sie mit auf die Wache nehmen. Glauben Sie, dass das besser sein wird?«
Maria machte Druck.
»Nein, natürlich kann ich antworten, es ist so, dass ich einen Mann kennen gelernt habe.«
»Wie heißt er?«

»Muss das sein?«

»Ja, es muss.«

Ilona zögerte noch. Doch dann warf sie den Kopf in den Nacken, als hätte sie gerade einen imaginären Streit mit dem betreffenden Mann beendet.

»Es ist Herr Selin. Wir lieben uns. Aber es ist nicht leicht. Der ganze Kram gehört seiner Hexe. Alles geht auf ihren Namen.«

»Wie kommt es, dass Sie so gut Schwedisch sprechen?«

»Die Eltern meiner Mutter sind Schweden.«

»Okay.«

Es entstand eine kleine Pause. Dann begann Kristina wieder.

»Ich möchte jetzt, dass Sie sich gut konzentrieren. Ich werde Ihnen ein paar Fotos zeigen. Ich möchte, dass Sie sie genau anschauen. Ich möchte wissen, ob Sie die Person darauf kennen.«

Sie nahm die Bilder aus ihrer Tasche und breitete sie auf dem Marmortisch aus.

Ilona, die jetzt beruhigt war, nahm ihre Aufgabe ernst. Sie beugte sich über die Bilder, sah sie lange an.

»Ich bin nicht sicher.«

»Wieso?«

»Ich habe sie schon einmal gesehen, aber nicht hier, also nicht hier in Schweden, sondern zu Hause in Tallinn. Ja, jetzt erinnere ich mich, sie hat manchmal im selben Hotel gearbeitet wie ich.«

»Welches Hotel?«

»Hotel de Paris.«

»Haben Sie mal mit ihr gesprochen?«

»Nein.«

»Sie wissen nicht zufällig, wie sie heißt?«

»Nein. Aber ein anderes Mädchen hat gesagt, sie hätte eine Schwester in Schweden gehabt, die ermordet worden und hier irgendwo begraben sei.«
Asknäs! Das Porträt auf dem Grabstein. Die Ähnlichkeit zwischen den beiden Frauen, dachte Kristina, und die Adern in den Schläfen schwollen an, als schösse ihr eine Flut durch den Kopf.
»Sie war also Prostituierte?«
Ilona war ein wohlerzogenes Mädchen. Solche Wörter mochte sie nicht.
»In gewisser Weise, das waren wir alle, aber wir gingen nicht mit jedem Hergelaufenen. Wir waren mehr Gesellschaft, betrieben Konversation, ließen die Typen sich supersexy fühlen, aber dann, wenn es so weit war, dann waren sie zu voll, um irgendwas zu Stande zu bringen. Vor allem die Schweden und die Finnen, die fingen den Abend mit einer Frau an und beendeten ihn mit einer Flasche.«
»Herr Selin ja offenbar nicht!«, warf Maria ein, freundlich wie eine Wespe zu Saisonbeginn.
Ilona brach in Tränen aus. Sie zitterte am ganzen Körper.
»Entschuldigung. Ich habe es nicht so gemeint.«
»Ich erwarte ein Kind von ihm. Deshalb lässt er mich nicht gehen. Er hat keine Kinder. Die Hexe, mit der er verheiratet ist, ist trocken wie ein Staubtuch. Ihre Gebärmutter ist eine Wüste. Er will dieses Kind haben, obwohl ich es nicht will.«
Ilona weinte nicht mehr. Sie trocknete ihre Augen und schnäuzte sich unschuldig, und das war wohl so ziemlich das Einzige, was sie unschuldig tun konnte.
Maria und Kristina. Zwei Frauen! Und sie hatten das Leben nicht bemerkt, das in ihr wuchs und das wie ein stiller Fluss ihr Muskelsystem und ihr Gewebe benetzte und ihre Haut so

matt schimmern ließ wie ein Weizenfeld im Nachmittagslicht.

»Aber das ist nicht das einzige Problem!«, sagte Ilona.

»Gibt es noch mehr?«, fragte Kristina.

»Das Kind ist nicht von ihm.«

In ihrer Stimme klang ein siegesgewisser Trotz mit. Das wusste sie, und nur sie. Wie viel Georg Selin auch in ihr zu lesen versuchte, wie sehr er sie auch bewachte, gelang es ihm doch nicht, sie daran zu hindern, ein Kind von jemand anders zu erwarten.

»Wenn er das rauskriegt, wird er mich umbringen!«

Diese Worte, die zu einem völlig neuen Gespräch hätten führen können, führten stattdessen zu einer Stille, die schließlich von Marias etwas heiserer Stimme unterbrochen wurde.

»Gibt es irgendein Problem, das Sie nicht haben?«

Kristina war praktischer veranlagt. Um dieses Mädchen und ihr Kind musste man sich kümmern. Sie konnte nicht zulassen, dass ein ehemals jugoslawischer Liveshow-Künstler auf diese Weise Frauen terrorisierte. Sie würde Thomas zu einem Gespräch mit ihm schicken. Sie war sich sicher, dass Thomas der richtige Mann für den Job war. Unter seiner ruhigen Oberfläche gab es eine Gefährlichkeit, die Frauen und Kinder vielleicht nicht bemerkten, die Männern in seinem eigenen Alter aber nicht entgehen konnte.

Ein Gespräch mit Thomas würde Georg Selin sicher auf andere Gedanken bringen.

Doch ihr großes Problem war immer noch der Mord. Deshalb nahm sie das Thema nochmals auf.

»Diese Frau, die Sie in Tallinn gesehen haben, war sie Estin?«

»Nein, das war sie nicht. Sie war Russin, da bin ich mir sicher. Auf jeden Fall meinten das alle.«

»Wie Sie sehen, ist sie nach Schweden gekommen. Sie wissen nicht zufällig, wie oder warum? Kam sie hierher, um in einem Klub zu arbeiten?«

»Das glaube ich nicht. Dann hätte ich sicher von ihr gehört. Es gibt nur ein paar Klubs in Stockholm, und sie war nicht die Sorte, die auf der Malmskillnadsgatan auf den Strich gehen würde. Aber sie kann als Anteilsfrau gekommen sein.«

Das war etwas Neues.

»Anteilsfrau? Was ist das?«

»Das funktioniert genauso wie die Time-Sharing-Wohnungen. Drei, vier Männer einigen sich darauf, eine Frau zu importieren, und sie teilen sich die Kosten, ebenso wie die Wochentage. Einer am Montag, der andere am Dienstag, der dritte am Mittwoch und so weiter. Auf die Weise wird es billiger. Für zwei- bis dreitausend im Monat können sie vier- bis fünfmal im Monat bekommen, was sie wollen. Auch für die Frauen ist diese Lösung sehr praktisch. Feste Kunden, feste Zeiten, festes Geld. Kein Tratsch, kein Streit. Alle sind zufrieden – außer den Ehefrauen, versteht sich!«

Hier leistete sich Ilona ein kleines Lachen, und gleichzeitig klingelte das Telefon.

»Es ist für Sie«, rief der Portier Ilona zu.

»Gehen Sie ruhig ran«, meinte Kristina.

»Nein, es kann warten. Ich weiß, wer dran ist.«

»Das wissen wir auch«, bemerkte Maria.

Im Moment gab es für sie nicht mehr viel zu holen. Sie hatten einiges herausbekommen, so viel, dass eine Identifizierung des Opfers nicht mehr völlig unmöglich schien.

»Vielen Dank, dass wir Sie stören durften.«

Kristina streckte ihr die Hand entgegen.

»Nein, nein. Ich bin so schrecklich erkältet.«

27

Auf der Drottninggatan war es still, als sie aus dem Hotel kamen, wo der Nachtportier sich noch ironisch verbeugt hatte, als hätten sie ihm den letzten Tanz verwehrt. Kristina hatte das gute Gefühl, dass es vorwärts ging. Nicht so Maria.

»Ich will dir ja nicht die gute Laune verderben, aber ich glaube, dass sie lügt.«

Warum sollte Ilona Ekmanis lügen? Und warum ging sie das Risiko ein, ihr Verhältnis mit Selin zu offenbaren?

»Sie wollte uns schlicht und einfach auf die falsche Spur locken, uns loswerden. Und sie ging doch gar kein Risiko ein, als sie von Selin redete. Er hat ihr geraten, das zu tun. Ich habe gesehen, dass er jemanden anrief, als wir von ihm weggingen. Der Kerl ist richtig gerissen.«

»Du glaubst also, dass sie etwas über den Mord weiß und es verschweigt?«

»Nein, nicht unbedingt. Aber der erste Gedanke dieser Leute ist doch, uns loszuwerden. Sie wissen immer irgendetwas, worüber sie lieber nicht reden. Das war alles von Selin inszeniert.«

Kristina musste zugeben, dass Maria Recht haben könnte.

Ilona Ekmanis hatte so etwas sehr Ungezwungenes gehabt, obwohl sie sich so sehr gezwungen gab.
Sie klopfte Maria auf die Schulter.
»Du bist eine verdammt gute Polizistin, Maria!«
Eine verdammt gute Polizistin, die zu Hause von ihrem Mann geschlagen und ein paar Mal die Woche vergewaltigt wurde, die dabei war, sich in einen anderen zu verlieben, der offenkundig nichts von ihr wissen wollte. Eine verdammt gute Polizistin, die immer noch in einem Jugendtraum gefangen war, obwohl der sich längst zu einem Alb entwickelt hatte.
»Ja ja, wie meine Großmutter immer sagt, Boote schwimmen genauso wie Kackwürste! Danach kann man nicht gehen.«
Kristina hörte eine sehr alte Klage aus dieser sachlichen, ein wenig nonchalanten Stimme heraus. Sie erkannte sie wieder. Es war die Erbsünde der Frau, nicht gut genug zu sein, niemals mit sich selbst zufrieden zu sein, wenn nicht die ganze Menschheit mit ihr zufrieden war.
Sie stiegen ins Auto, Kristina legte eine Kassette mit La Divina, der göttlichen Maria Callas, ein. Die erste Arie war aus Puccinis *Madame Butterfly*. Die Stimme rollte gemächlich und mächtig dahin wie Wolken an einem stürmischen Himmel. Sie nahm sie mit sich, zog sie zum Auge des Orkans, sie waren machtlos und verführt. Sie hörten schweigend zu, ihre Gedanken führten sie manchmal nah zueinander und manchmal weit voneinander weg. Sie könnten richtige Freundinnen werden, mit etwas Zeit, mit etwas Glück.
»Ich fahre dich nach Hause.«
»›Heim, trautes Heim! Wohnstatt meiner Fürze!‹, wie Großmutter zu sagen pflegt.«
Sie fuhren am Hauptbahnhof vorbei, schön langsam, damit

sie die unruhigen Schatten sehen konnten, die sich über den Gehweg bewegten, auf der Jagd nach einem Schlafplatz für die Nacht. Die Anzahl der Obdachlosen hatte sich in sehr kurzer Zeit verdreifacht. Stockholm war im Begriff, ein neues Gesicht zu bekommen, eine neue Geografie. Das konnten sie nicht ändern. Ihre Aufgabe war es, diese Welt in Ordnung zu halten, die aber zusammenfiel wie ein missratenes Soufflee, und sie standen mitten in der Sauerei.

Im Tunnel Richtung Süden sahen sie Polizeiwagen und einen Krankenwagen. Ein Penner, der seinen Platz dort hatte, war überfahren worden. Sie hörten einen schockierten Autofahrer zu dem Polizisten sagen: »Er tauchte auf wie ein Geist.« Es war eine Welt, in der die Geister immer zahlreicher wurden.

Sie fuhren weiter.

»Was ist das für Musik?« Marias Musikgeschmack hatte sich gegen alles gewehrt, was nicht Pop oder Rock war, doch jetzt merkte sie, dass sich ihr Herz öffnete wie die alte rostige Schleuse in Hammarby. »Das ist eine sehr schöne Trauer.«

28

Kristina wusste, dass die meisten Morde zu Hause geschehen, vor allem die Morde an Frauen und Kindern. »Die meisten Unglücksfälle, die den Menschen ereilen, haben ihre Ursache darin, dass er sein Zimmer verlässt.« Das hatte Pascal, der Franzose mit der großen Begabung sowohl für Mathematik als auch für die Lust des Fleisches gesagt. Er musste eigentlich wissen, wovon er sprach, denn ihm hatte man schließlich das Glied abgehackt, weil er ein junges Mädchen verführt hatte, seine Schülerin.

Und doch täuschte er sich. Die meisten Unglücksfälle, die den Menschen ereilen, haben ihre Ursache darin, dass er in seinem Zimmer bleibt. Die Frau, die sie mit drei Kugeln im Körper gefunden hatten, war wahrscheinlich in ihrem Zuhause oder in dem Zuhause eines anderen ermordet worden. Sie würde noch leben, wenn sie dieses Zimmer verlassen hätte.

Was Kristina mehr als alles andere erstaunte, war, dass das Opfer häufig nichts ahnte, sondern seinem Mörder in dem Glauben begegnete, dass alles so verlaufen würde wie am Tag oder noch in der Nacht zuvor. Dass der Mensch einen so schwachen Instinkt hatte, was Gefahren anging. Die Kultur hat uns verletzlicher gemacht, sterblicher.

Was garantierte ihr, dass Johan nicht zu Hause hinter der Tür mit einer Axt in der Hand auf sie wartete? Das hatte er noch nie getan, aber das war auch die einzige Garantie, die sie besaß.

Was würde ihn dazu bringen, derart die Beherrschung zu verlieren, dass er ihr eine Axt in den Hinterkopf schlug? Im Grunde alles Mögliche.

Es schoss ihr durch den Kopf, dass nicht nur das Zusammenleben in einer Beziehung, sondern das ganze soziale Leben überhaupt eine ungeheure Menge an Vertrauen erforderte. Sie war täglich darauf angewiesen, sich auf Systeme und Mechanismen zu verlassen, die sie selbst nicht beherrschte. Die Bremsen des Fiat mussten zum Beispiel funktionieren, sie trat ein Pedal, und das Auto blieb stehen, aber sie hatte noch niemals ein Paar Scheibenbremsen gesehen. Sie würde sie niemals beschreiben können, geschweige denn sie reparieren. Also musste sie einem völlig unbekannten Monteur in Norditalien ihr Vertrauen entgegenbringen, der hoffentlich seinen Job gemacht hatte, ebenso wie die Werkstatt in Västberga, wo die Jungs vielleicht nicht ganz so unbekannt, aber nicht weniger fremd waren.

Sie musste ihr Vertrauen in eine Masse von Menschen auf der ganzen Welt setzen, tagein, tagaus. Das moderne Leben hatte den Menschen viel abhängiger von anderen Menschen gemacht, als das jemals vorher der Fall gewesen war. Deshalb fühlte sich das Leben so unsicher, so ermüdend an. Und deshalb wurde auch jedes Anzeichen eines Vertrauensbruchs als eine große Katastrophe aufgefasst. Ohne Vertrauen fiel die Welt in sich zusammen.

Es war also falsch, was viele behaupteten, nämlich dass die Industrialisierung das Leben weniger menschlich gemacht hatte. In Wirklichkeit war das Gegenteil der Fall – die Industrialisierung hatte die Menschen abhängiger voneinander gemacht. Ein Fiat führte mehr Menschen zusammen als es je ein Apostel getan hatte.

Es stellte sich heraus, dass sie diesmal überleben sollte. Johan wartete nicht mit einer Axt auf sie, sondern mit einem Glas Milch mit Honig, was sie so gern mochte. Sie setzten sich an den Küchentisch, es war fast ein Uhr. Sie wusste, dass er eigentlich schlafen sollte, seine Arbeit als Lehrer am Gymnasium von Botkyrka war nicht gerade ein Zuckerschlecken.

Es schien, als wolle er mit ihr über irgendetwas reden. Es schien, als habe er einen Entschluss gefasst. Sie wusste, dass sie eigentlich nachfragen sollte, dass sie es ihm leichter machen sollte. Sie tat es nicht. Sie war zu müde. Außerdem war sie nicht sicher, ob sie hören wollte, was er zu sagen hatte.

Und wie so viele Male zuvor setzte sie kampflos ihren Willen durch. Sie sprachen eine Weile über anderes in dem bedrückenden Gefühl, einfach über anderes zu reden. Paare, die einander nicht mehr lieben, sprechen die ganze Zeit über anderes.

Und doch hatte sie die Blicke der polnischen Zahnärztin mit nach Hause gebracht, Georg Selins Hand, die seinen Sack rieb, als wollte er Eier legen, die Körper der leicht bekleideten Mädchen an der Theke, das heisere Lachen der Gruppe, die den Klub betrat, als sie gerade herauskam.

All das lebte in ihr fort wie vergessene Gleise an einem verlassenen Bahnhof, wo niemand mehr hinkam und von dem niemand mehr abreiste. Die Lust in ihr wurde schnell dunkel, wie geronnenes Blut, und sie ließ sich auf die Knie nieder vor ihrem Mann, der jetzt irgendein Mann war, oder besser gesagt, gar kein Mann, sondern ein Altar, auf dem sie Bemerkungen und Erinnerungen, Gefühle und Berührungen opfern würde.

Sie wusste, dass es keine falschen Altäre gibt, sondern nur falsche Opfer. Er schloss die Augen, und ihr Mund roch nach Milch und Honig.

29

Was die Bibel für Kirchenleute ist, das ist das Telefonbuch für die Polizei. Ohne ein Telefonbuch in Reichweite ist ein Polizist ebenso hilflos wie ein Ei.
Das wusste Maria, deren Schicksal es am Ende geworden war, dem Rätsel mit dem ungewöhnlichen Plastiksack beizukommen.
Thomas saß in einer anderen Ermittlung fest, die sicherlich einfacher war, aber Zeit brauchte. Ein vierzigjähriger Mann hatte mit Hilfe seiner Geliebten seine Ehefrau erschlagen. Nach der Tat wurde er so wütend auf sie, dass er sie tötete, indem er ihren Kopf in das Waschbecken im Badezimmer drückte. Danach legte er in der Wohnung Feuer, aber die Nachbarn alarmierten die Feuerwehr, die ihn bewusstlos betrunken im Schlafzimmer fand. Er wachte erst nach vierundzwanzig Stunden auf, und da wollte er als Erstes wissen, wie spät es sei, als müsste er zur Arbeit gehen.
Also war Maria diejenige, die im Telefonbuch suchte. Unter der Rubrik Plastik fand sie nur Betriebe, die mit industriellen Produkten arbeiteten. Und eine Firma, die sich auf Massagestäbe spezialisiert hatte.
Ein guter Torwart hat auch Glück, sagen die Leute, die es

wissen müssen. Auch ein guter Polizist muss Glück haben. Sie rief eher aus Neugier auf das Sortiment an, aber der Mann, der sich mit einem starken malaysischen Akzent meldete – das jedenfalls bildete sie sich ein –, war ein Treffer. Wahrscheinlich war er seiner Arbeit müde, hatte nicht viel zu tun, und es riefen auch nicht oft Frauen dort an.

Er erbot sich, den Plastiksack zu untersuchen, und behauptete, alles über Plastikprodukte zu wissen, seien es nun Massagestäbe oder Einkaufstüten.

Maria meinte aus seiner Stimme die ganze Zeit eine behaarte Geilheit herauszuhören, beschloss aber, so zu tun, als bemerke sie es nicht. Wie sollte auch die Geilheit eines Malaysiers behaart sein? Die sind auf dem Körper doch glatt wie Messers Schneide.

Zu ihrem Erstaunen stammte der Spezialist für Massagestäbe tatsächlich aus Malaysia und schien überhaupt kein Problem damit zu haben, dass sie Polizistin oder eine Frau war. Er bewegte sich ungezwungen in seinem kleinen Laden am Ende der Götgatan, umgeben von Massagestäben und anderen Sexspielzeugen, als handele es sich um Rosenkohl. Darüber hinaus war er sehr zuvorkommend und bot ihr sogleich eine Tasse starken Kaffee mit einer Art von Kräutern darin an, die ihre Wangen erröten ließ.

Danach nahm er das Plastikstück und setzte sich an seinen Schreibtisch. Er drehte und wendete es mehrere Male, während er etwas in seiner Sprache murmelte. Währenddessen versuchte Maria, sich nicht das Sortiment mit Massagestäben in allen Größen und Formen anzusehen. Es endete damit, dass sie die Augen schloss und sich vorzustellen versuchte, wie Östen wohl da unten aussah.

Am Ende war der Malaysier zufrieden.

»Dieses Plastik ist nicht in Schweden hergestellt. Es ist zu grob, und das findet man meistens in den östlichen Ländern. Woher stammt dieses Stück?«
»Von einem Sack.«
»Das habe ich mir gedacht. Dann ist es ein russischer Sack. Nur die Russen machen so grobe Plastiksäcke, ich weiß nicht warum. Aber die gibt es auf dem schwedischen Markt nicht.«
»Sind Sie da sicher?«
Der Mann zögerte einen Augenblick.
»Ja. Aber ich sehe da vielleicht eine Möglichkeit. Es gibt doch eine Menge kleinerer seriöser Firmen, die mit Waren aus der russischen Armee handeln. Das Zeug kostet fast nichts. Es könnte doch sein, dass eine solche Firma einen Satz Plastiksäcke gekauft hat.«
»Kennen Sie eine solche Firma?«
»Jeder in meiner Branche kennt solche Firmen. Russland ist unser größter Exportmarkt.«
»Und ich habe geglaubt, dass die Leute dort hungern würden!«
»Das tun sie auch, aber der eine Hunger stillt nicht den anderen.«
»Ich verstehe.«
Tat sie das wirklich?
Der verbindliche Malaysier gab ihr eine Adresse aus seinem Notizbuch und wünschte ihr viel Glück.
Der Name sagte ihr nichts. Import-Export AB in Nacka. Die Polizei hegte seit langem schon ein tiefes Misstrauen gegen Firmen, die sich einfach Import-Export nannten. In der Zeit des Kalten Krieges hießen alle Spionage- und Spionageabwehrbüros so.
Diesmal hatte sie es nicht mit Spionen zu tun, sondern mit

Kostia Malenkow, einem russischen Veteranen aus dem Afghanistankrieg, der im Gegensatz zu dem Malaysier durchaus nervös wurde, als er einer Polizistin gegenüberstand.
Sein Geschäft lag fast versteckt im Wirrwarr der Baracken in Lugnet, und sie musste eine ganze Weile herumirren, ehe sie es fand.
Malenkow hatte keinerlei Schwierigkeiten, die Herkunft des Plastikstücks zu identifizieren. Er war der Einzige, der solche Plastiksäcke verkaufte, es war ein Satz, den er über seine Kontakte in der russischen Armee preiswert bekommen hatte.
Er war bereit, seine ganze Lebensgeschichte zu erzählen; was seine Kunden anging, war er jedoch eher verschwiegen. Er behauptete, nur an Firmen zu verkaufen. Maria hatte das dringende Gefühl, dass er log, deshalb ließ sie die Bemerkung fallen, sie könne ja die Steuerfahndung bitten, mal einen Blick in seine Bücher zu werfen.
Kostia Malenkow hatte mit heiler Haut zwei Jahre in Afghanistan überstanden. Er hatte nicht die Absicht, jetzt die schwedischen Steuerbehörden auf sich zu ziehen, zumal er wusste, dass seine Chancen, das unversehrt zu überstehen, viel geringer waren.
Deshalb erinnerte er sich ganz plötzlich an einen Kunden, dem er zwölf solcher Plastiksäcke verkauft hatte. Es war ein Mann um die vierzig, Schwede. Mehr Informationen hatte er nicht, und diesmal sagte er die Wahrheit. Außerdem hatte der Mann bar bezahlt. Ja, eins noch. Er fuhr einen Minibus, einen Toyota.
»War der in Schweden registriert?«
Maria konnte sich kaum beherrschen.
»Nein. Er hatte ein deutsches Kennzeichen.«

»Aber er war Schwede?«
»Ganz und gar.«
»Wie sah er aus?«
Malenkow schürzte die Lippen, als würde er mit dem Mund denken.
»Er war ganz gewöhnlich, nicht groß, nicht klein, nicht dünn, nicht dick. Und er hatte sehr starke Augen.«
»Was soll das denn heißen? Sind Sie vielleicht Augenarzt?«
»Sie glänzten wie … wie ein neuer Stern!«
»Vielleicht war er zugeknallt. Oder vielleicht waren Sie es?«
Malenkow leistete sich einen Lacher.
Maria versuchte sich vorzustellen, wie der Mann wohl aussah, aber der Einzige, den sie vor ihrem inneren Auge sah, war Östen.
»Würden Sie ihn wieder erkennen, wenn Sie ihn sähen?«
»Ganz sicher.«
»Haben Sie eine Ahnung, warum er zwölf Plastiksäcke kaufte?«
»Das musste er. Ich verkaufe keine kleineren Stückzahlen.«
»Okay. Sie waren eine große Hilfe. Es ist möglich, dass wir noch einmal miteinander reden müssen, fahren Sie nicht weg, ohne erst bei uns Bescheid zu geben.«
Sie fuhr in der Gewissheit davon, gute Arbeit geleistet zu haben, ein Stück zu dem Puzzle hinzugefügt zu haben, wenn auch noch viele fehlten.
So war es nun mal. Manchmal wusste man, wie das Puzzle aussah, aber es fehlten Stücke, und dann wieder hatte man die Teile, ohne zu wissen, wie das Puzzle aussah.
So war es auch in ihrem Leben. Es gab alles, nur das eine Teilchen nicht, das alles zu einem angenehmen Leben machte. Und es war in diesem Moment, als sie nach Huddinge zu-

rückfuhr und sich vor der Brücke am Skantull für eine Spur entscheiden musste, dass sie den Entschluss fasste, sich scheiden zu lassen. Sie war völlig überrascht von der Klarheit ihrer Überzeugung, so wie man eines Morgens mit dem Schirm unterm Arm das Haus verlässt, um festzustellen, dass das Wetter umgeschlagen hat und die Sonne scheint.

30

Marias Neuigkeiten verbreiteten einen gewissen Optimismus in der Gruppe, doch schon bald sickerte die Erkenntnis durch, dass man nicht ohne weiteres jemanden findet, von dem man nicht mehr weiß, als dass der Betreffende nach den Worten des Russen starke Augen hat.

Die Tage vergingen, und die Ermittlungen waren in einem Gewirr von Spuren festgefahren, die nirgendwohin führten, worüber Hole-in-one im *Aftonbladet* bramarbasierte. Die ganze Zeit über sammelten sich neue Informationen über das Opfer aus den unterschiedlichen Analysen und Proben an, doch es war nichts Entscheidendes dabei.

Sie wussten, wie alt sie war, wie sie gestorben war, was sie gegessen hatte, aber nicht, wie sie hieß. Ein Mensch ohne Namen ist eine traurige Erinnerung daran, welche enorme Bedeutung Definitionen in der westlichen Kultur haben.

Östen kam mit der Suche nach dem Minibus nicht weiter, Thomas hatte nichts von seinem Kollegen in Tallinn gehört. Kristina war noch nicht völlig überzeugt davon, dass Ilona Ekmanis gelogen hatte, doch um dieser Spur weiter zu folgen, musste sie oder ein anderer nach Tallinn fahren und ein paar Tage dort herumschnüffeln. So etwas kostet Geld, und um Geld ausgeben zu können, braucht man stärkere Beweggründe als die Erzählungen einer Striptease-Tänzerin. Außerdem würden bald die Einsatzkräfte fehlen, denn die Urlaubszeit nahte. Und täglich kamen neue Aufgaben hinzu, die nicht von derselben Bedeutung waren, die aber auch gelöst werden mussten. Kristina mochte es nicht, wenn sie sich zwischen verschiedenen Verbrechen entscheiden musste. Die Gerechtigkeit durfte keine Frage von polizeilichen Ressourcen sein.

Also wollte sie den Mord an der unbekannten Frau gern hinter sich bringen, allerdings nicht als eine zusätzliche Akte für den Stapel mit ungelösten Fällen. Auf der anderen Seite wäre das wahrscheinlich nicht mal eine echte Katastrophe. Ihr eigenes Leben war ja auch auf dem besten Weg, zu einem ungelösten Fall zu werden.

Wie sollte sie weiter mit einem Mann leben, der sie offenbar nicht mehr liebte? Es war immer noch leicht für sie, ihn zu verführen, so wie gestern Abend, und doch wusste sie, dass er nicht bei ihr war. Sein Körper reagierte auf ihre Zärtlichkeiten und Küsse, während er selbst sich zusammenzog wie ein Bogen Papier, den man ins Feuer warf – er wurde erst kurz größer, um dann zu Asche zu zerfallen.

Es beunruhigte sie, dass ihr das auch gefiel. Ihr Wunsch zu verführen war ebenso stark wie der Wunsch, verführt zu werden. Das kleine Spielchen, das ihr am besten gefiel, könnte man »den Verführer verführen« nennen. Das Problem war nur, dass Johan sie anscheinend nicht länger verführen wollte.

Sie saß an ihrem Schreibtisch mit den Füßen auf einer herausgezogenen Schublade. Sie wollte nicht auch noch in ihrem Job scheitern. Wie konnte sie bloß weiterkommen?

In dem Moment kam Thomas in ihr Zimmer, und er hatte

eine Laune, die bei anderen Leuten ausgezeichnet hieß, bei ihm aber extravagant genannt werden musste.
Hoch über dem Kopf schwenkte er ein Fax wie eine Fahne, wie ein Soldat, der eine Festung erstürmt.
»Jetzt entkommt er uns nicht mehr!«
Seine näselnde Stimme hatte jetzt eine hämische Intimität bekommen, als wäre er mit dem Mörder bereits bekannt.
Der estnische Kommissar schrieb, dass eine junge Frau namens Natascha Filippowna im November von ihrer Mutter vermisst gemeldet worden sei. Natascha war bereits vor drei Jahren mit einem schwedischen Mann nach Schweden gezogen.
Die Mutter, eine pensionierte Lehrerin, hatte bis zum November mehr oder weniger regelmäßig Kontakt zu ihr gehabt. Danach nichts mehr. Sie hatte angerufen, sie hatte geschrieben, sie hatte telegrafiert. Keine Antwort. Das letzte Mal, dass sie mit ihrer Tochter gesprochen hatte, war am Abend des 16. November gewesen.
Daraufhin nahm die Polizei in Tallinn mit den Kollegen in Stockholm Kontakt auf, und es zeigte sich, dass der Mann, mit dem die Frau zusammengelebt hatte, zusammen mit ihr und ihrem Kind ins Ausland gezogen war.
Das beruhigte die Mutter ein wenig, doch ein paar Wochen später kam sie erneut mit einer Anzeige. Es sei nicht normal, dass ihre Tochter so lange nichts von sich hören ließe. Diesmal aber hatte man keine Zeit, nach einer verschwundenen jungen Dame zu suchen, der ihre alte Mutter wahrscheinlich scheißegal war. Man ließ die Sache auf sich beruhen.
Dazu gab es ein Foto von der Verschwundenen. Es war ein altes Bild, das eine zwanzigjährige Frau an einem Badestrand zeigte, wo sie alles Licht auf sich zu ziehen schien.

Zwischen diesem Bild und denen, die Kristina in ihrem Schrank hatte, lagen Lebensjahre. Dennoch bestand kein Zweifel, dass es sich um dieselbe Person handelte.
Kristina erhob sich von ihrem Stuhl und gab Thomas einen kleinen Kuss auf die Wange – das war etwas unsportlich, weil er nicht damit rechnete. Doch er war ein vorsichtiger Zeitgenosse.
»Keine Vorschusslorbeeren, bitte.«
»Manchmal gibt es eben keine anderen!«
Sie griff nach dem Telefon.

31

Jean Olivelöf war offenkundig ein Mann, dem es nicht gefiel, zu dicht auf seinen Nachbarn zu sitzen, und er konnte sich das wohl auch leisten. Das Grundstück war über viertausend Quadratmeter groß und sehr gut gepflegt. Blumenbeete, Sandwege, die zu einer großen runden Laube und einem Fliedergebüsch führten, wo man Geheimnisse flüstern konnte, die man nicht einmal hatte.

Thomas blieb einen Moment stehen, um Atem zu schöpfen, während Kristina ihr Make-up nachbesserte, bevor sie klingelte. Aus dem Haus hörte man jemanden mit erstaunlicher Exaktheit Geigenläufe üben.

Dieser Jemand öffnete auch die Tür. Ein Junge zwischen vier und fünf Jahren, mit hellem Haar und hellen Augen, der eine Dreiviertelgeige unter dem Arm hielt. In seinem Blick lag etwas Scheu, wie man sie oft bei Menschen findet, die nicht erwarten, dass sie das, was ihnen begegnet, verstehen werden.

Kristinas erster Impuls war, ihm den Kopf zu tätscheln. Dann tat sie, was man mit einem fremden Hund tut. Sie ging in die Hocke auf eine Höhe mit dem Jungen und fragte, so freundlich sie konnte: »Wo ist deine Mama?«

Eigentlich war sie natürlich an seinem Papa interessiert. Der

Junge sah sie aus seinem Innern heraus an wie eine Quelle, die ihr eigenes Wasser spiegelt. Dann drehte er sich um und lief ins Haus.

Thomas schüttelte den Kopf, und das lag zum Teil daran, dass es nichts gab, was er sonst schütteln konnte. Er war entsetzlich müde. Er hatte eine schreckliche Nacht gehabt, denn sein Sohn hatte einen seiner wahnsinnigen Ausbrüche gehabt und mit einem Messer in der Hand die Mutter durch die ganze Wohnung gejagt. Thomas war schlicht gezwungen gewesen, ihn mit einer Rechtslinkskombination in den Magen und einem rechten Haken in Richtung Herz aus dem Verkehr zu ziehen.

Thomas Roth war ein freundlicher Mensch, aber wenn er zuschlug, wusste er, was er tat. In seiner Jugend hatte er Pläne gehegt, Berufsboxer zu werden – er hatte dreimal hintereinander die schwedische Meisterschaft im Leichtgewicht gewonnen –, doch die Fräuleins im Reichstag hatten es anders entschieden und das Profiboxen zu Gunsten des Profibingo verboten.

Danach hatte er die ganze Nacht lang mit dem Sohn im Arm dagesessen und dessen Tränen getrocknet, während seine Frau immer noch mit der Decke über dem Kopf im Doppelbett lag und schluchzte.

Es war also nicht weiter verwunderlich, dass Thomas Roth sich fühlte, als habe er die Nacht zwischen zwei Häckselmaschinen verbracht. Das Erstaunliche war, dass er immer noch auf den Beinen stand. Doch es lag ihm nicht zu klagen. Er atmete tief und regelmäßig, genauso, wie er es im Ring zwischen den Runden tat. Die ersten Runden waren hart. Die letzten waren härter. So einfach war das. Nicht alle packten das. Er würde es packen.

Der kleine Junge kehrte mit einer jungen Frau zurück, deren Hand er hielt, als sei sie ein Drachen, der im Begriff war, sich in die Luft zu erheben, was nicht sehr wahrscheinlich schien, da sie hochschwanger und daher einigermaßen schwergewichtig war.

»Ruhig, Aljoscha, ruhig.«

Ihre Stimme war sanft und verspielt zugleich.

Thomas wechselte einen raschen Blick mit Kristina, um zu sagen, dass das hier nicht seine Abteilung war. Schwangere Frauen waren auch nicht Kristinas Abteilung, vor allem, da sie ihr immer das Gefühl einer gewissen physischen Unterlegenheit vermittelten, als sei sie nicht ganz vollständig, und zugleich ärgerte sie sich über sich selbst, weil sie sich von all diesen Klischees einfangen ließ, die die Kunst in minderwertiges Leben verwandelten und das Leben in schlechte Kunst.

Die Einzige, die zu wissen schien, was die Situation erforderte, war die junge Frau.

»Seit seine Mutter verschwunden ist, fällt es ihm schwer, still zu sitzen.«

Es klang, als würde sie über das Wetter sprechen.

Kristina nutzte die Gelegenheit.

»Das ist einer der Gründe, warum wir hier sind. Wir glauben, dass wir seine Mutter gefunden haben. Und dazu noch tot. Genauer gesagt, ermordet. Wir würden auch gern mit Jan Olivelöf sprechen ...«

»Jean, nicht Jan. Er spricht seinen Namen französisch aus!«

Das war offenbar wichtig.

»Und wer sind Sie?«

Es war Thomas, der sich plötzlich einschaltete, um ihr Selbstbewusstsein ein wenig zu erschüttern. Die Frage selbst war bereits beantwortet. Kristina wusste, wer sie war. Sie hatte sie

vor ungefähr einem Monat beim Konzert in der Kirche von Ekerö Cello spielen hören.
»Ich heiße Anja, Anja von Löwenmüller, und ich bin mit Jean verlobt. Wie Sie sehen, erwarten wir außerdem unser erstes Kind.«
Ihre Stimme blieb ruhig, und sie machte einen Schritt zurück ins Haus und bat sie gleichzeitig mit einer einfache Geste hinein. Man konnte sehen, dass sie eine Frau war, die noch nie hatte lügen müssen.
Der Raum, in den sie kamen, wurde in so hohem Maße von dem Porträtbild eines Mannes dominiert, dass er wie ein bloßer Bilderrahmen wirkte.
»Der Großvater meines Verlobten«, erklärte Anja von Löwenmüller.
Thomas, der in solchen Sachen versiert war, erkannte den Bankier, der mit zwei leeren Händen begonnen hatte und mit einem leeren Herzen endete.
»Nun, womit kann ich Ihnen dienen?«
Kristina hatte es nicht eilig.
»Ich habe Sie Mendelssohn spielen hören«, sagte sie. »Sie haben sehr schön gespielt.«
Anja von Löwenmüller ging auf wie eine Sonnenblume.
»Ja, erst als ich ein Kind erwartete, habe ich begriffen, wie man Mendelssohn spielen sollte. Ist das nicht erstaunlich?«
Das war nicht erstaunlich. Der Körper lernt schneller als der Kopf, und er lernt Dinge, die der Kopf niemals lernen wird.
Wie erlernt man zum Beispiel eine fremde Sprache? Indem man Laute abhört, Gesichtsausdrücke wahrnimmt, Gesten deutet, die sich mit Worten verbunden haben und umgekehrt – jedenfalls nicht nur, indem man ein Wörterbuch auf-

schlägt, das sowieso kein Wissen vermittelt, sondern nur Informationen.

In diesem Moment war sie dennoch mehr an Informationen interessiert. Sie wollte wissen, wer Natascha Filippowna mit drei Kugeln getötet hatte, und wo und wie. Das Wissen fing mit einem Warum an, und das musste bis auf weiteres warten. Die Informationsgesellschaft will mehr Polizisten haben, während die Wissensgesellschaft mehr Psychologen fordert. Und derzeit gab es zu wenig Polizisten und zu wenig Psychologen, und sie vertrauten einander nicht, vor allem nicht mehr nach dem Palme-Prozess, wo die ungeschickte Arbeit der Polizei mit unterschiedlichen Zeugenaussagen es den Psychologen ermöglichte, noch ungeschickter zu sein.

Kristina würde nicht ungeschickt sein.

»Eigentlich würden wir gern mit Ihrem zukünftigen Ehemann sprechen, aber ich nehme mal an, dass er nicht zu Hause ist.«

Anja von Löwenmüller antwortete mit einem Laut, der zur Hälfte ein Seufzer war und zur Hälfte ein winziges Lachen.

»Nein. Sie nehmen ganz richtig an. Er ist nicht zu Hause. Er ist nicht einmal in Stockholm. Ja, um ehrlich zu sein, ist er nicht einmal in Schweden.«

»Wo ist er dann?«

»Ich weiß es nicht genau. Ich glaube, heute spielt er in Basel.«

»Er spielt? Was spielt er denn? Fußball?«

Eine rasche Grimasse der Abscheu ließ Anja von Löwenmüllers schönes Gesicht entgleisen.

»Jean ist ein weltberühmter Geiger.«

»Auch wenn wir das in Schweden nicht wissen.«

Thomas fuhr fort, ihr zuzusetzen.

»Es ist ziemlich viel, was wir in Schweden nicht wissen.«

Sie behandelte ihn wie ein aufsässiges Kind. Thomas kannte

den Ton. Er pflegte auf diese Weise mit seinem Sohn zu reden. Sie hatte ihn dazu gebracht, sich zu schämen.
Kristina war von Anfang an klar gewesen, wer Jean Olivelöf war. Sie hatte ihn gesehen, sie erinnerte sich an die Konzentration, mit der er spielte, sie erinnerte sich an seine langen tiefen Blicke zu der jungen Cellistin hinüber, die, wie sich herausgestellt hatte, Anja von Löwenmüller war.
Sie erinnerte sich, dass sie gewünscht hatte, an ihrer Stelle zu sein, der Gegenstand seines Verlangens, doch als sie nach dem Konzert seinem Blick begegnete, war sie erschrocken, fast ängstlich gewesen. Es war ein abwägender Blick, bar jeglichen Gefühls, abgesehen von dem unpersönlichen Interesse, sie auf einer Art mentaler Karte einzuordnen. Sie bildete sich ein, dass es dieser Blick war, den Carl von Linné auf Blumen und Büsche gerichtet hatte.
Sie bildete sich außerdem ein, dass ein Mann mit diesem Blick töten konnte, jedoch nicht aus Leidenschaft oder zufälliger Wut. Was hatte einen solchen Mann dazu gebracht zu töten?
Sie war sich fast sicher, dass er es gewesen war, der die Plastiksäcke gekauft hatte. Er hatte genau die starken Augen, von denen der Russe gesprochen hatte. Es war mehr als wahrscheinlich, dass er der Mörder war, doch damit musste sie warten. Jetzt kam es darauf an herauszufinden, wie viel Anja von Löwenmüller wusste.
Sie wusste nur nicht recht, wie sie es herausfinden sollte. Indem sie ihr Angst einjagte, indem sie ihre Eifersucht weckte oder indem sie ihr schmeichelte?
»Ich habe irgendwo gelesen, dass Mendelssohn dieses Stück nach einer unglücklichen Liebe geschrieben hat. Er hatte offenbar ein gewisses Talent dafür. Doch das scheint bei Ihrem zukünftigen Mann nicht der Fall zu sein.«

Anja von Löwenmüller ließ sich nicht leicht provozieren. Das war eine Frage der Klasse.
»Jean hat alles, was eine Frau sich wünscht.«
»Auch eine Frau wie Sie?«
»Auch eine Frau wie ich.«
»Lebte er mit Aljoschas Mutter zusammen, als Sie sich kennen lernten? Denn ich nehme einmal an, dass es ihr Kind ist.«
»Nein. Sie hatte ihn damals schon verlassen, oder besser gesagt, sie war verschwunden mit einem Russen, der offenbar irgendwie alte Rechte auf sie hatte.«
Das Letzte sagte sie wieder mit einer Mischung aus Seufzen und Lachen, als würde sie denken: »Die Welt ist verrückt, aber sie amüsiert uns.«
»Wissen Sie das? Oder hat Ihnen das Herr Jan erzählt?«
Thomas war fest entschlossen, die französische Aussprache von Olivelöfs Vornamen zu ignorieren.
Diesmal hatte er getroffen.
Anja von Löwenmüller senkte den Kopf ein wenig.
»Das hat Jean mir erzählt.«
»Und warum hat sie ihr Kind nicht mitgenommen?«
»Sie hat sich nicht um ihr Kind geschert.«
»Ist es das Kind von Herrn Jan?«
»Nein. Er sagt, es sei nicht sein Kind.«
Thomas lächelte zufrieden. Er hatte sie dazu gebracht, von ihrem zukünftigen Ehemann auf eine mehr oder weniger objektive Weise zu sprechen. Es würde nicht lange dauern, und sie würde es als ihre Pflicht ansehen, schlecht von ihm zu reden.
»Wir wissen, dass Natascha Filippowna tot ist.«
»Jean hat nichts damit zu tun!«
In ihrer Stimme lag ein gewisser Protest, aber nicht *con brio,*

dachte Kristina. Es war an der Zeit, sich auf die Seite von Anja von Löwenmüller zu stellen.
»Nein, das glauben wir auch nicht. Aber wir würden gern mit ihm sprechen. Wissen Sie, wo wir ihn erreichen können? Sie sagten, er würde heute in Basel spielen. Stimmt das?«
Es kam keine Antwort. Stattdessen traten Tränen in die Augen von Anja von Löwenmüller, die jetzt nicht länger im stillen Glanz der frohen Erwartung leuchteten, sondern im schwachen Parklicht der Angst.
»Die Wahrheit ist, dass ich nicht weiß, wo er ist.«
Kristina konnte nicht umhin, eine Frau zu bewundern, die bekannte, dass sie eben gelogen hatte, ohne die Kontrolle über etwas anderes als ihre Tränendrüsen zu verlieren. Die Stimme war ebenso ruhig wie zuvor.
»Ich weiß nicht einmal, ob er zurückkommt. Ich sitze hier mit seinem Kind im Bauch und mit einem fremden, halb autistischen Kind, das ich tatsächlich lieb gewonnen habe, und weiß nicht, wo er ist, was er tut und mit wem.«
»Meiner Einschätzung nach ist es nicht sonderlich schwer zu erraten, was er tut und mit wem.«
Thomas hatte noch nie verstehen können, warum Frauen immer auf wandelnde Spuckmaschinen hereinfielen. Früher sagte man, dass man es auf den Bart bekommt, wenn man in die Luft spuckt. Heute war das anders. Spuckte man in die Luft, bekam es eine Frau ab. Er trat näher an sie heran.
»Eine Frage noch: Warum haben Sie gelogen?«
Anja von Löwenmüller hörte eine ebenso echte wie traurige Verwunderung aus seiner Stimme. Sie wollte auf seine Frage antworten, doch sie antwortete auf sein Bedürfnis, ernst genommen zu werden.
»Das wissen Sie sehr gut.«

Sie war wieder sie selbst.
Sie verlegte sich auf besondere Förmlichkeit.
Er verstand das nicht, wollte es aber nicht zugeben.
»Ich würde dennoch vorziehen, es von Ihnen zu hören.«
Er wusste, dass er das nicht bekommen würde.
Anja von Löwenmüller war eine Frau, die zwischen ihren schlanken Beinen das Cello bezwang. Es fiel ihr nicht schwer, Thomas in den Griff zu bekommen.
»Ist das hier ein Verhör?«
Es war offenkundig, dass sie die Frage selbst als ebenso absurd ansah wie die mögliche Antwort.
Kristina fand, es sei an der Zeit, diesen ersten Besuch abzuschließen.
»Nein, das hier ist kein Verhör.«
Sie war sicher, dass sie noch häufiger kommen würden, und sie war sicher, dass Anja von Löwenmüller nicht verschwinden würde. Hat man es mit Aristokraten zu tun, dann kann man sich einer Sache sicher sein: Sie verlassen nicht einfach ein Land, das sie gewohnt sind, als ihr Eigentum zu betrachten. Und noch weniger werden sie es verlassen, wenn sie Kinder erwarten, die dieses Land eines Tages erben werden.
Sie war auch sicher, dass Jean Olivelöf früher oder später auftauchen würde. Er war Künstler, und ein Talent, an dem es fast allen Künstlern gebricht, ist, sich verstecken zu können – und wenn sie sich einmal verstecken, dann nur, um gefunden zu werden.

32

Mitsuko Öberg-Namamoto war beeindruckt, aber nicht froh.

»Was haben wir alles? Dass er mit dem Opfer zusammenlebte, dass er vielleicht Plastiksäcke von demselben Typ gekauft hat, wie der war, in dem das Opfer gefunden wurde, dass er wahrscheinlich einen Minibus mit deutschem Kennzeichen besitzt. Ich kann natürlich einen Haftbefehl beantragen, was ich auch tun werde, aber das wird nicht leicht. Wir brauchen die Mordwaffe, das Motiv und möglicherweise den Tatort. Von all dem haben wir noch nichts. Und in der Zwischenzeit müssen wir die Identifizierung absichern.«

»Wir haben doch ihr Kind.«

Östen wurde von Mitsuko mit einem strengen Blick bedacht.

»Wir können das Kind in dem Zusammenhang nicht behelligen. Also müssen wir die Mutter des Opfers herbekommen, und das wird ein Weilchen dauern.«

Kristina war das alles klar. Und doch war sie sicher, dass sie den Mann hatten, nach dem sie suchten.

»Ich brauche einen Hausdurchsuchungsbefehl. Man weiß nie, was man da findet.«

»Ich werde das gleich heute besorgen.«

Mitsuko stand auf, suchte ihre Papiere zusammen und ging ohne größere Zeremonien davon.
»Diese Frau pinkelt noch im Akkord«, flüsterte Östen Thomas ins Ohr.
Mitsukos Effektivität hinterließ immer eine gewisse Apathie. Kristina merkte, dass sie schnell die Initiative ergreifen musste.
»Okay. Sie macht ihren Job, und wir müssen unseren machen. Die Hausdurchsuchung werde ich zusammen mit Maria erledigen. Es ist ja allgemein bekannt, dass wir Frauen leichter etwas finden, was ihr Männer wegwerft.«
»Ich habe nie was weggeworfen außer meinem Herzen.«
Es war klar, dass er scherzte, und doch sahen ihn alle an. Östen wurde etwas rot, und plötzlich war ebenso klar, dass er ganz und gar nicht scherzte, weshalb sich die anderen gezwungen sahen, so zu tun, als würde er scherzen.
»Willst du nicht die Leute von der Technik mitnehmen?«
Thomas, der unglücklich darüber war, mit anzusehen, dass sich ein Mann und Kollege öffnete wie eine Weiche, wechselte das Thema.
Kristina entging das kleine Drama nicht, aber jetzt hatte sie gerade keine Zeit.
»Nein, ich glaube nicht. Zunächst einmal wissen wir nicht, ob der Mord dort im Haus geschehen ist. Zum anderen sind seither mindestens sechs Monate vergangen. Das Haus ist sicher schon mehrere Male gesaugt worden. Ich glaube nicht, dass wir die Leute von der Technik brauchen. Wir suchen nicht nach mikroskopisch kleinen Fibern, sondern nach einer Waffe. Die Techniker würden nur die arme Frau und das Kind furchtbar erschrecken. Abgesehen davon, dass sie für jede Minute eine Stunde berechnen. Die sind doch schlimmer als jede Autowerkstatt!«

Ihre Stimme klang viel zu scharf, das hörte sie selbst. Sie begann noch einmal in sanfterem Tonfall.

»Thomas, du müsstest sofort mit deinem Freund in Tallinn Kontakt aufnehmen. Wir müssen die Mutter herbekommen. Ich werde mit dem Außenministerium sprechen. Und Östen soll alles beschaffen, was man über Olivelöf rauskriegen kann. Um vier treffen wir uns hier wieder, um zu sehen, was wir dann haben.«

»Okay.«

»Und noch kein Wort an die Presse!«

Sie sahen sie erstaunt an. Was glaubte sie denn?

Jeder machte sich an die Arbeit.

Kristina blieb allein in ihrem Zimmer zurück. Sie war aufgeregt wie ein Jagdhund vor der Treibjagd. Es war ihr auch klar, dass das überhaupt nichts mit ihrem Gerechtigkeitssinn zu tun hatte. Es war eine andere, viel primitivere Freude. Irgendwo gab es jemanden, der meinte, sie reingelegt zu haben. Und nun zeigte sich, dass ihm das nicht gelungen war.

Sie wollte ihren Mann anrufen, um die Freude mit ihm zu teilen, doch sie wusste, dass es schwierig sein würde, ihn in der Schule zu erreichen. Deshalb griff sie nach dem Hörer, um ihren Vater anzurufen, als ihr einfiel, dass es der Tag in der Woche war, an dem er im unterirdischen Becken der Storkyrka in Gamla Stan badete.

Länger war die Liste nicht. Es gab nur zwei Menschen auf der Welt, denen sie sich würde mitteilen wollen. Wo waren all die anderen hin? Wie hatten so viele Freunde und Freundinnen still verschwinden können, wie das Grün zu Beginn des Herbstes? Das Leben hatte sie entlaubt.

Kurz bevor das große Selbstmitleid sie erfasste, beschloss sie

resolut, das Außenministerium anzurufen, doch da klingelte das Telefon. Hole-in-one war in der Leitung.
»Ich hoffe, Sie haben meinen Artikel nicht schlimm gefunden.«
Kristina verneinte, was natürlich eine Lüge war. Dann zeigte sich, dass Hole-in-one davon gehört hatte, dass etwas im Gange war, und sie weigerte sich zu erklären, woher sie das wusste, was hinwiederum die Pflicht und das Recht des Journalisten war.
Das prinzipielle Recht der Journalisten, ihre Quellen nicht preiszugeben, ist ein wichtiges Gut. Die Suche nach der Wahrheit muss erleichtert werden. Doch woran die Gesetzgeber nicht gedacht haben, ist die Tatsache, dass es schon bald andere Zeiten geben würde, wo die Jagd nicht der Wahrheit galt, sondern der Nachricht. Das brachte mit sich, dass die Journalisten in dem Eifer, eine gute Nachricht zu erwischen, das heißt eine, die sich gut verkaufen würde, sowohl ihre Texte als auch ihre Quellen manipulieren konnten. Manchmal ging das so weit, dass sie sich selbst in Quellen verwandelten oder Quellen schufen, und wenn sie das auch nicht so taten wie Moses, der mit einem Stab auf die Felsen schlug, dann eben, indem sie einen Packen Tausender hinlegten.
Kristina wusste, dass es kaum Sinn haben würde, solche Dinge mit Hole-in-one oder irgendeinem anderen Journalisten zu diskutieren. Das Einzige, was sie tun konnte, war, ihre eigenen Privilegien gegen die der anderen ins Feld zu führen.
»Die Ermittlungen befinden sich in einer empfindlichen Phase, wo es nachteilig sein kann, irgendwelche Informationen herauszulassen.«
Sie klang wie ihr eigener Anrufbeantworter.

»Bullshit! Ich dachte, wir verstehen uns.«
Es war ein Fehler, so etwas zu sagen. Kristina verabscheute Leute, die den Anspruch erhoben, sie zu verstehen, und noch mehr verabscheute sie Leute, die behaupteten, dass sie von ihr verstanden würden. In solchen Behauptungen lag eine Intimität, die sie peinlich berührte und wütend machte.
»Ich habe noch nie irgendeinen Menschen verstanden, weder lebendig noch tot.«
Sie hörte, wie Hole-in-one tief Luft holte.
»Okay. Sie wollen also nichts sagen.«
»Nein.«
»Na denn.«
Es wurde aufgelegt. Sie wusste, dass sie dafür die Quittung bekommen würde. Vielleicht wäre es klüger, die Kontakte mit der Presse jemand anderem zu überlassen. Aber wem? Und wo war das Leck? Denn wie sollte Hole-in-one sonst etwas wissen?
Aber sie wollte sich den Tag nicht mit solchen Gedanken ruinieren. Es wäre auch vorstellbar, dass Hole-in-one nur bluffte. Sie stellte sich vors Fenster. Es regnete immer noch mit diesem speziellen, entschiedenen Klang, der versprach, dass es auch am nächsten Tag wieder regnen würde.
»Der Himmel hat seinen Takt.«
Sie ließ sich von einer Vorstellung kosmischer Sicherheit einlullen. Doch eine junge Frau aus Tallinn hatte erfahren müssen, dass es Ausnahmen gab. Ein Jäger hatte sie getötet, und jetzt war er selbst der Gejagte.

33

In Schweden gibt es eine Zahlenkombination, die zwar nicht der Apfel vom Baum der Erkenntnis ist, von dem Eva im Paradies kostete, die einem aber ein vergleichbares Meer von Informationen eröffnet. Das ist die Personennummer. Kennt man sie, dann kann man alles Mögliche über eine Person herausfinden.

Östen Nilsson wunderte sich immer wieder, wie viel über jeden Menschen erfasst und aufbewahrt wurde, auch über solche Menschen, die noch in keiner Weise die Aufmerksamkeit der Polizei erregt oder das Rechtssystem belastet hatten.

Er war unangenehm berührt darüber, wie leicht es war und wie unanständig. Der Staat wurde zu einer Art Peeping Tom und die Bürger zu Künstlern in einer Liveshow. Sicherlich war es frustrierend, unbemerkt dahinzuleben, aber ständig beobachtet zu werden war noch schlimmer.

Das Erstaunliche war, dass die Durchsichtigkeit, die das Leben der Bürgerinnen und Bürger prägte, keineswegs in derselben Weise auch für den Staat oder die Geschäfte der großen Finanzwelt galt. Das Private wurde öffentlich, während das Öffentliche privat wurde. Einzelne Rädchen waren sichtbar, nicht jedoch die ganze Maschinerie.

Er selbst war ein Rädchen und wahrscheinlich ebenso durchschaubar wie die meisten, wenn nicht noch mehr. Er war sicher, dass irgendjemand von seinem Verhältnis mit Eva wusste, so wie er selbst wusste, dass ihr Mann eine Affäre mit einer Kosmetikerin von NK hatte. Hingegen war ihm nicht klar, ob Eva davon wusste, und er hatte niemals etwas erzählt.

Mit dem Einzug der Computer in den Alltag hinterließ man Spuren, wo immer man ging und stand. Restaurantrechnungen, die mit Karte bezahlt wurden, Abbuchungen über den Bankomaten, Telefongespräche, die man tätigte oder entgegennahm, Krankenhausbesuche, Gehaltszettel, das Auto, das man fuhr.

Nach ein paar Stunden am Computer und einer Reihe von Telefongesprächen hatte er ein einigermaßen klares Bild von Jean Olivelöfs Leben erhalten. Und er wusste Dinge, die Olivelöf selbst sicher schon längst vergessen hatte.

Seine magische Zahlenkombination war 600312-1172. Das war ein guter Anfang, meinte Östen, der von einer seiner Freundinnen in die Mysterien der Astrologie eingeführt worden war. Olivelöf war also Fische, das heißt, er war ein künstlerisch veranlagter Typ mit Begabungen, die alles von Musik bis Lügen umfassten.

Er war der einzige Sohn des Bankiers Oskar Olivelöf und seiner Frau Martine Grelle, einer charismatischen Französin, die in Schweden einen gewissen Erfolg mit ihren erotischen Aquarellen gehabt hatte. Von ihr hatte Olivelöf seinen Vornamen geerbt und von seinem Vater ein Vermögen.

Östen dachte sich, dass die Ehe wohl eher mittelmäßig gewesen sei, das glaubte er nämlich von allen Ehen, wo es nur ein Kind gab. In dem Punkt täuschte er sich. Tatsächlich gehörte das Paar Olivelöf-Grelle zu der seltenen Spezies der Liebesfanatiker. Sie beschäftigten sich nur miteinander, was unangenehme Konsequenzen sowohl für das Vermögen des einen als auch die Kunst der anderen hatte, wie auch für den gemeinsamen Sohn, der ungeliebt und einsam aufwuchs, da die Eltern nur einander lieben konnten.

Seine Schullaufbahn war nicht beeindruckend, abgesehen davon, dass sich schon früh zeigte, was im Laufe der Zeit der Inhalt seines Lebens werden würde: Musik und Frauen. Auf der Schule von Viggbyholm, die er als Halbinterner besuchte, das heißt, er wohnte unter der Woche in der Schule und verbrachte die Wochenenden zu Hause, wurde er schnell zum Günstling der Musiklehrerin.

Sie war eine verträumte Seele aus Boden, achtundzwanzig Jahre alt, und er war sechzehn. Man weiß nicht, wer wen verführte, doch als das Verhältnis ruchbar wurde, gab man ihr die Schuld. Ihr blondes Haar genügte nicht als Beweis für ihre edlen Absichten, sie musste die Schule verlassen und später auch die Musik, um sich dann in den heiligen Schoß der Schwedischen Kirche zu begeben und eine der ersten heftig umstrittenen Pfarrerinnen zu werden. Aus der Sünde wird das Heil kommen, das wusste schon der heilige Augustinus. Östen merkte, wie er gegen seinen Willen Jean Olivelöf nicht ernst nahm, und er wusste, dass das ein Fehler war. Ein späteres Ereignis macht nicht alle früheren Ereignisse ungültig. Jean Olivelöf hatte vielleicht eine Frau ermordet, das bedeutete aber nicht, dass er eine andere Frau nicht lieben konnte und dass er die Frau, die er getötet hatte, nicht geliebt hatte. Östen tat gut daran, vorsichtig zu sein. Diese erste Verliebtheit in Jean Olivelöfs Leben wurde nicht zu einem Thema, über das er mit seinen späteren Frauen in dem Stadium der

Bekanntschaft redete, in dem man eigentlich erzählen sollte, wer man ist. Er sprach in Wirklichkeit nie wieder davon, es wurde niemals zu einem Bekenntnis. Bekanntermaßen enthält jede Verliebtheit zwei Wahrheitsstufen. Die frühe und die späte. Die erste beinhaltet alle Gründe, die uns der Liebe des anderen würdig erweisen. Die zweite beinhaltet alle Gründe, die uns das Recht geben aufzuhören, den anderen zu lieben. Diese beiden Stadien sind sich nicht, wie man glauben könnte, diametral entgegengesetzt. Es ist vielmehr so, dass das eine das andere bedingt. Die eingebildeten Wahrheiten der Liebe sind die Voraussetzung für ihre halbgaren Lügen.

Jean Olivelöf hatte seinen zweiten großen Verlust im Leben erlebt. Der erste war gewesen, dass er seine Eltern verlor, die aus Liebe zu Muscheln wurden, die sich nur einander öffneten.

Nach dem Abitur studierte er an der Musikhochschule in Stockholm, die er ein paar Jahre später als geprüfter Solist verließ. Es wurde ihm eine große Zukunft prophezeit. Sie kam nie. Keiner wusste warum. Das sind die Dinge, über die keiner etwas sagen kann. Manchmal wird aus dem Frosch ein Prinz, und manchmal wird aus dem Prinzen ein Frosch.

Es folgten einige Jahre des rastlosen Herumirrens durch die Hauptstädte Europas und die mondänen Ferienorte. Die bunten Blätter behielten ihn im Blick und informierten in regelmäßigen Abständen über wirkliche oder erfundene Romanzen mit Schönheitsköniginnen, Fotomodellen, jungen Musikerinnen und unglaublich reichen Erbinnen.

Doch es gab keinen Zweifel – mit seiner Karriere ging es nur deshalb aufwärts, um ihm eine größere Fallhöhe zu verschaffen.

Die großen Konzertsäle schlossen ihre Tore für ihn. Sein amerikanischer Agent rief immer seltener an. Irgendwo auf der Strecke verlor er die Fähigkeit, eigene Wege zu suchen, und fing an, wie alle anderen zu spielen. Und spielt man wie alle andern, gibt es immer einige, die besser sind.
Jean Olivelöf hatte seinen dritten Verlust erlitten. Von hier an wiederholte sich alles nur noch. Die Treppe, die ihn hinaufgeführt hatte, leitete ihn jetzt hinunter, und er traf die Menschen wieder, die seinen Rücken sich hatten entfernen sehen. Sie sahen jetzt sein Gesicht wieder näher kommen.
Das war mehr, als er zu ertragen vermochte. Er zog sich völlig zurück. In den letzten drei Jahren stand nichts über ihn in den Zeitungen. Das waren wahrscheinlich die Jahre, in denen er mit Natascha Filippowna zusammengelebt hatte. Das waren die Jahre, die ihn zu einem Mörder gemacht hatten.
Wie hatten sie sich kennen gelernt? Wer war sie eigentlich? Es gab viele Fragen zu stellen, wenn sie ihn erwischten, was Östen bezweifelte. Wenn man Geld hatte, konnte man sich immer verstecken. Was die Menschen ins Licht trieb, war das Bedürfnis nach Geld. Hatte man dieses Bedürfnis nicht, dann kam man gut und gerne mit dem barmherzigen Halbdunkel klar.

34

Die Staatsanwältin hielt ihr Versprechen. Am folgenden Tag kam die Genehmigung für eine Hausdurchsuchung, und Kristina verlor keine Minute. Sie machte sich im Grunde keine Sorgen, dass Anja von Löwenmüller wichtige Spuren beseitigen könnte. Sie war überzeugt davon, dass von Löwenmüller nicht mehr wusste, als sie gesagt hatte. Aber sie konnte die Möglichkeit nicht ausschließen, dass Jean Olivelöf aufgetaucht war, und in dem Fall würde er alles tun, um zu verwischen, was man verwischen konnte. Sie trieb Maria zur Eile an, die den alten Volvo der Polizei mit einer Geschicklichkeit lenkte, die allen anderen außer Östen Nilsson schon aufgefallen war.

Es war wolkenverhangen, und der Regen des vergangenen Tages hing noch wie ein nasser Badeanzug da. In dem großen Haus gegenüber von Gut Asknäs hatte Anja von Löwenmüller einige Lampen angemacht.

Sie war nicht erstaunt, als sie sie sah. Sie wusste, dass sie Besuch zu erwarten hatte, denn sie hatte bereits mit dem Anwalt der Familie gesprochen, und er hatte sie darauf vorbereitet, dass eine Hausdurchsuchung unvermeidlich wäre.

Sie empfing sie gesammelt und korrekt, während Aljoscha

die Ereignisse vom Fußboden aus verfolgte, wo er vor dem Fernseher saß. In Wirklichkeit war sie alles andere als ruhig, es war lediglich so, dass ihre Erziehung stärker war als ihre Stimmungen. Es schien, als hätte sie eine schlaflose Nacht verbracht, hin- und hergerissen zwischen der Verzweiflung, nicht mit Jean in Kontakt kommen zu können, und der Verzweiflung, vielleicht einen Mörder zu lieben. Sie musste seine Stimme hören, sie sehnte sich wahrscheinlich danach zu hören, dass alles ein Missverständnis war, dass er nichts mit dem Tod von Natascha Filippowna zu tun hatte.

Wie auch immer, eines war sicher: Die Nacht war für Anja lang gewesen, aber am Morgen stand sie wie gewöhnlich auf, trank ihren Tee, weckte Aljoscha, unternahm mit ihm einen Spaziergang zum Wasser und bereitete sich auf das vor, was sie erwartete.

Sie fragte die beiden Frauen, ob sie etwas trinken wollten. Das wollten sie nicht. Kristina nahm sich die obere Etage vor, Maria den Keller. Die Erfahrung hatte gezeigt, dass die Menschen das, was verborgen werden soll, entweder hoch oben oder ganz unten in ihrem Haus verstecken.

Im oberen Stock gab es vier Zimmer. Im Schlafzimmer war nichts zu finden. Sie öffnete den Schrank, zog Schubladen auf, schaute Regale durch, aber ohne Erfolg. Dasselbe galt für die anderen beiden Räume, von denen der eine Aljoschas Zimmer war. Das vierte Zimmer war lange nicht benutzt worden. Kälte schlug ihr entgegen, als sie die Tür öffnete. Sie sah ein Trimmrad, eine Trainingsbank und einen Metallschrank. Als sie den Metallschrank zu öffnen versuchte, stellte sie fest, dass er verschlossen war.

Sie fragte Anja, die sich dafür entschieden hatte, ihr zu folgen, ob es Schlüssel dazu gebe.

Anja schüttelte den Kopf. Kristina rief nach Maria, die einen Bund Dietriche dabeihatte. Sie sah sich das Schloss gründlich an und wählte dann einen Dietrich aus. Es war der falsche, was sie vor Scham rot werden ließ, als sei sie daran gescheitert, das Tor zum Paradies aufzuschließen.

Doch der dritte Dietrich funktionierte perfekt. Das Schloss öffnete sich mit einem kleinen klickenden Laut.

Im Schrank hing eine Hose. Auf dem Boden lag ein Satz Plastiksäcke.

»Wir werden diese beiden Dinge mitnehmen.«

Kristina konnte ihre Stimme kaum bändigen. Sie atmete in kurzen Stößen, als sei sie gelaufen, während Maria tief seufzte. Beide wussten, dass sie ein paar wichtige Beweisstücke gefunden hatten, doch das Wichtigste hatten sie immer noch nicht: die Waffe. Es war auch nicht wahrscheinlich, dass er die aufbewahrt hatte. Aber das konnte man nie wissen. Sie durchsuchten die obere Etage nochmals. Nichts.

Dann gingen sie in den Keller hinunter. Jean Olivelöf war ein Mann, der seine Sachen in Ordnung hielt. Da fuhr nichts durcheinander. Alle Gartengeräte standen ordentlich aufgereiht, alte Möbel, leere Weinflaschen und Zeitungen ebenso. Maria suchte nach einem Hohlraum in der Wand, während Kristina aus demselben Grund auf den Boden stampfte. Maria war es, die Glück hatte. Hinter dem Heizkessel entdeckte sie ein Loch, steckte die Hand hinein und erstarrte.

Dort lag eine Pistole. War das die Waffe, nach der sie suchten? Das Labor hatte gesagt, dass die Mordwaffe wahrscheinlich eine Walther mod. PP war.

Die Pistole, die Maria in der Hand hielt, war ebendieses Fabrikat. Sie zog das Magazin heraus. Es war leer. Sie drückte es entschieden wieder an seinen Platz.

»Avanti popolo!« Das war Marias Siegesruf. Ihr Vater benutzte ihn auch.
»Es ist zu früh, etwas zu sagen. Es gibt Millionen von Walther-Pistolen auf der Welt.«
Kristina klang säuerlich.
»Das weiß ich. Aber ich bin sicher, das Labor wird beweisen, dass das hier die Mordwaffe ist.«
»Ja ja, das hoffe ich auch.«
Es war seltsam, aber Kristina war fast traurig. Bisher hatte alles dafür gesprochen, dass Jean Olivelöf der Täter war. Jetzt stellte sich auch noch heraus, dass die in seinem Haus versteckte Pistole die Mordwaffe sein könnte. In ihrem tiefsten Innern hatte sie gehofft, dass es nicht so sein würde. Sie war dem Mörder schon einmal begegnet, und sie hasste den Gedanken, ein Musiker, und vor allem ein so guter Musiker wie Jean Olivelöf, habe einen Menschen ermordet. Nichts wollte sie lieber als den Schuldigen fassen, aber sie hoffte, dass es nicht Jean Olivelöf sein würde.
»Das hier wird schwierig für ihn.«
Sprach sie mit Maria oder mit sich selbst?
»Du klingst fast, als würde dich das stören.«
Maria konnte ihren Ärger nicht unterdrücken.
»Ich habe die ganze Zeit das unangenehme Gefühl, dass das hier zu einfach ist.«
»Warum denn? Weil er schöne Augen hat und Geige spielt?«
Kristina wollte keinen Streit.
»Ja, zum Teil. Aber vor allem, weil der Mann, hinter dem wir her sind, in der Kirche gestanden und gespielt hat, als ich auch da war. Das ist so unwahrscheinlich.«
Maria dachte einen Augenblick nach. Dann sagte sie fast flüsternd, so als wolle sie nicht, dass Kristina sie hörte, und als

wolle sie es eigentlich auch selbst nicht hören: »Das ganze Leben ist unwahrscheinlich.« In ihrer Stimme schwang keine Bitterkeit mit, sondern lediglich eine Art Bitte an die himmlischen Mächte. Warum war das Leben nicht etwas weniger grotesk?

Bald würde sie wie eine Eiterbeule aufplatzen. Wie hatte es nur so weit kommen können? Warum hatte sie die Beule wachsen lassen?

Sie und ihr Mann waren jung und gesund, sie waren verliebt gewesen, sie hatten ein Zuhause. Und doch – das, was am wenigsten wahrscheinlich war, war zu ihrer Wirklichkeit geworden.

»Aber Maria, was ist denn? Warum weinst du? Du hast Tränen in den Augen!«

»Ich weine überhaupt nicht!«

Wie ein trotziges Kind wischte sie sich die Tränen mit den Fäusten ab.

Kristina hatte einmal einen Mann gekannt, der sie so streichelte. Er konnte es nicht mit der offenen Handfläche tun. Es hatte ihr gefallen. In der Zärtlichkeit war eine Drohung enthalten gewesen, eine Faust ist ein dynamisches System. Es war lange her, an einem Strand von Biarritz, wo sie mit neunzehn Jahren hingetrampt war. Zu Hause hatte sie verkündet, dass sie so weit fahren würde, bis die Straße zu Ende sei, aber die Straße endete im Arm eines dreißigjährigen baskischen Freiheitskämpfers, der gerade aus dem Gefängnis gekommen war. Er war gezwungen gewesen, sie mit den Fäusten zu streicheln, weil die spanische Geheimpolizei seine Hände zerstört hatte.

Sie machte einen Schritt in Marias Richtung, blieb aber erschrocken stehen, als sie Aljoscha entdeckte, der sich in den

Keller geschlichen hatte und sie mit seinen großen Augen ansah, die wirkten, als hätte ihn irgendetwas einmal in dem Maße geblendet oder erschreckt, dass man sie sich kaum mehr geschlossen vorstellen konnte.

Was konnte das gewesen sein?

Gleichzeitig drehte sich Maria zufällig mit der Pistole in der Hand um. Der Junge erstarrte.

Kristina fiel neben ihm auf die Knie. Aljoscha hielt den Atem an und zitterte, als sei er unter Strom. Sie zog ihn an sich. Der dünne Körper war erstaunlich schwer.

»Ich heiße Kristina. Wie heißt du?«, versuchte sie es.

Der Junge starrte auf die Pistole in Marias Hand.

»Hast du die Pistole schon einmal gesehen?«

Aljoscha machte eine heftige Bewegung, wand sich aus ihrer Umarmung und lief fort.

»Armer Kerl!«

Maria erkannte Angst, wenn sie sie sah. Gibt es etwas Schlimmeres, als vor dem Angst zu haben, den man liebt?

Sie gingen ins Erdgeschoss hinauf. Anja von Löwenmüller stand in der Küche und machte Aljoscha ein Butterbrot, während der Junge in dem Versuch, mit ineinander verschränkten Händen seine Aufregung zu zügeln, am Küchentisch saß.

»Wir haben leider schlechte Nachrichten.« Kristina bemühte sich, so unpersönlich wie möglich zu klingen.

Anja wandte sich langsam zu ihnen um.

»Ich weiß. Sie haben Jeans Pistole gefunden. Er war Sportschütze.«

»Das hier ist keine Sportwaffe.«

Maria wusste das.

Anja zuckte mit den Achseln, als würde die Sache sie nicht

weiter interessieren, doch die beidenFrauen drangen auf sie ein. »Hat er angerufen? Haben Sie Kontakt zu ihm gehabt, seit wir hier waren?«
»Nein.«
»Also wissen Sie nicht, wo er ist?«
»Nein.«
»Wann haben Sie das letzte Mal mit ihm gesprochen?«
»Ungefähr vor zwei Wochen.«
»Wo war er da?«
»Das hat er nicht gesagt.«
»Und Sie haben nicht gefragt?«
»Es ist sinnlos, Jean Fragen zu stellen. Er antwortet nur, wenn er antworten will.«
»Aber was hat er denn gesagt, als er fuhr?«
»Er hat nichts gesagt. Er ist einfach gefahren. Das ist so seine Art. Er will nicht überwacht werden. Ich habe nur angenommen, dass er irgendwo Konzerte haben könnte.«
Schützte sie ihn?
Kristina konnte sich nicht entscheiden. Maria hingegen wusste Bescheid. So war es. Frauen konnten sich mit allem abfinden, das hatte sie selbst auch erfahren. Das lag nicht immer daran, dass sie schwächer waren als ihre Männer. Manchmal lag es daran, dass sie stärker waren. Anja erschien ihr nicht wie ein Opfer, es sei denn, sie wäre ihrer eigenen Stärke erlegen. Sie tat ihr Leid.
Sie wandte sich Kristina zu, die sie nur kurz anschauen musste, um zu begreifen, dass es jetzt an der Zeit war, Anja von Löwenmüller in Ruhe zu lassen.
Sie wollten gerade gehen, als Anja sie bat, einen Moment zu warten. Sie verließ die Küche mit raschen Schritten und kehrte ebenso eilig zurück.

»Hier. Es würde mich freuen, wenn Sie das hier annehmen würden. Wir haben an dem Abend, als Sie in der Kirche waren, eine Aufnahme gemacht.«
Kristinas erster Impuls war, Nein zu sagen. Sie wusste, dass es falsch war, Geschenke anzunehmen, aber es war ebenso falsch, ein solches Geschenk zurückzuweisen. Also nahm sie es, mit einem Lächeln auf den Lippen, das ihre Verwirrung überspielen sollte, sie aber stattdessen betonte.

Draußen war die Wolkendecke ein wenig dünner geworden. Eine Sonne, die unbezahlten Urlaub genommen hatte, schaute vorsichtig auf die Welt. Und doch war es schön. Die Kirche von Ekerö ganz hinten bereicherte den Horizont um einige ehrenhafte Absichten.
»Komm mit, ich will dir etwas zeigen.«
Kristina fuhr zum Friedhof hinunter, und sie gingen zu dem Grab mit dem Porträt.
»Weißt du, wer das ist?«
»Das ist die Schwester, von der du gesprochen hast.«
»Ja.«
»Sie wurde auch ermordet.«
»Ja.«
»Haben sie den Mörder gefunden?«
»Nein.«
Maria trat einen Schritt von dem Grab zurück.
»Warum gibt uns Gott das Leben, wenn jeder es uns gleich wieder nehmen kann?«
Auf diese Frage wusste Kristina keine Antwort. Niemand hatte je darauf antworten können.
Deshalb sagte sie nichts.

35

Alexandra Filippowna hatte zwei Töchter geboren. Einst war sie eine glückliche Frau gewesen. Ehemann Iwan Filippow war Pilot bei der Aeroflot gewesen, er verdiente gut, und solange die klassenlose Gesellschaft des Kommunismus existierte, gehörte er zur Oberklasse. Dann fiel der Kommunismus, die Aeroflot wurde all ihrer Mittel beraubt, der Bodenservice verschlechterte sich deutlich, auf den Flugplätzen wuchsen Pilze und Unkraut, die Flugzeuge alterten ohne Charme, und die Piloten flogen auf eigenes Risiko.

Doch Iwan starb nicht, wie er immer gefürchtet hatte, bei einem Unglück, sondern am Wodka, den er trank, um seine Angst zu betäuben. Seine Leber explodierte wie ein Flugzeugreifen.

Die Witwe blieb mit zwei schönen, umtriebigen Töchtern zurück. Ihr Lehrerinnengehalt reichte nicht weit. Tallinn, wohin die Russen als Eroberer gekommen waren, verachtete sie jetzt alle, sofern sie nach der Selbstständigkeit noch im Land blieben. Von der Oberklasse zur Unperson ist es ein langer Weg, und man kann es nicht anders sagen, als dass Alexandra Filippowna ihn in Würde und Weisheit gegangen war.

Den Töchtern fiel das schwerer. Die ältere, Irina, hatte nichts ins Feld zu führen als ihr Aussehen. Sie war gerade achtzehn Jahre, als sie Tallinn verließ, um einem griechischen Kaufmann zu folgen, der sie allerdings in Stockholm sitzen ließ, da er sich in Athen sowohl um seine Ehefrau als auch um eine viel anstrengendere Geliebte kümmern musste. Er ließ sie mit einem Kind im Bauch und etwas Geld zurück, das sie klug einsetzte, um einen kombinierten Salon zu eröffnen, in dem sie Massagen für gestresste Herren und Gesichtspflege für deren nicht weniger gestresste Ehefrauen anbot.

Schließlich war doch noch alles in Ordnung gekommen. Sie bekam einen Jungen, den sie, um ihrer Mutter eine Freude zu machen, Alexander taufte und Aljoscha nannte.

Sie war es gewohnt, ihre Tür allen Menschen zu öffnen, doch eines Abends öffnete sie sie dem falschen: ihrem Mörder. Man fand sie erdolcht mit ausgestochenen Augen. Ihren Mörder fand man niemals.

Alexandra konnte nicht nach Schweden kommen, um ihre älteste Tochter zu begraben. Sie konnte nicht einmal das Enkelkind zu sich nehmen, da sie ihm nichts zu bieten hatte. Aljoscha wurde bis auf weiteres in einer schwedischen Familie untergebracht.

Jetzt war sie in Schweden, um ihre jüngere Tochter zu begraben. Damit hätte sie nie gerechnet. Natascha war ein völlig anderer Mensch als ihre Schwester. Sie war gut in der Schule, sie war Eliteturnerin und hatte bis zu ihrem neunzehnten Lebensjahr nichts mit Jungen im Sinn gehabt.

Dann geschah etwas, was ihr Leben radikal veränderte. Ihr Trainer wurde ihr Geliebter. Sie wurde schwanger, er war verheiratet. Sie war eigensinnig, wollte das Kind behalten, was sie auch tat. Es wurde mit schweren Missbildungen geboren, entstellt von den vielen Dopingmitteln, die der Trainer ihr aufgezwungen hatte, und es wurde in einem Heim untergebracht, weit von Tallinn entfernt. Dann machte er Schluss mit ihr, und sie versuchte, mit sich selbst Schluss zu machen. Sie fing an, über Nacht wegzubleiben, kaufte teure Kleider, schminkte sich aufdringlich, rauchte geschmuggelte Zigaretten.

Alexandra wollte es zunächst nicht glauben, musste am Ende aber einsehen, dass die Tochter ihren wohltrainierten Körper auch zu anderen Übungen als nur am Stufenbarren benutzte. Sie versuchte, mit ihr zu reden, aber Natascha bekam nur einen Wutanfall, warf mit Sachen um sich und schrie sie an, dass es ihre eigene Sache wäre, wenn sie eine Hure wäre, und überhaupt seien alle anderen auch Huren, und die Einzigen, die keine Huren seien, seien die Zuhälter.

Alexandra gewöhnte sich daran, nachts wach zu sitzen und ängstlich auf die Schritte ihrer Tochter auf der Treppe zu warten. Wenn sie sie endlich hörte, löschte sie sofort das Licht und tat so, als würde sie schlafen. Manchmal weinte sie, ohne es zu wollen. Es kam vor, dass ihr, wenn sie dasaß und ihren Tee trank, plötzlich die Tränen in die Augen schossen, wie ein überraschender Regen.

Sie war keine glückliche Frau mehr.

Doch konnte sie zwischenzeitlich wieder aufatmen. Natascha kehrte in ihr altes Leben zurück. Früh ins Bett, viele Stunden im Sportinstitut, keine Schminke, kein Rauchen. Sie war verliebt. Der Mann war offenbar irgendein Musiker aus Schweden, der in einem großen Hotel in Tallinn Geige spielte. Dort hatte Natascha ihn kennen gelernt, und er hatte versprochen, sie mit nach Schweden zu nehmen, sobald sein Vertrag mit dem Hotel ausliefe.

Alexandra bat darum, ihn kennen lernen zu dürfen, und erstaunlicherweise war das gar kein Problem. Er kam zu ihnen nach Hause und brachte Blumen für Natascha und Schokolade für Alexandra mit. Er war elegant, hatte schöne Augen und Hände, abgesehen von den Fingern an der linken Hand, die fast deformiert waren und alle aussahen wie die Daumen eines Schuhmachers.
Alexandra brachte das glückliche Paar zur Fähre, und die ersten beiden Jahren waren wolkenlos wie ein Sommertag. Sie telefonierte einmal in der Woche mit ihrer Tochter, und immer war Natascha diejenige, die anrief, um das magere Budget ihrer Mutter nicht zu belasten. Außerdem kümmerte sich Natascha um ihren Neffen Aljoscha, der die Mutter verloren hatte.

Sie saßen im Konferenzraum der Polizeistation in Huddinge. Kristina und Maria hatten Alexandra Filippowna zusammen mit der Dolmetscherin vom Flughafen Arlanda abgeholt.
Die Dolmetscherin, die den urschwedischen Namen Johanna Eklund trug, war sehr jung, erst vierundzwanzig Jahre alt. Sie sprach fließend Russisch, da sie sozusagen in Moskau aufgewachsen war, wo ihr Vater als Koch in der schwedischen Botschaft gearbeitet hatte.
Sie hatte in ihren zwei Jahren als Dolmetscherin bereits viel Elend gesehen, doch dieser Tag schien der bisher schwerste zu sein. Die Trauer von Alexandra Filippowna zu sehen, als sie ihre Tochter identifizierte, war mehr, als Johanna ertragen konnte. Sie weinte mindestens ebenso viel, und man musste sich auch um sie kümmern. Jetzt schämte sie sich ein wenig und versuchte, ihre Rolle als professionelle Übersetzerin wieder aufzunehmen, indem sie sich in regelmäßigen Ab-

ständen unnötigerweise räusperte, denn mit ihren Stimmbändern war an sich alles in Ordnung.

»Wann hatten Sie das letzte Mal Kontakt zu Ihrer Tochter?«, fragte Kristina, und Johanna Eklund übersetzte.

Filippowna antwortete sogleich.

»Am sechzehnten November vorigen Jahres. Am Abend. Sie rief an, wie sie es immer tat, doch sie klang ein wenig anders, etwas gestresst. Ich fragte sie, wie es ihr gehe. Sie versicherte mir, dass nichts sei, sie sei einfach ein wenig unter Druck, denn sie würden ins Ausland gehen, wo ihr Mann Arbeit bekommen habe. Sie sagte, ich solle mich nicht beunruhigen, und sie würde anrufen, sowie sie sich ein wenig eingerichtet hätten, wie sie sagte.«

»Und was geschah dann?«

»Dann hörte ich nichts mehr. Nach einem Monat rief ich die Polizei in Tallinn an, die offenbar auch mit der Polizei hier Kontakt aufnahm. Man bekam nichts anderes heraus, als dass die Familie im Ausland sei. Ich gab mich damit zufrieden. Nach einem weiteren Monat meldete ich mich wieder bei der Polizei, hörte aber nichts von ihnen.«

»Warum haben Sie es nicht noch einmal versucht?«

Alexandra Filippowna schüttelte den Kopf, als wollte sie sagen, dass das zu nichts geführt hätte. Es war nicht mehr ihre Polizei, die Russen in Estland waren ohne Bürgerrechte, so wie die Juden in der Zeit des Zweiten Weltkrieges.

»Wenn Aljoscha nicht Nataschas Kind ist, wo ist dann ihres?«, fragte Kristina.

Alexandra Filippowna senkte den Kopf und saß eine Weile schweigend da.

»Ich weiß es nicht.«

»Sie wissen es nicht?«

»Nein.«
»Wissen Sie, ob Ihre Tochter Kontakt zu kriminellen Kreisen hatte? Nahm sie Drogen?«
Filippowna zuckte mit den Achseln.
»Woher soll ich das wissen? Aber unmöglich ist es nicht.«
Kristinas Fragen quälten sie. Sie zwangen sie einzusehen, wie wenig sie wusste. Wenn sie sich nur mehr bemüht hätte. Wenn sie sie nicht immer mit Samthandschuhen angefasst hätte. Vielleicht wäre dann alles anders gekommen.
»Bin ich nicht schon genug bestraft?«, flüsterte sie mehr zu sich selbst.
Doch, das war sie. Zwei Töchter hatte sie geboren. Sie hatte keine Familie mehr, abgesehen von einem missgebildeten Enkelkind irgendwo in Estland und einem autistischen Enkelkind in Schweden. Sie hatte auf dieser Erde keine Wurzeln geschlagen.
Sie fragte, was jetzt mit Aljoscha geschehen würde.
»Bis auf weiteres hat er es gut, wo er jetzt ist. Dann werden wir weitersehen«, antwortete Kristina.
Filippowna war jetzt ganz allein.
»Habe ich nicht das Recht, ihn mitzunehmen?«, fragte sie schüchtern.
»Natürlich. Sie sind schließlich seine nächste Verwandte. Aber man muss auch fragen, was Aljoscha will.«
Kristina wollte im Moment nicht daran denken. Wenn Kinder in die Sache verwickelt sind, wird immer alles sehr kompliziert. Wenn Aljoscha sich inzwischen an Anja von Löwenmüller und Jean Olivelöf gebunden hatte, dann würde es vielleicht unnötigen Schmerz bedeuten, ihn von den beiden zu trennen. Andererseits war es doch möglich, dass Jean Olivelöf die Frau getötet hatte, die Aljoscha als seine Mutter be-

trachtete. War es dann in Ordnung, dass Jean Olivelöf ihn bei sich behalten sollte?
Das gehörte glücklicherweise alles nicht in ihren Aufgabenbereich. Doch zumindest konnte sie dafür sorgen, dass Alexandra Filippowna ihr Enkelkind treffen könnte, und das versprach sie auch. Dann dankte sie ihr für ihre Hilfe und ließ Maria sie zusammen mit der Dolmetscherin ins Hotel Aston am Mariatorg bringen, wo die Preise erschwinglich waren. Solche Kosten belasteten Kristinas Budget, sie musste geizig sein und ihr Geld zusammenhalten. Das machte sie wütend und traurig, aber es war nicht zu ändern.

36

Tags darauf kam ein Fax vom kriminaltechnischen Labor, das eine große Enttäuschung mit sich brachte. Die Kugel, die der Gerichtsmediziner gefunden hatte, und die Pistole passten nicht richtig zusammen. Aber man hatte die Kleider untersucht und auf dem Aufschlag des linken Hosenbeines einen Blutfleck gefunden, den man zur weiteren Analyse gegeben hatte.

Kristina rief die Staatsanwältin an und bat um ein Treffen.

»Kommen Sie, wenn Sie Zeit haben. Ich bin immer hier«, antwortete diese.

»Hier« war in diesem Fall das Amtsgericht in Huddinge. Die ganze Umgebung hatte eine Vergangenheit als Meeresboden, und einige Jahre lang war das Amtsgericht langsam immer weiter im Untergrund versunken, bis man es auf neue Pfähle gesetzt hatte. »Die Gerechtigkeit ist auf Sand gebaut«, hatten die Richter untereinander gescherzt, wenn sie im Restaurant Udden, das in der Nähe lag, ein Bier tranken, und sie wussten, wie Recht sie hatten.

Kristina nahm ihren Fiat, um dorthin zu fahren. Doch plötzlich hatte sie keine Eile mehr. Anstatt auf den Huddingevägen einzubiegen, fuhr sie in die andere Richtung, ließ das

Auto in der Nähe des Recyclinghofes in Visätra stehen und nahm den Weg, der zum Wald von Flemingberg führte. Es war wassergetränkter Boden, auf dem sie ging, um sie herum platschte es, aber sie lief mit festen Schritten, als wolle sie sich von ihrem eigenen Schatten befreien. Die Sonne stand ein paar Meter über den Baumspitzen und warf ein Licht, das man durchaus als ironisch auffassen konnte. Keine Wärme in der Luft, kein Strahlen. Es war eine Sonne, die besser in einen Keller gepasst hätte.

Einmal, als sie zehn oder elf Jahre alt gewesen war, war sie mit einer gleichaltrigen Freundin auf Skiern den ganzen Weg durch den Wald bis nach Lida Gård gelaufen, wo ihr Vater auf sie wartete. Sie brauchten fünf Stunden für die Tour, die sie damit verbracht hatten, sich gegenseitig gruslige Geschichten zu erzählen, um sich in Angst und Schrecken zu versetzen, was ihnen auch gelungen war. Als sie ankamen, zitterten sie alle beide vor Furcht und Erschöpfung.

»Wohin ist dieses Mädchen verschwunden?«

Sie meinte sich selbst, nicht die Freundin.

»Wir existieren in der Zeit, aber die Zeit würde ohne uns nicht existieren.«

In ihrem Kopf kochte es.

»Ich hyperventiliere.«

Sie ging etwas langsamer.

»Was ist bloß los mit mir?«

Sie ging noch etwas langsamer.

Am Ende stand sie still.

»Mir tut der Mörder fast mehr Leid als das Opfer. Ich bin auf dem besten Wege, eine sentimentale alte Jungfer zu werden. Warum frage ich mich die ganze Zeit, ob mein Mann mich liebt? Warum frage ich mich nicht, ob ich ihn liebe? Liebe ich ihn? Oder glaube ich bloß, dass ich das tun müsste? Wie sagt Papa doch immer? Die Menschen würden weniger trauern, wenn sie nicht die Vorstellung hätten, es tun zu müssen. Das gilt vielleicht auch für die Liebe. Wie kann man unterscheiden zwischen dem Gefühl und der Vorstellung davon, wie das Gefühl zu sein habe? Vielleicht ist die Liebe überhaupt kein Gefühl, sondern nur eine Menge von Vorstellungen. Gott, ich werde komisch. Ich muss mich zusammenreißen.«

Wie macht man das?

Man atmet ruhig durch die Nase ein und durch den Mund aus. Man leert alle Gedanken aus dem Kopf. Man raucht eine Zigarette. Aber damit hatte sie ja aufgehört. Wenn es keine Heldentaten zu vollbringen und keine Tugenden auszubilden gab, dann konnte man immer noch aufhören zu rauchen. Das ist die letzte Tugend. Hat man in seinem Leben sonst nichts zu Stande gebracht, dann hat man doch wenigstens aufgehört zu rauchen.

»Gut. So muss das klingen. Jetzt bist du wieder du selbst.«

Sie tätschelte sich selbst den Hintern.

Dann setzte sie sich ins Auto und fuhr zum Amtsgericht in Huddinge.

Mitsuko lud sie zu einer Tasse duftenden Tees ein. Kristina beschrieb ihr kurz die Situation.

»Er ist doch wirklich mehr als dringend tatverdächtig. Ich werde einen Haftbefehl in Abwesenheit für ihn beantragen.«

Sie wurde eifrig.

»Wir müssen ihn erwischen. Wir wissen beide, wie es mit Interpol steht.«

Das wussten sie allerdings.

Sie hatten kein Vertrauen zu Interpol. Nicht, weil die Organisation in irgendeiner Weise inkompetent gewesen wäre, sondern weil sie zu viel zu tun hatte. Es gab tausende von Ermittlungen, tausende von Hinweisen, tausende Spuren, die man verfolgen musste. Man war dort gezwungen, knallhart Prioritäten zu setzen. Und ein Frauenmörder hatte keine sonderlich hohe Priorität, wenn man gleichzeitig Serienmörder, Polizistenmörder, Mörder ganzer Völker, große Zuhälter, große Dealer, Waffenhändler, Gewalttäter, Hehler, Terroristen und dergleichen mehr suchen musste.

»Haben Sie eine Idee?«, fragte Kristina.

Mitsuko zögerte. Doch dann sagte sie: »Ich denke, wir sollten sein Telefon abhören. Früher oder später wird er sicher zu Hause anrufen.«

»Sie wissen, dass das Gericht in dieser Hinsicht sehr zurückhaltend ist.«

»Mit Fug und Recht. Doch das Gesetz ist deutlich. Die Polizei hat das Recht, das Telefon von jemandem abzuhören, wenn es um ein Verbrechen geht, das mindestens ein Jahr Gefängnis nach sich ziehen könnte. Und wir reden hier schließlich von Mord.«

»Ich kenne das Gesetz auch.«

»Aber?«

»Aber ich bin allergisch gegen das Abhören von Telefonen. Das habe ich sicher von meinem Vater, der in der DDR genug davon abgekriegt hat.«

Mitsuko lachte kurz auf.

»Wir sind anscheinend beide Vaters Tochter, oder?«

Dann wurde sie wieder ernst, was in ihrem Fall bedeutete, dass das große Lächeln durch das kleine ersetzt wurde, ungefähr so, als würde man eine Sonnenblume wegnehmen und an ihre Stelle ein Schneeglöckchen setzen.

»Ja, ich mag das Abhören von Telefonen auch nicht. Es

verlangt einen Gerichtsbeschluss, das bedeutet zusätzliche Arbeit, zusätzliches Personal, und man kann es ja auch so sehen, dass sogar Verbrecher das Recht haben, ihre Geheimnisse für sich behalten zu können, genauso wie wir das Recht haben, sie aufzudecken. Wir wissen, dass er es war. Wir wissen nicht, wo er sich aufhält. Wir müssen ihn finden, und das Abhören des Telefons kann eine Möglichkeit sein, ihm auf die Spur zu kommen. Ich denke, der Fall ist sonnenklar.«

Kristina konnte nicht umhin, das zuzugeben.

Auf dem Weg zurück ins Büro legte sie die Mendelssohn-Kassette in den Kassettenrekorder ein. Der klare Ton von Jean Olivelöfs Violine küsste Anja von Löwenmüllers Cello auf die Nasenspitze und spielte damit. Es waren die ersten Reisen der Verliebtheit, die bald von anderen, dunkleren gefolgt werden würden.

In ihrem Beweismaterial gab es Schwachstellen. Sie war sich nicht sicher, die Mordwaffe gefunden zu haben. Noch beunruhigender war, dass sie noch kein echtes Motiv hatte finden können. Sie konnte sich nicht einmal eines denken. Warum hatte er gemordet?

Warum?

37

Maria saß in einem tiefen Ledersessel im Foyer des Hotels Aston und wartete auf die junge Dolmetscherin Johanna Eklund, die mit dem Recht der Jugend offenbar verschlafen hatte.

Es war ein Morgen, der auf die Reservebank gehört hätte, er taugte nämlich mehr als Nachmittag. Der Mariatorg hatte kürzlich sein Aussehen gewechselt. Irgendjemand in irgendeinem Amt hatte sich eingebildet, dass ein Platz wie ein Hemd ist. Man wechselt es einfach. Folglich hatte man alle Büsche ausgerissen, die zu kleinen Lauben zusammengewachsen waren, in denen einzelne Bänke zum friedlichen und heimeligen Sitzen einluden. Stattdessen hatte man Blumen gepflanzt, die sicherlich schön waren, den Platz aber eher wie einen Schrebergarten aussehen ließen. Es fehlten nur noch die Reihenhäuser.

Es war ein grauer, diesiger Morgen, und der Anlass, weswegen sie hier war, war trist. Sie sollte, begleitet von der Dolmetscherin, Alexandra Filippowna nach Ekerö chauffieren, wo sie ihr Enkelkind treffen sollte, das sie noch nie gesehen hatte.

Zunächst mochte Maria die Frau nicht. Sie hatte immer gedacht, alle siebzigjährigen Russinnen würden Kopftuch tragen und hätten Übergewicht. So sahen sie jedenfalls im Fernsehen aus, aber Alexandra Filippowna war anders. Sie war groß, hielt sich gerade, schlank. Sie war eine schöne Frau gewesen, und sie wusste es. Sie bewegte sich mit einem Stolz, der nur schlecht zu ihrer Situation passte. Ihre Stimme war ein wenig heiser, wahrscheinlich von ihrer Arbeit her. Und man merkte, dass sie nicht damit rechnete, dass ihr widersprochen wurde. Außerdem hatte sie die unangenehme Angewohnheit, einem direkt in die Augen zu sehen.

Diese ganze Fassade eines Lebens als schöne, begehrenswerte und erfolgreiche Frau war von ihr abgefallen, als die Bahre mit Nataschas Leiche aus dem Kühlraum gerollt wurde. Der Tod trat herzu und küsste sie auf den Mund, wie um ihren Schrei zu ersticken, der alle um sie herum mit Schrecken erfüllte.

Die Dolmetscherin rannte aus dem Zimmer, der Gerichtsmediziner Guldbaggen suchte in seiner Tasche nach einer Beruhigungsspritze, Kristina hielt die Arme fest über der Brust verschränkt.

Nur Maria besaß die Geistesgegenwart, zu Alexandra Filippowna hinzugehen. Sie drückte sie fest an sich. Gleichzeitig musste sie an ihre Fehlgeburt denken und wie sehr sie getrauert hatte. Jetzt war sie fast dankbar.

Alexandra Filippowna spürte die Wärme, die aus Marias Brust stieg, sie atmete sie ein, wurde weicher und sank schließlich völlig in sich zusammen, während sie mit ihrer heiseren Stimme unablässig dieselben Worte murmelte.

Sie brauchten keinen Dolmetscher, um das zu verstehen. Sie zitierte Jesu Worte am Kreuz, auf Aramäisch.

Wie mit dem Feuerschwert des Engels kam Kristina die Einsicht. Mit einem Zitat auf den Lippen zu sterben schien das äußerste Schicksal des kultivierten Menschen zu sein. Wo

waren die echten Worte? Die, die noch niemand je zuvor gesagt hatte?
Nirgends. Die Welt war ein Zitat geworden. Es tat immer noch genauso weh wie vorher. Aber der Schmerz hatte einen schönen, manchmal allzu schönen Rahmen bekommen. Niemand konnte mehr er selbst sein. Das Ich war nichts anderes als eine Zitatensammlung, der Fahnenmast, an dem zwar die eigene Fahne flatterte, doch es war eine Fahne, die andere gemalt, andere genäht hatten. Das Einzige, was man getan hatte, war, sie zu kaufen.
Also standen sie da, vier Menschen, die eigentlich nichts oder nur sehr wenig miteinander zu tun hatten. Sie waren durch ihr Schicksal, ihren Beruf und vor allem durch Zufall hierher gebracht worden. Sie hätten völlig andere Menschen sein können, mit völlig anderen Schicksalen. Die Tote hätte jemand anders sein können. Die Stadt hätte eine andere sein können, Tag und Stunde hätten anders sein können.
Doch jetzt waren sie da. Wie verletzte Tiere suchten sie die Nähe, bildeten einen Raum im Raum, eine eigene Zeit in der Zeit, bis alles vorüber war. Alexandra Filippowna atmete wieder ruhig, Johanna Eklund kehrte mit frisch getuschten Wimpern zurück, und das Leben ging weiter, nicht, als ob nichts geschehen sei, sondern obwohl so viel geschehen war.

»Es tut mir sehr Leid. Der Wecker hat nicht geklingelt.«
Maria stand eilig auf, als wollte sie sich vom Gefühlssumpf des vergangenen Tages befreien.
»Macht nichts. Das sind die besten Wecker, die nicht klingeln. Als ich so alt war wie Sie, hatte ich auch so einen Wecker. Die werden nicht in der Schweiz hergestellt.«
Johanna lachte. Sie war erleichtert, dass ihre offenkundige

Lüge entdeckt und gleichzeitig verziehen worden war. Natürlich hatte der Wecker geklingelt, und er hatte nicht nur sie, sondern auch Richard III. geweckt, ihren Freund, der Schauspieler werden wollte. Er war immer noch in dem glücklichen Alter, in dem man mit wackliger Identität und aufrecht stehendem Geschlecht aufwacht. Im Laufe der Jahre kehrt sich das dann um.

Die Erinnerung an das, was dann geschehen war, materialisierte sich in einem Lächeln, das ihren Mund dem einer Fleisch fressenden Pflanze gleichen ließ.

Maria klopfte ihr auf die Schulter.

»Es ist an der Zeit, die Madame zu holen.«

Aus irgendeinem Grund wollte sie Distanz zu Alexandra Filippowna beweisen. Das war das Ergebnis ihrer besonderen moralischen Mischung, die zu gleichen Teilen aus italienischem Katholizismus, pragmatischem schwedischem Protestantismus und den Überlebensstrategien ihres Heimatortes Rågsved bestand.

In freier Übersetzung hieß das, dass ihr Alexandra Filippowna sowohl Leid tat, dass sie sie aber gleichzeitig als mitschuldig an dem betrachtete, was geschehen war. Sicherlich hatte sie auf ihre ebenso schönen Töchter diese gewisse Arroganz übertragen, die manche Menschen ausstrahlen und die nicht von dem herrührt, was sie sagen oder tun, sondern davon, *wie* sie reden oder handeln, und vor allem, wie sie einen betrachten.

Es ist nicht so, dass sie einem aus dem Weg gehen, es ist auch nicht so, dass sie direkt in einen hineinschauen. Sie sehen einfach an einem vorbei. Ihr Blick bekommt eine Art Teflonbeschichtung, auf der man nicht haften bleiben kann. In Rågsved nannte man solche Menschen stinkvornehm, und das ist

etwas völlig anderes als vornehme Stinker. Ihre Mutter sprach von der Prinzessin auf der Erbse, und ihr Vater verkündete, dass diese Typen offenbar glaubten, sie könnten dem Papst an die Eier fassen.
Alexandra Filippowna fürchtete sich vor der Begegnung mit einem Enkelkind, das sie noch nie gesehen hatte. Was sollte sie sagen? Was sollte sie tun? Ob der Junge Russisch sprach?
Sie saß vorn im Auto und sagte nicht viel. Die Dolmetscherin hatte alle Zeit der Welt, an Richard III. zu denken. Alexandra Filippowna reagierte nur, als sie am Schloss Drottningholm vorbeifuhren.
»Da wohnt der König«, erklärte die Dolmetscherin.
»Oj woj! Silvia!«
»Ist ja gut«, murmelte Maria fast unhörbar und raste vorbei.

Anja von Löwenmüller und Alexandra Filippowna musterten sich einen kleinen Augenblick lang zur gegenseitigen Zufriedenheit. Beide wollten es einander so leicht wie möglich machen. Sie merkten sogleich, dass sie miteinander auskommen würden. Aber sie hatten die Rechnung ohne Aljoscha gemacht, der sich nicht zeigen wollte und nicht zu begreifen schien, dass es seine Großmutter war, die da mit einem unsicheren Lächeln auf den Lippen vor ihm stand.
Es war offenkundig, dass er Erwachsenen nicht traute. Seine richtige Mutter war ihm genommen worden, ebenso wie seine zweite Mutter, und er fürchtete, dass auch Anja ihn verlassen würde. Er hatte sie manchmal weinen sehen, er wollte sie trösten, doch er wagte es nicht. Er hatte schon einmal versucht, Natascha nach einem Streit mit dem Mann, den er als seinen Vater betrachtete und der jetzt auch verschwunden war, zu trösten. Natascha war nicht nur untröstlich gewesen, sondern

wurde auch noch wütend auf ihn und schubste ihn von sich weg. Sie mochte es nicht, wenn kleine Jungs an ihr hingen.
Er stand regungslos mit gesenktem Kopf da. Alexandra hatte ein Geschenk für ihn. Es war eine russische Lesefibel. Er hatte schon einmal in einem solchen Buch gelesen, Natascha las manchmal mit ihm, wenn sie guter Dinge war, und das war sie lange Zeit gewesen, ehe sie krank wurde, spucken musste, sich in ihrem Schlafzimmer versteckte und mit niemandem mehr sprach.
Aljoscha nahm das Geschenk entgegen und lächelte. Alexandra griff vorsichtig nach seiner Hand und fragte, ob er mit ihr einen Spaziergang machen wolle. Gleichzeitig suchte sie Anjas Blick, um sich zu vergewissern, dass das kein Problem sein würde. Das war es nicht, im Gegenteil. Anja forderte Aljoscha auf, mit seiner Großmutter in den Garten zu gehen, dann könne er ihr sagen, wie die Blumen und Bäume hießen.
Aljoscha stand noch da mit dem Buch unterm Arm. Dann sagte er etwas.
»Papa bumm-bumm. Mama au-au.«
Fast ein halbes Jahr lang hatte er nichts gesagt. Er war selbst mehr überrascht als die anderen.
»Was sagt der Junge?«, fragte Alexandra, die es doch verstanden hatte.
»Er weiß nicht, was er sagt!«
Anja von Löwenmüller war so blass wie die Beschäftigungspolitik der Regierung.
Doch Aljoscha wusste, was er sagte. Genau diese Worte waren es gewesen, die ihn so lange blockiert hatten. Oft hatte er in seinem Bett gelegen und versucht, sie zu sagen, ohne dass es ihm gelungen war. Jetzt waren sie endlich heraus, und er war fast berauscht vor Erleichterung.

Wieder und wieder wollte er die Worte auf der Zunge spüren. Er lief in den Garten hinaus und rief die ganze Zeit: »Papa bumm-bumm, Mama au-au.«

Alexandra Filippowna folgte ihm.

Anja setzte sich schwer auf einen Stuhl mit gerader Rückenlehne.

»Was der Junge sagt, hat keine Bedeutung.«

Maria wollte sie irgendwie trösten. Sie hatte ja Recht. Man würde Aljoschas Worte für die Beweisführung verwenden können, doch für einen geschickten Anwalt würde es kein Problem sein, sie zu widerlegen.

Sie sah Alexandra Filippowna und Aljoscha draußen im Garten. Ein wenig Zeit blieb noch, dann musste sie sie zum Flughafen nach Arlanda bringen. Das Einzige, was sie tun konnte, war, den kleinen Moment ein wenig länger werden zu lassen. Dann würde Alexandra in ihre Zweizimmerwohnung in Tallinn zurückkehren, sie würde nicht mehr darauf warten, dass das Telefon klingelte, sie würde sich nicht länger um ihre Töchter sorgen. Ihre Töchter waren tot. Sie würde einfach nur trauern, bis sie auch dazu nicht mehr im Stande wäre.

Was würde Anja von Löwenmüller tun?

Es gab keinen Zweifel mehr. Sie liebte einen Mörder, sie hatte sein Kind in ihrem Bauch. Wie würde sie leben können?

Maria wollte sie gern trösten, wollte ihr Kraft und Hoffnung geben. Wie machte man das? Was tat man da?

Nichts.

Doch Johanna Eklund wusste es. Sie ging in die Küche und kehrte mit einem Glas Wasser zurück, das sie Anja reichte. Das Erstaunliche war, dass Anja es sogleich gierig leerte, als wäre es genau das, was sie brauchte.

38

Östen war jetzt dabei, das kurze Leben von Natascha Filippowna in Stockholm zu rekonstruieren. Kristina hatte darum gebeten, denn zu wissen, wie jemand heißt, ist nicht dasselbe, wie zu wissen, wer jemand ist. Außerdem brauchte sie ein Motiv. Warum wollte Jean Olivelöf Natascha töten? Gab es etwas bei ihr, das ihn bedrohte? Oder ihn erschreckte? Oder ihn wahnsinnig machte?

Das hieß nicht, dass dem Opfer in irgendeiner Weise Schuld zur Last gelegt werden sollte, doch es war, wie Maria sagte: »Eine Hand wäscht die andere.« In diesem Fall hatte die eine Hand die andere zerschlagen. Man konnte viel über einen Mörder erfahren, indem man versuchte, das Opfer kennen zu lernen.

Selbst wenn Kristina sich nicht um das Motiv gekümmert hätte, hätte die Staatsanwältin es doch getan. Also suchte Östen weiterhin auf Nataschas Spur. Es gab keine Nachbarn. Die stattliche Villa von Jean Olivelöf lag abgeschieden. Der nächste Nachbar war drei Kilometer entfernt, doch das schreckte Östen nicht ab. Er klopfte an, und er sollte es nicht bereuen.

Es war ein kleines Haus von der Sorte, die ursprünglich als

Sommerhaus geplant waren. Die derzeitigen Besitzer hatten es zu einer Dauerresidenz für ihr Glück gemacht.
Östen hatte noch nie zuvor ein derart verliebtes Paar getroffen. Der Mann, Karsten, konnte kaum niesen, ohne dass seine Frau, Kirsten, einen Orgasmus bekam. Sie waren beide um die fünfundzwanzig, sicherlich Kinder von irgendwelchen Achtundsechzigern, die mit ihrer Sexualität, ihren Beziehungen und ihren Kindern herumexperimentiert hatten. Das Ergebnis hatte man jetzt vor Augen. Zwei junge Menschen, die sich mit aller Kraft aneinander festklammerten, wie ein Topf und ein Deckel. Übrigens schien es keine Rolle zu spielen, wer der Topf war und wer der Deckel.
Es stellte sich außerdem heraus, dass entfernte Nachbarn mehr voneinander wissen als solche, die in unmittelbarer Nähe wohnen. Das junge Paar war überhaupt nicht erstaunt, dass die Sache ein solches Ende genommen hatte. Sie hatten die »Russin« oft allein am Wasser spazieren gehen sehen. Manchmal hatte sie ein Kind dabeigehabt. Meist ging sie am Friedhof vorbei und blieb einen Augenblick vor dem Grab ihrer Schwester stehen.
»Wissen Sie, dass ihre Schwester dort begraben liegt?«, fragte Kirsten.
»Das wissen wir.«
»Eine schlimme Geschichte«, sagte Karsten, und Kirsten sah ihn mit bewunderndem Blick an, als hätte er soeben eine Nobelpreisrede beendet.
Kirsten hatte ein paar Mal mit ihr gesprochen. Sie sprach nicht besonders gut Schwedisch, aber ihr Englisch war ausgezeichnet gewesen.
Einmal hatte sie einen großen blauen Fleck unter dem Auge gehabt. Als sie bemerkte, dass Kirsten sie erstaunt ansah,

sagte sie, dass man so etwas nicht davontrüge, wenn man mit einer Tür zusammenstieße.
Ja ja. Es schien, als würde ihr Mann sie misshandeln. Karsten verschwand kurz, da er etwas auf dem Herd hatte. Kirsten wurde sogleich ängstlich, ihr Blick irrte umher, sie zog ihren Rock herunter, hörte auf zu reden.
Offenkundig war eine Minute ohne Karsten eine Katastrophe.
»Wie lange kennen Sie sich schon?«, fragte Östen, um zu verhindern, dass sie vor seinen Augen zusammenbrach.
Sie erstarrte, als hätte er sie bedroht.
»Seit der Grundschule. Wir waren neun Jahre alt. Ich habe gefragt, ob ich Chancen bei ihm hätte, und das hatte ich. Seither sind wir zusammen.«
Jetzt war Kirsten mit ihren Kräften am Ende. Jetzt musste sie hinter Karsten her. Was machte er bloß so lange in der Küche?
»Was für ein Mensch war sie?«
Kirsten setzte sich wieder, ein wenig beruhigt, weil man hören konnte, wie Karsten seinen Töpfen etwas vorsang.
»Das macht er immer. Er sagt, das Essen würde dann besser.«
Östen lächelte mitfühlend.
»Ja … Das ist nicht leicht zu sagen. Sie war sehr schön, ich war fast neidisch auf sie, vielleicht ein wenig zu breite Schultern, aber ansonsten …«
»Ich meine nicht physisch, sondern eher psychisch. War sie ruhig? Nervös? Glücklich? Traurig?«
»Sie hatte Sehnsucht nach ihrem Land.«
»Hat sie das gesagt?«
»Ja, das hat sie gesagt. Sie sagte, dass sie augenblicklich abreisen würde, wenn das Kind nicht wäre.«

»Wieso?«
»Sie hatte es zu Hause nicht so dicke.«
Da kam Karsten zurück, ging auf Kirsten zu und küsste sie so innig, als hätten sie sich einen Monat lang nicht gesehen. Östen senkte den Blick.
Verdammte Liebe! Verdammte Eva! Warum ließ sie nichts von sich hören? Klar, er hatte beschlossen, Schluss zu machen, aber das wusste sie ja nicht.
Doch bekam er keine Gelegenheit, sein Selbstmitleid zu pflegen. Kirsten hatte noch viel mehr auf der Platte.
»Aber ich glaube, dass sie auch Angst vor ihm hatte. Er ist ziemlich höflich, aber seine Augen sind gefährlich.«
Da geschah etwas Seltsames, was Östen nicht einordnen konnte. Karsten machte eine Bewegung, als würde ihn eine Fliege stören, aber es gab keine Fliege. Oder doch?
»Das Beste ist, du erzählst alles.«
Kirsten sah ihn an und verzog den Mund. Würde sie anfangen zu weinen?
»Es gibt nichts zu erzählen.«
»Sie müssen nichts erzählen, was Sie nicht erzählen wollen«, versicherte Östen ihr.
Sie machte sich dort, wo sie saß, kleiner, indem sie sich vorbeugte und die Arme um ihre Beine schlang.
»Wenn du es nicht tust, tue ich es.«
Karstens Stimme war unverändert freundlich, doch die Lippen waren schmal geworden und die Augen zusammengekniffen.
»Ich war untreu … mit ihm.«
Sie war am Ende.
»Einmal. Es ist einfach passiert.«
»Das muss ich nicht unbedingt erfahren.«

Östen war peinlich berührt.
»Ja, aber ... doch, vielleicht müssen Sie es wissen. Es war, nachdem sie verschwunden war. Das hat er gesagt. Dass sie einfach abgehauen sei. Ich war nur deshalb dort, um zu sagen, dass Schluss sei, dass es nicht wieder vorkommen würde. Er machte die Tür nicht auf, denn er war im Keller. Und ich ging hinunter und sah, dass er dabei war, den Fußboden zu schrubben. Und das sah richtig komisch aus, und ich lachte, aber er wurde furchtbar wütend und schrie mich an, dass ich das nie wieder tun dürfte.«
»Haben Sie auf dem Boden etwas gesehen?«
»Ja, ich meinte Blut zu sehen.«
»Und da haben Sie keinen Verdacht geschöpft?«
»Was für einen Verdacht sollte ich denn haben? Ich meinte, es sähe aus wie Blut, aber ich war nicht sicher.«
»Auf dem Kellerfußboden?«
»Ja.«
Östen machte sich Notizen. Das würde man untersuchen können. Die Leute schrubben und schrubben, aber es bleibt trotzdem immer noch etwas übrig.
»Wann war das? Erinnern Sie sich?«
»Es war im vorigen Jahr, gegen Ende des Jahres.«
»Sind Sie sicher?«
»Ja.«
»Wie das?«
»Weil das Eis sich in jener Nacht geschlossen hatte. Als wir am nächsten Morgen aufstanden, war das Boot des Nachbarn festgefroren.«
»Haben Sie sonst noch etwas bemerkt?«
»Ja. Er hatte ihr gedroht, sie hinauszuwerfen, das hat sie mir erzählt. Und sie hatte kein Geld, sie hatte gar nichts.«

Plötzlich brach es aus Kirsten heraus, und sie fing an zu schluchzen und Karsten um Verzeihung zu bitten.
Er umarmte sie.
»Es ist vergeben und vergessen, mein Liebling.«
Oh, wie er seine moralische Überlegenheit liebte. Fast so sehr, wie er sie liebte.
Östen begriff, dass es weder vergeben noch vergessen war. Es sah nur so aus. Wenn nun Eva einen anderen hätte? Warum sollte sie eigentlich nicht?
Der Gedanke tat ihm so weh, dass er sich fast übergeben musste. Wenn er sie das nächste Mal sah, würde er sie fragen. Wenn er sie überhaupt jemals wieder sah.
In dem Moment riefen die Töpfe wieder. Eine Uhr in der Küche klingelte so frenetisch, als wäre es nicht das Essen, das anbrannte, sondern die Uhr selbst. Karsten lief hin.
Östen erhob sich auch, um zu gehen. Doch dann überlegte er es sich anders.
»Warum haben Sie das gemacht?«
Seine Stimme war dunkel gebrannt.
Kirsten hätte so tun können, als hätte sie die Frage nicht verstanden. Das wäre leicht gewesen. Das Problem war, dass sie selbst nicht begriff, warum sie es getan hatte. Sie empfand keine besondere Lust auf Jean Olivelöf, abgesehen davon, dass sie ein wenig neugierig auf ihn war. Er erschreckte sie mehr, als dass er sie lockte. Und doch hatte sie es getan. Sie lief vor dem Wolf nicht weg, sondern begab sich in seine Arme.
»Ich weiß es nicht.«
Sie schaffte es nicht mehr, sich selbst Vorwürfe zu machen.
»Sie lieben doch Karsten, das sieht man gleich.«
Sie hätte jetzt sagen können, dass ihn das nichts anging, ihre

Untreue war keine Angelegenheit der Polizei. Sie sagte nichts dergleichen.

»Ich glaube, ich war es einfach leid, ihn so sehr zu lieben. Ich war erschöpft, erschrocken, ängstlich. Vielleicht wollte ich meine Grenzen ausprobieren. Ich weiß nicht. Alles klingt so falsch.«

Sie war jetzt ruhig, fast zufrieden. Der Sünder war interessanter als die Sünde.

»Verstehen Sie, was ich meine? Haben Sie jemals eine Frau so sehr geliebt, dass Sie sie töten wollten? Aus Angst, sie zu verlieren? Ich glaube, ich wollte sehen, ob ich leben könnte, wenn ich Karsten verlieren würde. Wie würde es sein mit einem anderen Mann, wenn ich den Mann nicht mehr hätte, den ich so sehr liebe.«

»Und wie war es?«

»Das ist ja das Verwunderliche. Es war nichts. Es war, als würde man einen Teelöffel Hustensaft schlucken. Es war gleichgültig, unbedeutend. Und es war erschreckend, das zu erkennen. Ich hatte gedacht, dass da die Grenze der Liebe verliefe, dass man irgendwie frei sein würde, wenn man mit einem anderen Mann schläft. Das Gegenteil war der Fall, ich liebte Karsten nur noch mehr.«

Östen schüttelte den Kopf.

»Ich glaube, ich verstehe es. Ich hoffe nur, dass Karsten es auch versteht.«

Sie lächelte ein schnelles Lächeln, das ihn an eine Ampel erinnerte, die von Rot auf Gelb und dann auf Grün springt. Sie sprang von der Trauer zur Unruhe und dann zur Zuversicht.

Karsten kehrte zurück. Das Essen war fertig. Östen könne bleiben, wenn er wolle. Er wollte, aber er beschloss, zurück ins Polizeiquartier zu fahren. Im letzten Moment fiel ihm noch etwas ein.

»Hatte sie irgendwelche Freunde? Hat sie jemanden erwähnt?«

Kirsten wusste nichts, Karsten aber erinnerte sich.

»Ja, sie hatte zumindest eine Freundin.«

Kirsten erkannte ihre Chance, verlorenen Boden zurückzugewinnen.

»Woher weißt du das?«

»Ich habe sie zufällig einmal im Bus getroffen. Auf dem Weg in die Stadt. Sie sagte, sie würde eine Freundin in Täby besuchen. Ihre eine Wange war geschwollen, und diese Freundin war Zahnärztin.«

»Sie nannte keinen Namen?«

Karsten dachte nach.

»Ja, sie hat einen Namen gesagt, aber ich weiß nicht, ob der irgendwie von Nutzen ist.«

Plötzlich schien er nicht mehr hilfsbereit sein zu wollen. Es war nicht auffallend, nur ein halber Schritt, den er zurücktrat. Verbarg er etwas?

»Wanja. Den Nachnamen nannte sie nicht.«

Östen klopfte ihm auf die Schulter.

»Es kann in Täby nicht viele Zahnärztinnen geben, die Wanja mit Vornamen heißen. Vielen Dank.«

Er ging mit schnellen Schritten zu seinem Auto, umso schneller, als er wusste, dass Karsten jetzt das richtige Verhör über sich würde ergehen lassen müssen, er hatte »some explaining to do«, wie man in den Filmen immer so schön sagt.

39

Der Richter Anders Berlin lehnte sich zurück und ließ den Blick wie eine rastlose Fliege umherwandern, die keinen Platz zum Landen finden kann.

»Ich glaube nicht, dass das notwendig ist.«

Mitsuko hatte gewusst, dass er das sagen würde. Alle im Kreis der Richter wussten: Anders Berlin leistete großen Widerstand dagegen, dass sich die Polizei immer größere Freiheiten herausnahm. Wanzen und abgehörte Telefone hatte er schon immer missbilligt.

»Aber lieber Anders! Wie sollen wir ihn denn dann kriegen?«

»Ihr habt einen Haftbefehl, das muss reichen.«

»Und wenn es nicht reicht?«

Er wusste, dass die Aufgaben der Polizei wesentlich leichter zu bewältigen wären, wenn sie die Möglichkeit hätte, alle Mitbürger zu überwachen, aber es war nicht sein Job, es der Polizei leichter zu machen, sondern er musste dafür sorgen, dass das Gesetz eingehalten wurde. Sicher, das Gesetz erlaubte es der Polizei, das Telefon von jemandem abzuhören, wenn der Betreffende eines Verbrechens verdächtigt wurde, das mit Gefängnis über einem Jahr bestraft werden würde. Doch Anders Berlin hielt dieses Gesetz für paradox. Es bedeutete, dass der Verdächtige bereits für das Verbrechen verurteilt worden war, dessen er doch nur verdächtigt wurde. Es war also ein schlechtes Gesetz, das sich selbst in den Schwanz biss. Nun war er kein Gesetzgeber, aber der Gesetzgeber gab ihm die Möglichkeit, die Gesetze nach eigenem Ermessen zu interpretieren. Und er gedachte nicht, von seiner Interpretation abzurücken.

»Mitsuko, jetzt hören Sie mir mal zu. Das Risiko, dass ein Verbrecher sich davonmacht, besteht immer. Das ist zum Teil der Preis, den wir dafür zahlen, dass wir nicht zu einem Polizeistaat werden wollen. Das ist das eine. Das andere ist die Frage, was denn mit dem Personal geschieht, das eine solche Arbeit ausführt. Wie fühlt sich denn der einzelne Polizist, der über einen Abhörapparat gebeugt sitzt? Allmächtig? Stolz? Oder wie ein kleiner Schurke? Ein Peeping Tom, der in diesem Fall eher Listening Tom heißen müsste? Das ist demoralisierend und korrumpierend. Ich weiß, wovon ich rede. Als ich elf, zwölf Jahre alt war, habe ich zufällig meine große Schwester dabei beobachtet, wie sie mit ihrem Freund schlief. Es war draußen auf einer Lichtung im Wald. Ich habe nie vergessen, wie sehr mich das aufwühlte, wie peinlich berührt und wie schuldig ich mich fühlte. Ich hatte etwas gesehen, was nicht für meine Augen bestimmt gewesen war. Ich brauchte Monate, ehe ich meiner Schwester wieder ins Gesicht sehen konnte, und solange sie lebte, konnte ich sie nicht ansehen, ohne an ihre Beine zu denken, die über dem Rücken des Freundes gekreuzt waren. Noch als sie starb und ich an ihrem Sarg in der Kirche stand, dachte ich daran. Sie wissen ja nicht, wie furchtbar es ist, die Geheimnisse von anderen Menschen zu kennen. Wenn es so geplant wäre, dass wir keine Geheimnisse haben sollen, dann hätten wir nicht Gott erfinden müssen. Gott ist das Kellergewölbe unserer Geheimnisse, und niemand, absolut niemand darf es betreten.«

Mitsuko saß ihm gegenüber und dankte ihrem Gott, dass sie den Teint ihres Vaters geerbt hatte, denn sonst hätte sie jetzt im Gesicht wie ein roter Drache ausgesehen.

»Das ist keine Juristerei, sondern Metaphysik«, sagte sie trocken, zumal die Beschreibung der Liebelei seiner Schwester sich in ihr fortgesetzt hatte und sie Sehnsucht nach dem Mann empfinden ließ, der der Vater ihrer Tochter, aber der Ehemann einer anderen Frau war. Sie hatte ihr Geheimnis. Seinen Namen hatte sie niemals preisgegeben. Sie wollte ihm nicht schaden, seine Familie nicht zerstören. Wenn man es recht besah, war es schließlich kein Verbrechen, sie nicht so sehr zu lieben, dass er ihretwegen alles andere verließ.

Also begrub sie seinen Namen tief hinten in ihrem Kopf und legte viele Lagen anderer Namen und anderer Ereignisse darüber, Jahreszahlen, Gesetze und Paragrafen. Sie hatte vor, ihrer Tochter die Wahrheit zu sagen, wenn sie achtzehn Jahre alt war. Bis dahin war noch lange Zeit. Vorher würde sie nichts sagen, und sie wollte auch nicht, dass jemand anders etwas wusste.

Somit verstand sie wohl, wie wichtig es war, Geheimnisse haben zu können. Aber es gab einen Unterschied. Sie hatte schließlich kein Verbrechen begangen. Nun ja, im Grunde hatte sie das schon. Wäre sie Muslimin, würde man sie steinigen, man würde sie aus gebührendem Abstand töten, um sich die Hände nicht mit ihrem unreinen Blut besudeln zu müssen.

»Das ist der Fehler unserer Rechtstradition«, nahm Anders Berlin die Diskussion wieder auf. »Wir haben nicht begriffen, dass wir ohne Metaphysik keine Moral bekommen und dass ohne Moral das Gesetz eine unbegreifliche Abstraktion bleibt, ein steriles Machtmittel, das sich früher oder später selbst in den Schwanz beißt. Je weniger Moral, desto mehr Gesetze, und je mehr Gesetze, desto mehr Verbrechen. Kluge Menschen brauchen nur wenige Gesetze, das sagte bereits Theophrastos, der Grieche, der sich mehr als irgendein anderer auf die Schwächen des Menschen verstand. Haben Sie ihn gelesen?«

Das hatte Mitsuko nicht. Niemand, den sie kannte, hatte ihn gelesen, außer eben Anders Berlin.

»Das sagt viel aus. Wenn die Barbarei legitimiert wird, wird das Gute zum Verbrechen.«

Er klang verbittert.

Mitsuko sah verstohlen auf ihre Uhr.

Anders Berlin bemerkte es.

»Die Zeit ist die größte Barbarin von allen. Sie zwingt uns, Dinge zu tun, die wir nicht wollen. Gehen Sie ruhig. Aber keine abgehörten Telefone, sind wir uns da einig?«

Was sollte sie antworten?

Sie bedankte sich für das Gespräch und beeilte sich, in ihr Büro zu kommen, um bei der Tagesstätte anzurufen. Sie würde sich wieder einmal verspäten.

Nicht so der Vorsitzende Richter Berlin. Auf ihn wartete niemand. Seine Frau hatte ihn vor fünf Jahren verlassen, als sie beide fünfzig wurden. Zuerst gab es ein großes Fest. Sie hatte ihm Manschettenknöpfe in Weißgold gekauft, in die sein Name eingraviert war. Er hatte ihr eine Ballonfahrt über Stockholm geschenkt.

Das hätte er besser nicht getan. Denn dort war es, über Plätze und Straßen schwebend, wo sie erkannte, dass das Leben mit ihrem Mann kein Leben mehr war. Sie sahen sich spät am Abend, aßen schnell etwas zusammen, schauten ein wenig fern und dann gute Nacht. Sie hatten seit mehreren Jahren nicht mehr ernsthaft miteinander geredet. Sie wusste kaum mehr, mit wem sie da verheiratet war.

Und dennoch hatte sie ihn einmal geliebt. Seinen Ernst, seine Nachdenklichkeit, sein ruhiges Temperament, das ihn dazu trieb, in seinen Stimmungen festzusitzen wie eine Finnlandfähre im Schärenmeer. Aber jetzt ging ihr das alles auf die Nerven. Er war vorhersagbar wie der Kuckuck in einer Uhr. Sie wusste, was er sagen würde, noch ehe er es aussprach; was er tun würde, ehe er es tat.

Sie schaute auf die schöne Stadt herab. Dort gab es so viele Möglichkeiten, so viele Menschen. Allein die Straßenseite zu wechseln konnte schon der Anfang eines Abenteuers sein.

Als der Ballon in Gärdet landete, hatte sie sich entschieden. Sie würde die Straßenseite wechseln.

Anders Berlin schaffte es nicht zu reagieren, ehe sie mit den Taschen dastand und auf das Taxi wartete, das sie in ein anderes Leben bringen sollte. Er begriff nicht einmal, dass er trauerte. Er hatte ein wenig Magenschmerzen, es fiel ihm schwer einzuschlafen, doch er schob das auf den Stress. Richter zu sein ist kein Job wie jeder andere. Es stellte ihn an den Rand des Lebens, es verwandelte ihn in eine Art Betrachter, der immer zu spät kommt. Das meiste war schon geschehen, wenn er in die Handlung eintrat.

Als er am Ende erkannte, dass er sie vermisste, war es zu spät. Sie war mit einem pensionierten Immobilienmakler zusammengezogen, einem fröhlichen Kerl, wie man sagt, mit dröhnendem Lachen und einem Gehirn, das so groß war wie ein Milchzahn. Es bestand keine Gefahr, dass sich die Gedanken

in seinem Kopf drängeln würden, denn sie kamen niemals hinein.
Inzwischen war der Vorsitzende Richter Anders Berlin so weit, dass er seine Frau tatsächlich nicht mehr vermisste. Doch auch das begriff er nur langsam, nicht zuletzt, weil er furchtbare Angst davor hatte, dass sein Herz völlig leer sein könnte. Lieber Sehnsucht und Trauer als Leere. Denn wenn das Herz leer ist, dann entdeckt man all die anderen kleinen Plagen, von eingewachsenen Nägeln bis zu trockenen Lippen. Man wird zum Egozentriker, und so einer kann niemals ein guter Richter sein. Anders Berlin wollte ein guter Richter bleiben, und deshalb musste er ein Mensch unter Menschen bleiben.
Er drehte sich mit dem Stuhl herum. Ganz weit hinten auf der linken Seite gab es einen schwachen Reflex der untergehenden Sonne. Er dachte an den Ärger von Mitsuko und lächelte bei sich selbst wie ein Mann, der weiß, was er tut.
Früher oder später würde er Auge in Auge mit dem Mann stehen, dessen Gespräche abzuhören er sich weigerte. Er würde das Schicksal dieses Mannes in seiner Hand haben. Weitere Vorteile wollte er sich nicht verschaffen. Er war nicht der Richter über die Seelen in der Unterwelt. Er war ein müder alternder Mann, der seit kurzem Prostatabeschwerden hatte, und als ein solcher wollte er dem gejagten Mann begegnen – nicht als ein Gott.
Der Mensch hat seinen Gott nie verstanden. Gottes Wege sind unergründlich. Das war ein Problem, und ein noch größeres Problem war, dass auch Gott die Menschen nicht zu verstehen schien. Die armen Würstchen konnten also höchstens versuchen, sich gegenseitig zu verstehen.
Die virtuelle Sonne, die er zuvor beobachtet hatte, war jetzt

völlig verschwunden. Er machte die Schreibtischlampe aus, holte seinen Whiskey hervor, wie immer Cutty Sark.
»Wie viele Menschen machen gerade jetzt genau dasselbe? Viele. Vielleicht macht sogar der gejagte Mörder dasselbe wie ich. Wir sind trotz allem nicht so verschieden.«
Dieser Gedanke tröstete ihn nicht. Wer zum Mörder und wer zum Opfer wurde, stand in einem Buch, das noch niemand hatte lesen können. Er musste an die drei Erinnyen denken. Die eine kümmert sich um das Vergangene, das nicht zu ändern ist. Die zweite kümmert sich um die Gegenwart, die auch nicht zu ändern ist. Die dritte kümmert sich um die Zukunft, und auch die kann nicht verändert werden, da man nicht weiß, wie sie sein wird.
»In meinem Beruf als Richter verwalte ich die Ausgesetztheit des Menschen.«
War es wirklich so schlimm?
Im Zimmer und in seinem Herzen war es noch dunkler geworden.

40

Wanja Elisaweta Dschugaschwili war Zahnärztin, dreiunddreißig Jahre alt, aus Georgien stammend und mit einem russischen Oberst verheiratet, der in Afghanistan den Heldentod gestorben war, als er mitten im tobenden Kampf zur Seite ging, um sich zu erleichtern, wobei er auf eine Mine trat und unverrichteter Dinge gen Himmel flog. Doch hinterließ er seiner jungen Witwe eine anständige Pension.

Die Niederlage im Krieg gegen Afghanistan war der Anfang vom Ende des sowjetischen Kommunismus. Das Seltsame an diesen Großmächten ist, dass sie es nicht aushalten, einen Krieg zu verlieren, ohne gleich unterzugehen. Zuerst war es Großbritannien, dann Frankreich und schließlich die Sowjetunion. Nur die Vereinigten Staaten von Amerika überlebten die Niederlagen, sowohl in Kuba als auch in Vietnam.

Woran lag das?

Das ist die Theorie von der Achillesferse, meinte Wanja. Manche Menschen glauben, dass ein Riese nur von einer kleinen Wunde gefällt werden kann. Man schaue sich nur David und Goliath an. Der eine groß und stark wie zehn Ochsen, mit einem Schild gepanzert, den kein anderer tragen kann, und mit einem Schwert bewaffnet, das kein anderer hochheben kann. Der andere klein, dünn, halb nackt und im Grunde unbewaffnet, abgesehen von seiner lächerlichen Steinschleuder. Und doch war er es, der siegte und damit die Form des Guerillakrieges begründete. Die Amerikaner glauben nicht an diese Theorie. Sie meinen vielmehr, dass ein Riese unendlich viele Schläge einstecken kann.

Wanja wollte nach Amerika, als sie Russland verließ, mit seiner steigenden Arbeitslosigkeit, Kriminalität, Prostitution, den korrupten Politikern und mit einem Präsidenten an der Spitze, dessen nüchterne Tage man an einer Hand abzählen konnte.

Östen und Kristina waren von ihr beeindruckt. Sie sprach ausgezeichnet Schwedisch, und es war klar, dass sie ihren eigenen Kopf hatte. Ihr Gesicht war lebendig, aber gleichzeitig schwer, als würden Gefühle und Gedanken darüber rinnen, wie Wasser über einen Stein.

»Sie ist die Art Frau, die jeder Mann will«, dachte Kristina, aber da täuschte sie sich. Östen wollte sie nicht haben, sie machte ihm vielmehr Angst, und er fühlte sich in ihrer Gegenwart wie ein kleines Kind.

»Wieso sind Sie in Schweden gelandet?«, erkundigte sich Kristina.

»Ich habe natürlich einen Mann getroffen.«

»Einen Schweden?«

»Ja.«

»Es scheint, als wollten Sie nicht darüber sprechen.«

»Mehr gibt es dazu nicht zu sagen. Es war drei Wochen, nachdem wir nach Schweden gekommen waren, vorbei. Es stellte sich heraus, dass er in einem kleinen Kaff dreihundert Kilometer von Stockholm entfernt lebte, wo er einen Hof hatte. Als ich dorthin kam, wurde mir klar, dass ich das nicht aushalten würde. Ich bin keine Bäuerin. Außerdem zeigte sich bereits in der zweiten Woche, dass er dazu neigte, mich mit seinen Schweinen zu verwechseln.«

Wie ist das bloß möglich, fragte sich Kristina, auf die Wanja Dschugaschwili eher wie eine Circe wirkte, die Männer in Schweine verwandelte. Das dichte schwarze Haar war kurz geschnitten, wodurch ihr langer Hals und die hohen Wangenknochen betont wurden. Der Blick war verspielt, als würde sie damit rechnen, dass ihr Gesprächspartner einen Witz erzählen würde, den sie auf keinen Fall verpassen wollte. Mit anderen Worten eine Verführerin, die auf Östen jedoch einen ganz anderen Eindruck machte. Ein manipulativer Typ, dachte er, so eine, die den Männern den Eindruck vermittelt, sie seien wichtig, obwohl sie ihr in Wirklichkeit total egal sind. Seine Eva hatte auch etwas davon. Wenn sie zu ihm sagte, dass noch keiner im Bett so gut gewesen sei wie er, dann glaubte er ihr, obwohl er in seinem tiefsten Innern wusste, dass sie dasselbe zu allen anderen vor ihm gesagt hatte und es auch zu allen anderen nach ihm sagen würde. Er musste mit ihr reden.

Kristina rief ihn zur Ordnung, indem sie ihn bat, Notizen zu machen.

»Und dann? Was geschah dann?«, fragte sie.

Wanja schüttelte den Kopf.

»Ich blieb hier. Und ich hatte Glück. In Moskau hatte ich mich auf Patienten mit Zahnarztphobie spezialisiert, was dort absolut angebracht war. Ich stellte fest, dass man in Schweden dieses Gebiet bisher völlig vernachlässigt hatte. Man erwartete, dass alle Patienten ruhig und willig waren. In Wirklichkeit ist das doch unmöglich. Mit weit aufgerissenem Mund in einem Stuhl zu sitzen ist doch nichts, wovon die

Leute träumen. Also absolvierte ich einen einjährigen Schwedischkurs, und dann bekam ich meine Zulassung als Zahnärztin, obwohl ich mehr als Psychotherapeutin fungiere.«
»Litt Natascha Filippowna auch unter einer Zahnarztphobie?«
»Und wie. Sie zitterte am ganzen Körper, als sie das erste Mal zu mir kam.«
»Ist sie deswegen zu Ihnen gekommen?«
»Das nehme ich an. Aber natürlich auch, weil sie eine Landsmännin treffen wollte. Sie war sehr einsam. Wissen Sie, Frau Kommissarin, es gibt etwas, womit man nicht rechnet, wenn man sein Land verlässt.«
»Und was ist das?«
»Man weiß vorher nicht, wie sehr man seine Sprache vermissen wird. ›Mir tut der ganze Mund weh‹, pflegte sie zu mir zu sagen. ›Ich bin es so leid, die ganze Zeit eine andere Sprache zu sprechen, dass ich nachts davon träume, in einem Meer zu ertrinken, das Äöü heißt.‹ Das hat sie zu mir gesagt. Wie alle Russen neigte sie ein wenig zur Melodramatik.«
»Sie scheinen nicht gerade große Stücke auf Ihre Landsleute zu halten.«
Wanja lachte herzlich.
»Sie sind nicht meine Landsleute. Ich stamme aus Georgien. Ich dachte, Sie hätten das an meinem Nachnamen erraten.«
Es stimmte, der Name Dschugaschwili ließ eine kleine Glocke in Kristinas Kopf klingeln, aber sie dachte nicht weiter daran. Im Gegensatz zu Östen.
»Jetzt weiß ich es.«
»Was weißt du?«
Kristina war ein wenig ärgerlich, weil sie bemerkt hatte, dass er nicht ganz bei der Sache war.

»Stalin hieß auch so. Josef Dschugaschwili.«
Wanja applaudierte kurz.
»Bravo. Er war der Cousin meiner Urgroßmutter väterlicherseits, wenngleich sie ihn nie kennen gelernt hat, was ihr wahrscheinlich das Leben rettete.«
Plötzlich stand da ein Stück Geschichte vor ihnen, in einem Wohnzimmer im neunten Stock am Näsbydalsvägen 2. Einen kleinen Moment waren sie ziellos.
Kristina fing sich als Erste.
»Was können Sie denn über Natascha berichten?«
Wanja Dschugaschwili tat so, als hätte sie nicht bemerkt, dass die beiden schockiert waren.
»Sie war deprimiert. So auf die russische Art: viele Tränen, viele große Worte. Den einen Tag wollte sie sich selbst das Leben nehmen, am nächsten wollte sie ihn umbringen. Sie nannte ihn den ›Quälgeist‹.«
»Haben Sie ihn einmal kennen gelernt?«
»Ja, einmal ganz kurz. Er hatte sie hierher gebracht. Ein schöner Mann.«
»Können Sie sich vorstellen, dass er sie getötet haben könnte?«
»Absolut. Jeder hätte Natascha ermorden können.«
»Das klingt aber seltsam.«
»Überhaupt nicht. Sie war wie ein Hund, der ständig Kehle zeigt. Da findet sich am Ende immer jemand, der seine Zähne hineinschlägt. Sie war schutzlos, kindisch und völlig ahnungslos, was ihre Schönheit anging. Es gibt solche Menschen, und früher oder später begegnen sie ihrem Henker.«
»Aber Sie haben keinen konkreten Grund anzunehmen, dass er sie getötet haben könnte.«
»Doch, das habe ich. Sie hat von ihren Sexspielen erzählt. Es

erstaunt mich eigentlich mehr, dass es nicht schon früher passierte. Er wollte provoziert werden, und es erregte ihn, wenn die Frau ihn verschmähte. Vielleicht hat sie ihn eines Tages zu lange verschmäht.«

Das war möglich. Kristina konnte sich die Szene vorstellen. Diese Möglichkeit hatte sie noch nicht in Betracht gezogen.

»Es kann sein, dass wir Sie zu einer richtigen Vernehmung auf das Revier bitten müssen. Wären Sie bereit, alles zu wiederholen, was Sie mir gesagt haben?«

Wanja Dschugaschwili lächelte.

»Ich bin immer bereit, alles zu wiederholen, nur meine Fehler nicht.«

Erstaunlicherweise schaute sie Östen an, als sie das sagte.

Er wich ihrem Blick aus.

41

Einem Blick kann man ausweichen, aber kann man auch seinem Schicksal entfliehen?
Alexandra Filippowna betrat ihre Wohnung an der Anton-Bergalis-Tee am nördlichen Rand von Tallinn. Sie schloss die Tür sorgsam hinter sich und atmete tief ein. Seit Maria und die Dolmetscherin sie zum Flugzeug gebracht hatten, hatte sie sich nach diesem Moment gesehnt.
Sie wollte mit sich selbst allein sein, in aller Ruhe an ihre Töchter denken. Sie wusste noch nicht, dass sie einen Entschluss gefasst hatte. Erst als sie in die Küche ging und den Gashahn aufdrehte, wurde es ihr klar.
Es war ihr gelungen, sich selbst zu überraschen. Sie setzte sich noch im Mantel aufs Sofa. Sie wusste nicht, wie viel Zeit sie hatte, sich an den eigenen Tod zu gewöhnen.
»Warum tue ich das?«
Sie hätte nicht behaupten können, dass der Schmerz unerträglich war, sie hätte nicht sagen können, dass sie sich ein Leben ohne ihre Töchter nicht vorstellen konnte. Die hatte sie schon vor langer Zeit verloren, lange bevor sie ermordet wurden.
»Habe ich das Recht, das hier zu tun? Vielleicht nicht, aber wer kann es verbieten?«

Gott nicht, denn sie glaubte an keinen Gott. Die Menschen auch nicht, denen war es ohnehin egal, ob sie sich das Leben nahm oder nicht.
Sie war die Einzige, die sich das Leben schenken oder es sich rauben konnte.
Welch ein unangenehmer Gedanke! Solch eine schreckliche Freiheit!
»Was unterscheidet mich, wenn ich das hier tue, noch von den Mördern meiner Töchter? Wenn ich die Freiheit habe, mich selbst zu töten, dann waren sie doch ebenso frei, das mit meinen Töchtern zu tun. Und wenn es um mich schade ist, dann ist es auch um sie schade.«
Und doch fand sie nicht das, was sie in ihrem Herzen suchte. Sie konnte nicht verzeihen. Vielleicht musste sie sich deshalb das Leben nehmen. Denn wie soll man leben, wenn man nicht verzeihen kann?
Und wie soll man leben, wenn man alles verzeihen kann?
Sie hatte sich in ein Labyrinth begeben, und jetzt fand sie nicht mehr heraus. Irgendwo in der Dunkelheit wartete der große menschenfressende Stier auf sie. Hatte sie Angst? Ja, das hatte sie, aber ihre Angst ließ sie nicht davonlaufen, sondern lähmte sie im Gegenteil so sehr, dass sie still sitzen blieb. Der große Entschluss, den sie gefasst hatte, ohne davon zu wissen, hatte alle anderen kleinen Entschlüsse unmöglich gemacht. Sie vermochte nicht mehr aufzustehen, ein Fenster zu öffnen, den Gashahn zuzudrehen. Sie vermochte nicht einmal mehr die Augen zu schließen.
Man fand sie drei Tage später. Ihre Augen waren weit aufgerissen. Es gab niemanden, der sie beweinen konnte, niemanden, der sie begraben konnte, niemanden, der sich an sie erinnern würde.

Die einzigen Worte, die über ihren Tod fallen gelassen wurden, standen in dem Fax, das Thomas Roth erhielt.
»Alexandra Filippowna hat sich das Leben genommen. Wir stellen keine weiteren Ermittlungen in der Sache an.«
Kristina zog daraus einen Schluss.
»Das bedeutet, dass niemand irgendwelchen Schadensersatz von Olivelöf fordern kann, wenn wir ihn erwischen und er verurteilt wird.«
»Nein. Was das angeht, kommt ihn der Mord billig.«
Thomas hatte Schadensersatz von niemand Geringerem als Gott selbst zu fordern. Warum musste gerade sein Sohn so eine entsetzliche Behinderung haben?
Maria nahm die Nachricht schwer. Sie hatte sich nichts vorzuwerfen, und doch: Wenn jemand, den man kennt, so plötzlich stirbt, empfinden wir alle eine diffuse Schuld, so als hätten wir etwas tun können, es aber nicht getan.
So war es nicht, und das wusste sie auch.
Und doch!
In diesem »und doch« liegt die Freiheit des Menschen.

42

Am darauf folgenden Tag wurde Jean Olivelöf von zwei Schweizer Interpolagenten vor dem Café de Paris in Genf festgenommen. Das Lokal ist berühmt für seine buttertriefenden Entrecotes, und eigentlich bekommt man dort auch kaum etwas anderes.

Die Agenten waren mit vorbildlicher Diskretion vorgegangen. Sie stürmten nicht in das Lokal, sondern warteten draußen, während Jean Olivelöf in Gesellschaft von Sandra Rossini, einem ehemaligen Fotomodell, die jetzt Kinderärztin und Mitglied der Organisation »Ärzte ohne Grenzen« war, sein Entrecote verspeiste. Die Kühe sind die einzigen Einwanderer in der Schweiz, die kein Mitglied irgendeiner internationalen Organisation sind.

Die Schweiz ist nicht nur das internationale Bankenzentrum, sondern auch das der organisierten Wohltätigkeit, ein Geschäft, das einige Milliarden Dollar schwer ist, von denen nur ein Bruchteil die Bedürftigen wirklich erreicht. Hat man das einmal festgestellt, dann kann man auch die Tatsache nicht verleugnen, dass es viele Menschen gibt, die aus ideellen Beweggründen tätig sind, und eine davon war Sandra Rossini.

Jetzt versuchte sie gerade Jean Olivelöf zu überreden, sich für ein Benefizkonzert zu Gunsten der Kinder in Bosnien zur Verfügung zu stellen. Er tat so, als würde er interessiert zuhören, doch seine Gedanken waren bei den beiden Männern, die vor dem Restaurant standen, und das schon seit über einer Stunde.
Er wusste, dass er gesucht wurde, von Anja natürlich. Sie hatte die Polizei nicht angelogen, sie wusste wirklich nicht, wo er sich aufhielt, doch sie hatte die Nummer von seinem Handy. Seit der Erfindung dieses Geräts wird der innere Raum des Menschen ja auch von denen bevölkert, die sich auf der anderen Erdhalbkugel befinden.
Olivelöf verriet seinen Aufenthaltsort nicht. Nicht, weil er ihr nicht traute, sondern weil es für sie umso leichter war, je weniger sie wusste. Konsequent zu lügen erfordert ein gewisses Maß an Wahrhaftigkeit.
Er sah ein, dass er sich nicht unbegrenzt versteckt halten konnte, doch wollte er es der Polizei auch nicht allzu leicht machen. Er besorgte sich eine Trotzki-Brille und ließ sich einen Schnurrbart stehen. Er verließ sein Hotel und mietete unter falschem Namen ein Apartment.
Dennoch musste die Polizei ihm irgendwie auf die Spur gekommen sein. Er dachte gründlich nach, wie er entkommen könnte. Von früheren Besuchen des Café de Paris wusste er, dass die Toiletten keine Möglichkeit waren. Sie hatten keine Fenster, und es gab nicht einmal einen Ventilator, da die Schweizer dem Prinzip zu huldigen schienen, dass jeder seine Fürze als Weihrauch betrachtete.
Sich durch die Küche hinauszuschleichen war kein leichtes Unterfangen. Also saß er dort und hoffte, dass die beiden Männer nicht auf ihn warteten.

Das taten sie aber. Er beschloss, keine Szene zu machen. Sandra Rossini verstand überhaupt nichts, als er sie freundlich bat, ihn allein zu lassen. Sie tat es nur widerwillig, denn sie hatte angefangen, ihn zu mögen. Dann ging er langsam zur Tür.

»Sie wissen, worum es geht, Monsieur Olivelöf, nicht wahr?«, sagte der eine Agent mit bedächtiger Stimme.

»Oui.«

Es war völlig undramatisch. Am folgenden Morgen setzten sie ihn mit einem Agenten ins Flugzeug, der ihn der Polizei in Arlanda übergab, die ihn wiederum der Polizei in Huddinge überantwortete.

Wie waren sie ihm auf die Spur gekommen?

Ganz einfach: Er hatte die Hotelrechnung mit seiner Kreditkarte bezahlt. Die Zentrale der Handelsbank in Stockholm, wo er sein Konto hatte, war informiert worden. Sowie die Rechnung aus der Schweiz kam, rief man Thomas Roth an, der sogleich Interpol einschaltete.

Die rollten die Sache vom Hotel Intercontinental aus auf, wo er gewohnt hatte. Es war ein teures, fast exklusives Hotel mit Toiletten, die so leise spülten, wie Schwalben seufzen. Das Problem mit solchen Hotels ist nur, dass man ständig beobachtet wird. Alle sind neugierig auf die Reichen, und so auch das schlaksige Mädchen aus Somalia, das sein Zimmer putzte. Zu allem Überfluss war er leichtsinnig genug gewesen, ein Verhältnis mit ihr anzufangen, da er zumindest in einer Hinsicht Präsident John F. Kennedy glich, nämlich dass er Kopfschmerzen bekam, wenn er nicht jeden Tag Sex hatte. Der Unterschied zum Präsidenten war, dass der gemäß eigener Aussage »a new ass every day« haben musste.

Diesen Luxus konnte Jean Olivelöf sich nicht leisten. Er

musste sich mit Zelinda zufrieden geben, deren Schoß große Ähnlichkeit mit dem brennenden Dornbusch der Bibel hatte. Sie streichelte ihn wie ein Schmetterling, und jeden Morgen kam sie in sein Zimmer und setzte sich auf seinen ausschlagenden Wurzelspross, so leicht, wie eine Schwalbe sich auf der Telegrafenleitung niederlässt.

In vielen Hotels in Europa pflegt das Zimmerpersonal auch am Nachmittag nach der Siesta eine Runde zu drehen. Damit hatte Jean Olivelöf nicht gerechnet. Er meinte, er würde das Hotel früh am Morgen, ehe Zelinda kam, verlassen können, doch sie hatte bereits am Nachmittag zuvor gesehen, dass er gepackt hatte.

Deshalb wartete sie vor dem Hotel und verfolgte sein Taxi mit ihrem klapprigen Auto. Sie war vielleicht ein Flüchtling, vielleicht war sie jetzt ein Nichts, doch sie war immer noch die Tochter eines Stammesoberhaupts, und sie hatte nicht die Absicht, sich von Olivelöf wie Staub auf seinem Jackett wegfegen zu lassen.

Daher wusste Zelinda, wo er wohnte, und sie machte auch kein Geheimnis daraus, als die Polizei ihr ein paar Routinefragen stellte.

Jean Olivelöfs Flucht war zu Ende.

Jetzt saß er im Gefängnis in Huddinge und wartete darauf, die Kommissarin Kristina Vendel zu treffen. Er hatte Anja anrufen dürfen, und er hatte sogar mit seinem Anwalt gesprochen. Er bereute, dass er nicht selbst zur Polizei gegangen war. Dann hätten die Dinge anders ausgesehen.

Wie sollte er hier wieder herauskommen?

Genau dasselbe fragte ihn die Kommissarin Kristina Vendel, als man ihn zum Verhör brachte, wo sie ihn hinter einem quadratischen Tisch sitzend erwartete.

»Nun, wie gedenken Sie hier wieder herauszukommen, Herr Olivelöf?«
Er sah sie mit seiner speziellen Mischung aus Intensität und Kälte an. Den Blick erkannte sie wieder.
»Ich gedenke aus gar nichts wieder herauszukommen. Ich muss Ihnen gratulieren, Sie haben die richtige Person festgenommen. Ich bin schuldig an Natascha Filippownas Tod, jedoch mit einem Vorbehalt. Es war kein Mord, es war ein Unglücksfall.«
Kristina senkte den Kopf, um ihre Erleichterung zu verbergen, doch er interpretierte das so, als wolle sie ihm nicht glauben. Nicht nur die Sprache ist zweideutig, auch Gesten können es sein, und man kann von Glück sagen, dass Wittgenstein das nicht bemerkt hat, denn sonst hätten wir noch eine tiefsinnige Theorie am Hals, ganz zu schweigen von all den Abhandlungen, die das nach sich gezogen hätte.
Warum dachte sie ausgerechnet jetzt an Wittgenstein? Wahrscheinlich weil sie nicht an den Mann denken wollte, der ihr gegenübersaß. War er so kalt, wie er wirkte, oder brannte sein Feuer wie ein unsichtbares Gas?
Sie würde Zeit genug haben, das herauszubekommen.
»Wie geschah das?«
Ihre Stimme war ruhig.
»Ich glaube nicht, dass ich noch mehr werde sagen können, ehe ich eine Zigarette bekommen habe. Außerdem habe ich das Wichtigste ja schon gesagt.«
Er war jetzt erschöpft. Er wollte nicht in die Zelle zurück. Er bat um eine Zigarette. Dummerweise stellte sich heraus, dass keiner der Anwesenden rauchte. Kristina schickte Östen, ein Päckchen zu holen.
»Eine besondere Marke?«

»Bitte Gauloise.«
Östen lachte auf.
»Und Sie glauben, dass es die in Flemingsberg gibt!«
»Nehmen Sie, was da ist.«
Kristina wusste, dass er nichts mehr sagen würde, ehe er nicht seine Zigarette hatte, und deshalb versuchte sie, die Zeit mit etwas anderem zu vertreiben.
»Wir sind uns schon einmal begegnet. Oder besser gesagt, ich habe Sie gesehen und Ihnen zugehört. In der Kirche von Ekerö.«
Er betrachtete sie amüsiert.
»Aimez-vous Brahms, Madame la commissaire?«
Wahrscheinlich glaubte er, sie würde kein Französisch verstehen.
»Es war nicht Brahms. Es war Mendelssohn.«
»Oh, der gute Felix. Ein glücklicher Mensch. Feine, leichte Melodien für lachende Engel. Immun gegen jede Dunkelheit. Aber er war der Lieblingskomponist von Ludwig Wittgenstein. Haben Sie den gelesen? Ich habe das getan, und es gibt nur zwei Sätze bei Wittgenstein, die ich verstanden habe. Der eine lautet, dass man Schweigen bewahren soll über das, worüber man nicht reden kann. Das halte ich für eine grobe Beleidigung der Menschheit. Wenn die Menschen nur von dem reden würden, wovon sie reden können, dann würden wir alle an Überdruss sterben. Wir hätten weder Kunst noch Religion und nicht einmal eine Seele. Ist Frau Kommissarin da meiner Meinung?«
»Wie lautet der andere Satz?«
»Ja, also den finde ich lustig. Er besagt, dass der, der seiner Zeit voraus ist, von ihr eingeholt werden wird.«
Er zog eine Grimasse und fügte hinzu: »Genau wie ich.«

Kokettierte er, oder war das echt? Kristina wollte ihn trösten.
»An jenem Abend waren Sie jedenfalls sehr gut.«
»Ich war überhaupt nicht gut. Ich habe an dem Abend mehrmals gepatzt, aber ich hatte gute Gründe.«
»Das kann ich mir vorstellen.«
»Ach ja? Hat man es gesehen? Ich war wohl verrückt nach Anja, und je verliebter ich wurde, desto schlechter spielte ich.«
»Das Gegenteil schiene mir passender.«
»Denken Sie das? Sie glauben also, dass man mit seinen Gefühlen etwas erschafft. Das tut man nicht. Die Gefühle bewirken nur, dass man die Musik reitet anstatt von ihr geritten zu werden.«
»Seltsamerweise gilt dasselbe für die Gerechtigkeit.«
Das erstaunte ihn. Es war lange her, dass jemand ihn in Erstaunen versetzt hatte. Lag das daran, dass die anderen so vorhersagbar geworden waren? Oder lag es daran, dass er die Fähigkeit verloren hatte, sich überrumpeln zu lassen?
Er war einige Male im Leben überrumpelt worden. Seine Schülerliebe hatte seine Seele wie ein Eisbrecher gerammt. Doch danach war Schluss. Seine Verliebtheiten wurden immer erfolgreicher und immer kürzer. Sein Spiel trug keine Spur des göttlichen Staunens mehr. Er war ein gewöhnlicher Mann geworden, und so einen erstaunt man nicht so leicht.
Er schüttelte die Gedanken ab und sah auf. Was sah er?
Eine junge Frau mit einer ganz leichten Neigung zum Übergewicht, die dennoch deutliche Züge trug wie eine Landungsbahn. Bei ihrem Körper würde er auf Sackgassen treffen. Er wusste schon, welche Taktik er anwenden würde. Zunächst intensives Feuer im Zentrum, gefolgt von einem

schnellen Ausfall an den Flanken. Bei einer solchen Frau konnte man nicht im Hinterhalt liegen.
Sie wollte Krieg, und sie würde ihn bekommen. Unglücklicherweise nicht die Art Krieg, in der er ein Meister war. Jetzt war er gezwungen, auf Zeit zu spielen.
»Die Gerechtigkeit ist wie alles andere auch eine Illusion. Sie neigt nur dazu, blutiger zu sein als die meisten anderen Illusionen.«
Das hätte auch ihr Vater sagen können. Was für eine erstaunliche Vorstellung! War der Tod von Natascha Filippowna etwa eine Illusion? War der Selbstmord von Alexandra Filippowna eine Illusion? War das quälende Schweigen von Aljoscha eine Illusion?
Vor ihr saß der Mann, der das alles verursacht hatte. Er war in höchstem Maße lebendig, und erst gestern hatte er noch im Café de Paris in Genf ein Entrecote genossen und überlegt, wie er noch eine weitere Frau verführen würde. Das war ungerecht! Und keine Rhetorik und keine Sophismen der ganzen Welt würden das ändern.
Die Frage war nur, wie sie sich ihm gegenüber verhalten sollte. War er selbst ein Opfer der Umstände? Hätte er anders handeln können? Sollte man gar auch seinen Charakter zu den Umständen zählen?
Es war ohne Frage leichter, die Ungerechtigkeit festzustellen als die Gerechtigkeit zu definieren, aber deshalb wurde aus ihr noch keine Illusion.
In dem Moment kam Östen zurück.
»Endlich«, sagte Olivelöf.
»Es tut mir Leid, dass es so lange gedauert hat, aber es haben fast alle das Rauchen aufgegeben. Ich hatte das Glück, auf diesen Griechen zu stoßen, der hier sauber macht. Mittler-

weile rauchen wirklich nur noch die Ausländer. Die Gefangenen, die Raucher sind, verbringen mehr Zeit draußen im Freien als in der Zelle, weil sie dort nicht rauchen dürfen.«

»Ich hoffe, du hast ihn anständig dafür bezahlt«, sagte Kristina.

»Er wollte kein Geld. Er fand es kleinlich, dass ich überhaupt gefragt habe.«

»Das ist es auch«, warf Olivelöf ein. »Die Kleinlichkeit ist Schwedens größtes Problem. Wir sind in jeder Hinsicht ein Land der Kleinkrämer, Pinnenschieter und Schnorrer geworden.«

Maria, die bisher geschwiegen hatte, konnte sich nicht enthalten einzugreifen.

»Welch ein Glück, dass wir ein paar Mörder haben, die uns vor dem Verfall retten.«

Dieser Einwurf machte Kristina klar, dass es jetzt an der Zeit war, zum Thema zurückzukehren. Sie wandte sich Olivelöf zu.

»Würden Sie uns jetzt erzählen, wie sich das alles abgespielt hat?«

Das war zwar eine Frage, aber Olivelöf gab sich keinerlei Illusion hin, dass er sich weigern könnte, sie zu beantworten. Außerdem brachte es ihm nichts, den Prozess zu verzögern. Also nahm er einen tiefen Zug.

43

Ich habe die Erfahrung gemacht, dass alle Liebesgeschichten mit einer Lüge beginnen. Mit der nämlich, dass man sich in einen Menschen verliebt. Das ist nicht wahr. Wir verfallen einem Detail, das für uns dieselbe Funktion hat wie die Madeleines für Proust. Meist ist es nur ein unbedeutendes Detail, das irgendwann schicksalhaft wird. Es kann eine Bewegung, eine Geste, eine bestimmte Körperhaltung in einer bestimmten Situation sein. Es gibt zum Beispiel nichts Graziöseres, als wenn Anja sich ausstreckt, um den Zucker vom Regal zu holen. Bemerkenswert dabei ist, dass das nur beim Zucker so ist. Wenn sie zum Beispiel das Salz holen will, ist es anders.

Nun gut, ich schweife ab. Der Herbst 1995 war eine traurige Zeit für mich. Ich war drauf und dran, die Lust an der Musik zu verlieren, mein Agent brachte keine Engagements mehr zu Stande, mein Geld wurde immer weniger, und ich liebte niemanden, nicht einmal mich selbst.

Den Job in Tallinn nahm ich in erster Linie wegen des Geldes an, aber auch, um von allem wegzukommen. Wenn ich nun schon mal nur ein mittelmäßiger Musiker war, dann konnte ich genauso gut den Weg zu Ende gehen und Hintergrundmusik für neureiche Tölpel spielen, deren Nadelstreifenanzüge wie Gefängniskleidung wirken.

In der Gesellschaft eines solchen Kerls sah ich Natascha das erste Mal, und er behandelte sie, als würde er sie besitzen, was er, wie ich bald erfahren sollte, auch tat.

Sie war schön auf diese dramatische Weise, wie manche Frauen es sein können, eine Art tragischer Schönheit, die eher Unglück als Glück verheißt. Eine Schönheit, die sie einerseits in das Zentrum aller Aufmerksamkeit stellte, aber gleichzeitig isolierte, die sie zum Gegenstand aller Blicke machte. Ich sah, wie sie von einem lebendigen Menschen in ein Abbild ihrer selbst verwandelt wurde, die Blicke der anderen waren ein Spiegel, in dem sie immer nur sich selbst begegnen konnte.

Und das war es, was mich verführte. Ich bildete mir ein, diesen Spiegel und das Bild darin zerstören zu wollen. Kurz gesagt hatte ich die Idee, diese unglaublich schöne Schlafwandlerin in einen wirklichen Menschen zu verwandeln.

Ich beobachtete, wie die Kellner zu ihr hinliefen, sowie sie auftauchte, wie der Tölpel ihren Arm packte, als fürchtete er, sie würde Flügel bekommen und wegfliegen, und das Erste, was er tat, war, eine Flasche Champagner zu bestellen, denn er wusste, dass sie jedenfalls nicht wegfliegen würde, ehe sie die ausgetrunken hatten.

Denn Natascha trank. Wo wir gerade davon sprechen, kann man hier etwas zu trinken bekommen?«

»Sie können Kaffee oder Tee bekommen«, erwiderte Kristina.

»Wobei unser Kaffee nicht zu empfehlen ist«, fügte Maria hinzu.

Die Stimmung im Raum war wehmütig. Olivelöfs Geständnis sollte sie eigentlich in irgendeiner Weise erfreuen, doch das tat es nicht. Hingegen bewirkte es, dass sie sich gemein und mies fühlten, unfähig, sich auf sein Niveau zu erheben. Zwei Dinge waren sicher, zum einen, dass er ein Mörder war, und zum anderen, dass er etwas Besseres verdiente.

»Ich würde einen Tee nehmen, wenn es geht.«

Maria ging, um das Gewünschte zu holen.

»Könnten Sie den Rekorder einen Moment ausschalten?«

Kristina beugte sich zum Mikrofon.

»Das Verhör mit Herrn Jean Olivelöf wird kurz unterbrochen. Es ist sechzehn Uhr zweiunddreißig.«

Dann drückte sie auf den Pausenknopf.

»Danke.«

Er zündete sich eine weitere Zigarette an. Er hustete ein wenig.

»Ich sollte aufhören zu rauchen.«

Er saß still da und schaute aus dem Fenster. Der Nachmittag war mit tiefen düsteren Wolken bedeckt, die sich so langsam bewegten wie eine Klasse müder Schulkinder auf einem Ausflug.

»Dieses Jahr will der Sommer nicht kommen.«

Kristina antwortete nicht. Sie dachte an Natascha Filippowna. Für sie würde es überhaupt nie wieder einen Sommer geben. Aber das wusste Jean Olivelöf auch.

Was für eine absurde Tat ein Mord doch ist. Der Mann, der ihr gegenübersaß, hatte eine junge Frau all ihrer Morgen und ihrer Nachmittage beraubt, ihrer Abende und ihrer Nächte. Wie konnte jemand nur auf eine solche Idee kommen? Wie konnte jemand sich eine solche Idee zu Eigen machen? Was unterschied solche Menschen von anderen? Oder ist es so, wie oft behauptet wird, dass jeder Mensch jede beliebige

Grausamkeit begehen kann, wenn nur die Umstände die passenden sind?
Und wenn es so war, was bedeutete das?
Im Grunde nichts anderes, als dass man demütig sein musste, dass man seinem glücklichen Schicksal danken musste, weil man nicht gemordet hatte. Sie hatte ihren Job gemacht, sie hatte den verhaftet, der einer jungen Frau das Leben genommen hatte, doch sie empfand keine Freude, sondern eher Beklemmung.
Maria kehrte mit einer Tasse Tee und einem Käsebrot zurück und stellte beides vorsichtig vor Jean Olivelöf hin. Er sah sie an und lächelte.
»Sehr freundlich.«
Er trank seinen Tee und aß sein Brot mit kleinen Bewegungen.
Dann wischte er sich den Mund mit der Serviette ab und nahm seine Erzählung wieder auf.
»Ich bemerkte, dass Natascha trank, und sie wurde wild, wenn sie es tat. Sie tanzte aufreizend, flirtete mit den anderen Gästen und den Kellnern, küsste ihren Tölpel leidenschaftlich und zwinkerte gleichzeitig einem anderen zu. Sie spielte die Hauptrolle in einem Drama, das sie selbst geschrieben hatte. Ich war der Einzige, den sie nicht bemerkte. Ich versuchte ihren Blick einzufangen, doch er glitt jedes Mal an mir ab. Und doch wusste ich, dass ich ihr aufgefallen war. Woher ich das wusste? Ganz einfach. Sie vermied zu sehr, mich anzusehen. Sie wollte, dass ich es merkte.
Natürlich war sie nicht die Einzige, die trank. Auch ihr Tölpel tat es, und eines Abends hatte er offenkundig zu viel intus. Er sackte über dem Tisch zusammen, und es gab Aufregung und viel Hin- und Herlaufen, während Natascha

apathisch dasaß und vor sich hin starrte, als warte sie auf die Apokalypse.

Da erkannte ich meine Chance. Ich ging zu ihr hin und setzte mich, ohne ein Wort zu sagen, neben sie. Ich wartete einen Augenblick, um zu sehen, ob sie reagierte. Das tat sie nicht. Ich nahm ihre Hand zwischen meine Hände, zog sie hoch und geleitete sie zu einem Balkon mit großen Kübelpflanzen. Niemand sah uns. Alle waren damit beschäftigt, dem alkoholvergifteten Kavalier das Leben zu retten. Dort auf dem Balkon küsste ich sie zum ersten Mal. Sie stank nach Wodka und Schweiß und Parfüm. Und doch ließ sie sich erst küssen, und dann kam sie selbst in Fahrt. Kurz und gut. Wir liebten uns – was für ein Wort, übrigens – dort, hinter Kübeln und Pflanzen verborgen. Dann trennten wir uns ohne ein Wort. Wir wussten beide, dass es nicht das letzte Mal sein würde. Und das war es auch nicht. Sie änderte ihr Leben. Sie wurde wie ein junges Mädchen. Glücklich, verliebt, zärtlich. Wir begannen, uns täglich zu treffen, sowohl vor meinen Auftritten als auch hinterher. Ich verliebte mich heftig in sie. Ich lernte ihre Mutter kennen, und Natascha und ich besuchten ihren behinderten Sohn.

Ich hatte beschlossen, mich zurückzuziehen. Und jetzt hatte ich eine Frau, mit der ich das tun konnte. Sie hatte mehr Energie als alle meine früheren Frauen zusammen. Und sie war auch begabt, mit ein wenig Ausbildung konnte sie alles werden. Warum also sollte sie nicht mit mir nach Schweden kommen?

Das tat sie auch. Das erste Jahr war fantastisch. Wir holten den kleinen Aljoscha zu uns, und sie gab ihm alle Liebe, die sie ihrem eigenen Kind nicht hatte geben können. Die beiden ließen mein großes Haus klein erscheinen. Ich war glücklich.

Sie war glücklich. Im Bett vollbrachten wir Heldentaten. Das half mir – meine Kunst und meine Sexualität sind leider Zwillinge.

Doch kein Glück währt ewig. So sagt man doch, oder? Nach und nach veränderte sie sich. Da war zum Beispiel der Wein. Zuerst teilten wir uns mittags eine Flasche, allmählich wurde es mehr, und ihr Durst wurde jeden Tag größer. Sie wurde unberechenbar, stritt um Kleinigkeiten und wurde Aljoschas überdrüssig.

Was war geschehen?

Nichts. Nichts, was man hätte greifen können. Sie vermisste ihr Land, sie vermisste ihre Sprache. Die Sehnsucht höhlte ihr Herz aus. Sie unternahm ein paar Versuche, andere Russen und Esten hier in Schweden kennen zu lernen. Das war meine Idee. Und so lernte sie Iwan kennen. Ich weiß wirklich nicht, wie er weiter heißt. Sie hielt es geheim. Aber ich begriff, was da ablief. Sie zog sich zurück, und wenn ich sie in den Arm nahm, klagte sie darüber, dass ich kalte Hände hätte oder dass ich nach Tabak röche.

Ich war entsetzt. Ich sah, wie sie aus meinem Leben glitt, und konnte nichts dagegen tun. Doch, eins konnte ich tun. Und das tat ich auch.«

Olivelöf verbarg das Gesicht in den Händen.

Kristina fragte, ob er eine Pause machen wolle.

»Ja, danke. Ich fände es gut, wenn wir morgen weitermachen könnten, wenn es geht.«

Warum sollte das nicht gehen? Er saß, wo er saß. Er würde nirgendwohin gehen.

44

Es war schon fünf Uhr nachmittags, als das Verhör abgebrochen wurde. Kristina hatte Verwaltungskram zu erledigen, doch sie fand, dass der warten konnte. Stattdessen lud sie ihre Mitarbeiter auf ein Glas ins Restaurant Udden ein, um zu feiern.

Solche Vorortkneipen haben manchmal eine besondere Atmosphäre, und das Udden gehörte dazu. Der Gastraum wirkte ein wenig verlassen, so als müsse er für sich selbst sorgen. Es roch nach abgestandenem Rauch, abgestandenem Schweiß und abgestandenem Fett, ohne deshalb unbehaglich zu sein, ganz im Gegenteil. Der einzige Kellner hatte es nicht eilig, und um fünf Uhr nachmittags war der Gastraum meist halb leer. Vielleicht saß schon ein einsamer Rentner dort und der eine oder andere arbeitslose Ausländer. Im Lokal tobte nicht das Leben, sondern es wurde ruhig geatmet.

Es war eine Kneipe, die sich nach den Gästen richtete, nicht eine, nach der sich die Gäste zu richten haben. Am Wochenende lebte sie auf, unter der Woche versank sie in einen Dämmerzustand. Es gab sie, und es hatte sie schon immer gegeben. Das war ihr größter Vorteil.

Ansonsten hatte sich das Nachtleben von Huddinge nach

Stockholm verlagert, und am Samstagabend um zehn Uhr wimmelte es an der S-Bahn-Station von Halbwüchsigen auf dem Weg in die Stadt, die erst Stunden später mit dem Nachtbus zurückkehren würden, die meisten halb betrunken, und die, die es nicht waren, taten wenigstens so, als seien sie es.
Kristina erhob ihr Glas mit Weißwein.
»Ich will jetzt keine Rede halten«, begann sie und bereute sofort, das gesagt zu haben, denn sie musste daran denken, was ihr Vater, der Lateinlehrer, immer zu sagen pflegte: »Man fängt niemals eine Rede mit dem an, was man nicht tun wird. Darum schert sich nämlich niemand. Man muss immer mit dem anfangen, was man tun wird.«
Es war zu spät. Sie hatte falsch angefangen. Jetzt konnte sie das nur noch berichtigen.
»Doch, natürlich, ich werde eine Rede halten!«
Es erwies sich, dass der väterliche Rat richtig war, denn jetzt hörten ihr alle zu.
»Aber ich werde eine sehr kurze Rede halten.«
Jetzt schwimme ich schon wieder, dachte sie bei sich. Man soll auch nicht versprechen, sich kurz zu fassen. Schon das Versprechen kostet Zeit, und die Leute haben inzwischen gelernt, solchen Versprechungen zu misstrauen. Das war wieder der Vater.
Aus mir wird kein Cicero mehr.
»Prost!«
Die anderen lachten erleichtert. Es würde keine Rede geben.
Sie stießen mit ihr an und lobten die gute Rede.
Dann schwamm das Gespräch umher wie eine Robbe. Manchmal sprachen alle vier miteinander, manchmal je zwei. Am schweigsamsten war Maria, doch plötzlich sagte sie: »Ich muss immer an Alexandra Filippowna denken.«

»Ja, aber sie hatte die Chance, ihr Leben zu leben. Ihren Töchtern ist es schlechter ergangen.«

Östen suchte immer nach Gerechtigkeit.

»Ich denke auch viel an Jean Olivelöf. Sein Leben ist zerstört«, sagte Kristina.

»Meine liebe Chefin, ich kann nicht gerade behaupten, dass ich darüber weine!«

Thomas sprach laut, als sei er auf dem besten Wege, betrunken zu werden.

»Warum sagst du das? Ein begabter Mensch wird Gott weiß wie lange eingesperrt sein!«

Thomas sah sie spöttisch an.

»Das ist nicht sicher.«

»Aber er hat doch gestanden«, meinte Östen.

»Das ist mir durchaus klar. Aber ein geschickter Anwalt wird viele mildernde Umstände finden, und ein gutwilliger Richter kann seiner Meinung sein. In meinen zwanzig Jahren als Polizist habe ich das mehrere Male erlebt. Es gibt eine Gerechtigkeit für die, die innerhalb der Mauern geboren werden, und eine andere für die, die draußen zur Welt kommen. Glücklicherweise sind wir nicht diejenigen, die das Urteil sprechen. Wir haben unseren Job gemacht. Jetzt geht der Ball an andere, zum Beispiel an den Herrn, der da gerade reinkommt.«

Es war der Vorsitzende Richter Anders Berlin, der noch eine Kleinigkeit essen wollte, ehe er sich nach Hause begab, wo niemand auf ihn wartete als ein alter Kaktus, den er von seiner Frau übernommen hatte und der erstaunlicherweise jegliche Strapazen überlebte und einmal im Jahr große schöne rotlilafarbenen Blüte bekam.

Er nickte der Gesellschaft freundlich zu, zeigte jedoch

keinerlei Neigung, sich dazugesellen zu wollen. Er bestellte einen Whiskey mit massenhaft Eis, zog ein Buch aus der Tasche und fing an zu lesen.
Kristina versuchte vergeblich, den Titel des Buches zu entziffern.
»Kann sich ein Richter verlieben?«, wollte Östen wissen.
Dieses Rätsel würden sie an diesem Abend nicht lösen können, zumal die Gläser leer waren und seltsamerweise größer aussahen als vorher.
Die Leere verschafft sich deutlich Platz.

45

Kristina nippte an ihrem Martini, machte einen Tanzschritt der weniger graziösen Art, rührte einmal durch den Wok und setzte sich dann an den Küchentisch. Vor ihr lagen eine Karte von Europa und mehrere Reisebroschüren. Es war an der Zeit, über den Urlaub nachzudenken.

Johan war noch nicht nach Hause gekommen. Er hatte eine Konferenz in der Schule, wo ein weiterer Fall von Gewalt aufgetreten war. Diesmal war ein Lehrer von zwei Schülern niedergeschlagen worden, und sie hatten ihm zwei Rippen gebrochen und drei Vorderzähne ausgeschlagen. Das Gymnasium von Botkyrka war ein gefährlicher Ort.

Sie gedachte ihn mit Krabben und Tomatensoße zu überraschen, die er so gern mochte. Außerdem hatte sie eine Flasche Chablis in den Kühlschrank gestellt. Dann würde sie ihren gemeinsamen Urlaub planen. Sie wollte wieder einmal nach Prag fahren. Als sie noch zur Schule ging, war sie schon einmal dort gewesen, zusammen mit ihren beiden besten Freundinnen.

Sie waren mit Interrail gefahren, wussten nicht viel vom Land und waren ein klein wenig nervös, aber es zeigte sich, dass es dazu keinen Grund gab. Schon auf dem Bahnhof kümmerte sich ein Paar mittleren Alters um sie, das Zimmer vermietete, um seine magere Kasse aufzubessern. Es waren freundliche Menschen, die auf eine so weiche Weise deutsch sprachen, dass sie alle Grausamkeit des Zweiten Weltkrieges glätteten. Die Stadt war eine Offenbarung. Die engen Gassen, der riesige jüdische Friedhof, der Palast des Präsidenten, die Plätze und nicht zuletzt die vielen Orte, an denen man nach einer langen Wanderung in der Wärme ein kellerkühles Bier trinken konnte. Dazu die Ufer der Moldau, das diesige Licht am Morgen, das die Häuser mit den Jugendstilfassaden frei in der Luft schweben ließ – das alles hatte von dem Moment an, als sie abreisten, ein Gefühl der Sehnsucht in ihr hinterlassen. Sie hatte sich selbst gelobt, dass sie mit jemandem, den sie liebte, dorthin zurückkehren würde.

Sie hatte gute Laune, und das lag nicht an dem Martini. Sie trank nicht, um ihre Laune aufzubessern, sie trank, wenn sie gute Laune hatte. Sie hatte beschlossen, ihre Ehe zu retten, aufzuhören, über die Kinderlosigkeit nachzugrübeln, und einfach neu von vorn zu beginnen.

Warum in die Ferne schweifen?

Sie hatte einen Mann, und es war ein guter Mann. Vielleicht war er nicht der weltbeste Liebhaber, aber sie auch nicht die weltbeste Liebhaberin, und an seinen Körper hatte sie sich doch gewöhnt. Sie schaute ihn gern an, wenn er sich bewegte oder einfach wenn er neben ihr auf dem Bauch liegend schlief wie ein neugeborenes Kind.

Warum kam er nicht?

Wenn man eine Überraschung vorbereitet hat, vergeht die Zeit sehr langsam. Das pflegte auch ihr Vater immer zu sagen: »Wenn man in die Zukunft investiert, dann hat man es eilig, dorthin zu kommen.«

Endlich hörte sie sein Auto in die Auffahrt einbiegen. Sie nahm die Schürze ab, warf einen raschen Blick in den Spiegel und ging zur Tür, um zu öffnen, was nicht erforderlich war, denn Johan hatte bereits selbst aufgeschlossen und stand mit einem Gesichtsausdruck vor ihr, als wäre er auf dem Weg zehntausend Teufeln begegnet.

»Was ist denn los?«

Er ging an ihren geöffneten Armen vorbei, als handele es sich um ein Verkehrshindernis, und steuerte direkt auf das Schlafzimmer zu. Sie folgte ihm und sah ihn den Schrank öffnen und einen Koffer herausziehen, in den er dann Unterwäsche, ein paar Hemden und Hosen warf.

»Was machst du denn?«

Er antwortete nicht. Schließlich schloss er den Koffer mit einem Knall und sah zu ihr hoch.

»Ich gehe.«

Er nahm seinen Koffer und ging wieder an ihr vorbei.

Sie wusste nicht, was sie tun sollte. Sie wollte laut schreien, sie wollte ihn schlagen. Nichts davon tat sie, sondern stand einfach nur mit hängenden Armen da.

Sie hörte, wie die Tür geöffnet und geschlossen wurde.

Sie hörte, wie das Auto angelassen wurde und dann davonfuhr.

Sie meinte, ihr Herz müsse zerspringen, doch was dann geschah, überraschte sie.

Sie lachte.

Nicht hysterisch, nicht, um nicht zu weinen. Sie lachte aus einer riesigen, überwältigenden Erleichterung heraus.

Gott, was für ein öder Typ! Stürmte herein wie die Feuerwehr, und anstatt das Feuer zu löschen, setzte er es erst in Gang.

Immer noch lachend, ging sie in die Küche, stellte den Herd ab und goss sich noch einen Martini ein. Allein im Haus. Bestimmt hatte er sich in irgendeine Lehrerin verliebt, mit Schnabelschuhen und ökologischem Hintern! Zum Teufel mit ihm! Zum Teufel mit allen Männern!
Sie ging von Zimmer zu Zimmer und eroberte sich ihr Zuhause zurück. Als sie ins Schlafzimmer kam, verkrampfte sich ihr Magen. Sie fand plötzlich, dass es wie eine Katakombe aussah. Wie um Himmels willen hatte sie es nur so lange ausgehalten?
Sie öffnete das Fenster weit. Heute Nacht würde sie in ihrem Arbeitszimmer schlafen. Sie gedachte nicht, sich noch einmal in diese Gruft zu legen. Sie dachte auch nicht daran, den Schrank zu schließen, den er hatte offen stehen lassen.
Am Ende setzte sie sich auf die Bettkante und atmete die feuchte Luft ein, die vom Hafen von Vårby herüberkam.
Wenn Johan jetzt hier wäre, würde er ein Küsschen dafür bekommen, dass er sie verlassen hatte.
»Ich bin frei.«
Das war mehr, als Jean Olivelöf von sich sagen konnte.
Sie ließ sich am Tisch nieder und aß mit gutem Appetit. Sie breitete die Zeitung über den ganzen Tisch aus, trank ein Glas Chablis und rief dann ihren Vater an, um ihm die gute Neuigkeit mitzuteilen.
»Papi! Johan ist gegangen. Er hat mich verlassen.«
Sie bemühte sich, nicht zu kichern.
Doch den Lateinlehrer am anderen Ende der Leitung legte man nicht so leicht herein. Er wartete nicht mit unnötigen tröstenden Worten auf. Er sagte nur: »Die kleine Ratte hat wahrscheinlich einen anderen Marmeladentopf gefunden.«
Er hatte seinen Schwiegersohn nie gemocht, aber das war

nicht persönlich gemeint gewesen. Er mochte überhaupt keine Schwiegersöhne.
»Brauchst du etwas?«
»Ja.«
»Was denn?«
Endlich ließ sie das Lachen durch die Leitung dröhnen.
»Eine Fleischwurst mit Flügeln!«
Das war die Geschichte, die er ihr immer erzählt hatte, als sie klein war. Er hatte sie sich selbst ausgedacht, wenngleich sie selbst dazu beigetragen hatte, indem sie jeden Abend neue Episoden bestellte.
Er lachte ebenfalls.
»Du wirst jetzt aber schon erwachsen?«
»Ja, das werde ich wohl.«
Erst als sie anfing, sich ihr Bett im Arbeitszimmer zu machen, erkannte sie, wie absurd die ganze Situation war. Ohne ein einziges Wort der Erklärung war der Mann, mit dem sie seit einigen Jahren ihr Leben teilte, gegangen. Zornig vor Scham war er davongeringelt wie ein zu Tode erschrockener Wurm.
Es fiel ihr schwer einzuschlafen. Am Ende stand sie wieder auf, machte sich eine Tasse Tee und setzte sich hin, um die Niederschrift des Verhörs mit Jean Olivelöf zu lesen. Sie wollte wissen, welche Fragen sie ihm am nächsten Morgen stellen sollte, wenn sie ihn wieder sehen würde.
Dieser Gedanke beruhigte sie in gewisser Weise, und bald kehrte sie auf ihr provisorisches Lager zurück. Sie schlief ein und träumte, sie hätte sich in Prag verlaufen und würde durch die kleinen Gassen irren, um am Ende auf der Straße der Alchimisten zu landen, wo ein alter Alchimist, der dieselben Augen hatte wie Jean Olivelöf, sie mit einer riesigen Holzkelle überfiel, auf der in verschlungenen gotischen

Buchstaben »Johan« stand, und dann erwachte sie mit Tränen in den Augen.
Es war fünf Uhr, und sie hörte das Auto des Zeitungsboten vor ihrem Briefkasten bremsen. Es war immer noch nicht an der Zeit aufzustehen. Sie blieb auf dem nicht allzu bequemen Bettsofa liegen.
»Wird so jetzt mein Leben aussehen?«
Sie vermisste Johans Gegenwart, wenn sie auch ihn nicht vermisste. Insgesamt betrachtet, war es nicht sehr verwunderlich, dass er sich in eine andere verliebt hatte. Sie hatte ihre Ahnungen gehabt, doch sie hatte ihn nicht zur Rede stellen wollen. Jetzt ging er, ohne sie zur Rede zu stellen, ohne ein einziges Wort.
Vielleicht war das der einzige Weg, doch sie wusste, dass die ungesagten Worte sie quälen würden, und auch ihn würden sie quälen und würden vielleicht sogar sein neues Leben zerstören, das seinen Anfang nun in einem Becken voller ungelebter, in Schweigen ertränkter Gefühle nehmen würde.
Vielleicht sollte sie ihm einen Brief schreiben. Ja, das würde sie tun, noch nicht, aber irgendwann, wenn sie etwas ruhiger wäre und sich mehr im Klaren darüber, was sie ihm sagen sollte.
Mit diesem Vorsatz als Ausrede frühstückte sie und las die Zeitung, als sei nichts geschehen.

46

Östen fuhr nach dem Besuch in der Kneipe nicht nach Hause, sondern nach Lida Gård. Er hatte seinen Trainingsanzug und seine Joggingschuhe im Auto. Er wollte sich bewegen, hatte keine Lust, noch einen sinnlosen Abend vor dem Fernseher zu verbringen.

Das Wetter war umgeschlagen, und eine warme Brise aus Osten hatte die kalte Feuchtigkeit der letzten Tage weggeschoben, der Himmel war wolkenlos, die Temperatur näherte sich zwanzig Grad.

»Es gab zwar keinen Frühling in diesem Jahr, aber einen Sommer gibt es trotzdem.«

Er holte tief Luft.

Er war bei weitem nicht der Einzige, der sich an diesem Abend nach Lida Gård begeben hatte. Eine große Gesellschaft Muslime spielte mit mehr Enthusiasmus als Geschicklichkeit Fußball, während die Frauen dicht beisammensaßen, als würden sie einen Staatsstreich vorbereiten. In Wirklichkeit machten sie aber nur Brote.

Östen verspürte den Impuls, hinzugehen, dort zu sitzen und ihrer unbegreiflichen Sprache zu lauschen, ihre Düfte einzuatmen. Er verspürte ganz einfach den Wunsch, wieder fünf

Jahre alt zu sein, und jeder weiß, dass solche Impulse nur dazu führen, dass man Dummheiten begeht.
Das wusste er auch. Deshalb machte er sich mit langen, federnden Schritten auf den Weg in den Wald hinein. Er war ja nicht ohne Grund Juniorenmeister über die fünftausend Meter gewesen. Doch dann war der ärgerliche Schmerz in der linken Ferse gekommen. Der Leichathletikverband schickte ihn von einem Arzt zum anderen. Sie konnten nichts finden. Er wurde diversen Therapien mit Salben und Massagen und infrarotem Licht unterworfen. Nichts half. Das Erstaunliche war, dass der Schmerz nicht ständig da war. Er konnte einen Lauf beginnen, ohne etwas zu spüren. Doch dann, wenn er ungefähr dreihundert Meter vor dem Ziel zum Spurt ansetzen wollte, kam jedes Mal überraschend der Schmerz.
Er schloss dann den Lauf hinkend ab, und am Ende war es ein Armeepsychologe, der auf die Idee kam, dass die Sache keine physischen Gründe hatte, sondern ausschließlich psychisch bedingt war. Östen litt ganz einfach unter Angst vor dem Finish, er fürchtete, hunderten von Zuschauern gegenüberzustehen, die von ihm forderten, dass er alles gab, was er hatte.
Verhielt es sich mit Eva nicht genauso? Sie forderte alles, was er hatte, und das Einzige, was sie bereit war, ihm zurückzugeben, waren einige flüchtige Zärtlichkeiten. Sie war eine Zuschauerin, die darauf wartete, dass er den Lauf absolvierte, um ihm dann den Rücken zu kehren und sich auf den nächsten Lauf zu konzentrieren. Das Verhältnis zwischen seiner Anstrengung und der Belohnung, die auf ihn wartete, war schlicht und einfach verkehrt.
Er hatte mit den Wettkämpfen aufgehört, und er hatte nicht damit gerechnet, dass die Entzugserscheinungen so groß sein würden. Die Spannung vor einem Lauf fehlte ihm, die

verstohlenen Blicke der Gegner, der Schweiß, der wie körpereigener Regen lief, und der magische Moment, wenn der Startschuss kam und er allein war mit einer weißen Linie in fünfzehnhundert Meter Entfernung. Zwischen ihm und der Linie gab es nichts außer Luft, die manchmal schwer und feucht war, aber doch einfach nur Luft, die er gieriger einsog als jemals den Duft einer Frau.

Das Schema wiederholte sich jetzt. Er war zu Eva auf Abstand gegangen, aber die Sehnsucht nach ihr war stärker, als er vermutet hatte. Es gab vor allem an jedem Morgen einen Moment, wo er an sie dachte, nämlich wenn er sein Bett machte. Aus irgendeinem Grund dachte er immer dann an sie, und es war unmöglich, sich davor zu drücken. Es war Mitleid erregend und lächerlich.

»Was ist es denn um Himmels willen, was mir so fehlt?«

Er lief schneller. Die Frage war nicht unberechtigt. Sie machten fast niemals etwas zusammen, außer dem, was sie immer machten, wenn sie zusammen waren. Sie waren nirgendwohin gereist, sie wachten nicht nebeneinander auf, sie gingen niemals ins Kino oder auch nur ins Restaurant. Sie hatten noch nicht einmal »Mensch ärgere dich nicht« zusammen gespielt.

Inzwischen war er tief in den Wald hineingekommen, wo der Weg steil bergab zum See hinunterführte. Die Schritte wurden länger, er flog hinunter wie ein Engel, der mit seinem Gott Fangen spielt. Am einsamen Ufer sah er ein Paar, das sich seiner Gegenwart nicht bewusst war und fortfuhr, in die besonderen Landschaften der Liebenden hinauszufahren, wo jedes unartikulierte Grunzen oder Seufzen in den Ohren des anderen wie der Ton einer Sphärenharfe klingt.

Sie waren, kurz gesagt, für jeden anderen außer sich selbst

unzugänglich. Die Frau lag unten und verschränkte ihre Beine im ältesten aller Kneifzangenmanöver. Sie hatte die Augen fest geschlossen, während ihr Mund im Takt mit dem anderen Mund weiter unten bebte.

Östen wurde von heftiger Übelkeit gepackt, die ihn sich vor Schmerzen krümmen ließ. Er entfernte sich vorsichtig und mit klopfendem Herzen. Drinnen im Wald ließ er sich unter einer alten Kiefer nieder und versuchte ruhig zu atmen.

Er war furchtbar erschrocken. Er hatte Hingabe und Lust gesehen, an dem Punkt, wo es keine Umkehr mehr gibt. Er wusste, dass die Frau nicht Eva war, und doch war es Eva, die er sah. Der Gedanke daran, dass sie sich gemeinsam mit einem anderen Mann auf diese Reise begeben könnte, zog ihm den Boden unter den Füßen weg.

Langsam erhob er sich und versuchte, den steten Takt im Laufen wieder zu gewinnen, aber da kehrte der Schmerz in die Ferse zurück. Jahrelang hatte er ihn nicht gespürt.

Hinkend begab er sich zum Auto und hatte seinen Entschluss bereits gefasst.

Er musste mit ihr reden.

Jetzt auf der Stelle. Es war inzwischen halb acht geworden. Die Gesellschaft der Muslime war dabei einzupacken. Ebenso das Licht.

Östen holte sein Handy heraus. Ohne sich Zeit zur Besinnung zu geben, wählte er Evas Nummer. Doch er kam nur bis zu einem Anrufbeantworter.

Da war die Luft aus ihm raus. Er sank noch tiefer in den Autositz und kämpfte mit den Tränen.

Nach einer Weile hatte er sich genügend gesammelt, um nach Hause zu fahren. Die Dunkelheit ritt jetzt über dem Wasser unten im See. In seinem Herzen war es bereits dunkel.

Er liebte die falsche Frau zur falschen Zeit im Leben. An ihr und an der Zeit konnte er nichts ändern. Das Einzige, was er bearbeiten konnte, war seine Liebe.
Wie tötet man die? Und genauer gefragt, was musste man abtöten, damit sie starb?
Das Geschlecht? Das Gehirn? Was denn?
Vielleicht sollte er woanders hingehen. Vielleicht sollte er seine Versetzung in eine andere Stadt beantragen, vielleicht nach Visby.
Dieser Gedanke gefiel ihm.
Er konnte sich selbst in einem der Hafencafés sitzen sehen, mit einem Glas Wein vor sich. Draußen blies ein starker Wind und riss die Wolken auseinander, so wie die Erinnerung an sie seine düsteren Gedanken zerstreute. Wenn er nur wegginge, dann würde er sie in Ruhe lieben können.
Endlich hatte er begriffen, dass man sich nicht ohne weiteres trennen kann. Gewiss hatte er sie in seinen mehr zynischen Momenten dafür kritisiert, dass sie das angenehme Leben mit einem Mann nicht aufgeben wollte, den sie nicht liebte, der ihr aber alles geben konnte, was sie begehrte.
Das tat ihm jetzt Leid.
Welches Recht hatte er denn, sich zwischen sie zu stellen? Wie kam er nur darauf, dass seine Gefühle so wichtig sein könnten, dass eine Familie dafür zerstört werden musste, damit er seinen Willen bekam?
Das einzig Richtige war wegzugehen. Sein Herz zu verschlucken und einen Stein hinter sich zu werfen, wie Maria gesagt hätte. Den Staub von den Schuhen zu schütteln. Einfach zu verschwinden.
Aber wie sollte er ihr Gewicht auf seinem eigenen Körper auslöschen? Wie sollte er das Loch in seiner Brust wieder füllen?

Vielleicht war es trotzdem leichter, mit der Sehnsucht und der Trauer zu leben als mit dieser Ungewissheit.
Gleich morgen würde er die Versetzung beantragen. Er hatte sich entschieden. Eine Liebe, die man bereit ist zu verlieren, tut nicht gut.

47

Um zehn Uhr am folgenden Morgen wurde Jean Olivelöf wieder zum Verhör gebracht, wo Kristina bereits auf ihn wartete. Das verstieß gegen die Strategie des Verhörs, es war die Regel, den Verdächtigen eine Weile warten zu lassen, aber das war ihr jetzt gerade egal. Ihr Wunsch, sich ihm gegenüber höflich zu erweisen, war größer.

Er sah müde aus, der Glanz in seinen Augen war abgestumpft. Eine Nacht im Untersuchungsgefängnis hinterlässt immer Spuren, sie hatte jedoch seine Intuition und auch sein Lächeln nicht beeinträchtigt.

»Frau Kommissarin scheint eine lange Nacht gehabt zu haben. Ich hoffe, sie war nicht zu lang.«

Kristina antwortete nicht. Stattdessen schaltete sie den Kassettenrekorder ein und sagte mit klarer Stimme: »Zweites Verhör mit Herrn Jean Olivelöf. Zugegen Polizistin Maria Valetieri, Polizeiinspektor Östen Nilsson und Hauptkommissarin Kristina Vendel. Freitag, den 6. Juni 1997. Zehn Uhr.«

Dann wandte sie sich Olivelöf zu.

»Nun. Gestern sagten Sie, dass, als Natascha Filippowna anfing, Ihrem Leben zu entgleiten, es nur eins zu tun gegeben habe. Was meinten Sie?«

»Was glauben Sie denn, was ich meinte?«

»Es hat keine Bedeutung, was ich glaube und was nicht.«

»Nein, das stimmt. Das Einzige, was in diesem Zusammenhang von Bedeutung ist, ist die Wahrheit, was immer das ist. Wie auch immer. Natascha fing an, sich mit seltsamen Menschen zu umgeben. Ich hatte den Verdacht, dass sie mit der russischen Mafia hier in Stockholm in Kontakt gekommen sei; die ist zwar nicht groß, aber es gibt sie. Die haben mit Drogen, Menschenschmuggel und Prostitution zu tun. An dem Abend, als alles passierte, war ich unterwegs auf einem Konzert gewesen. Ich kam spät nach Hause, obwohl ich zu Natascha gesagt hatte, ich würde vermutlich in Örebro übernachten, wo ich gewesen war. Doch ich entschloss mich anders, und zwar weil der Wasserfall vor meinem Hotelfenster einen derartigen Krach machte, dass ich nicht schlafen konnte. Obwohl das Zimmer sehr schön war und der Portier sehr stolz erzählt hatte, dass selbst der Nobelpreisträger Josef Brodsky dort eine Nacht geschlafen habe. Entschuldigen Sie bitte, wenn ich mich in Details verliere, aber so bin ich schon immer gewesen. Ich erinnere mich bloß an Details, ich denke nur in Details. Ich habe niemals einen großen, zusammenhängenden Gedanken im Kopf gehabt. Mein Kopf ist ein Friedhof für vergessene Details. Wie auch immer, ich reiste ab und kam gegen zwei Uhr in der Frühe nach Hause. Ich sah, dass im Wohnzimmer Licht brannte. Zunächst dachte ich, sie hätte vergessen, es auszumachen, das tat sie nämlich gern, obwohl ich sie immer daran erinnerte, aber ihre Ohren schwitzten nicht, wie sie es nannte, was heißen soll, sie hörte nicht auf mich. Ich stellte das Auto ab und ging ins Haus. Aus dem Wohnzimmer hörte man Stimmen. Sie sprachen Russisch. Ich wusste nicht, was ich tun sollte. Es war mein Zuhause. Was machten diese Leute da in meinem Zuhause? Also ging ich hinein. Natascha lag auf dem Sofa, und drei Männer waren mit ihr zugange. Das klingt blöd, aber was wollen Sie? Der eine schlief mit ihr, der andere stopfte sein Glied in ihren Mund, und der Dritte filmte das alles. Mit anderen Worten, es handelte sich um einen Pornofilm. Im Landhausmilieu, Erfolg garantiert. Ich wurde fast wahnsinnig. Die drei Männer verschwanden schnell, aber Natascha lag immer noch auf dem Sofa und wollte jetzt mich. Sie hatte so viel Kokain geschnupft, dass sie mit einem Ameisenbär hätte schlafen können. Sie rollte mit den Hüften, leckte sich die Lippen, strampelte mit den Beinen. Es war nicht nur grausig, es war nicht nur vulgär, es war unmenschlich, also knallte ich ihr eine, es war ein harter Schlag, der sie unter dem rechten Auge traf. Sie jaulte, als hätte ich ihr ein Messer reingerammt, und plötzlich zog sie von irgendwoher eine Pistole heraus und zielte auf mich. Ich packte ihren Arm und kämpfte mit ihr, sie war unglaublich stark, sie würde mich erschießen, wenn ich es nicht zuerst tat, es gelang mir, ihr die Pistole zu entreißen, und ich schoss – das ist ein Detail, das ich vergessen habe, ich weiß nicht, ob es einmal, zweimal oder dreimal war –, und dann lag sie da, und ich zitterte am ganzen Körper. Aljoscha wachte auf und kam angelaufen, ich versuchte ihn zu trösten, ich gab ihm eine halbe von meinen eigenen Schlaftabletten, danach trug ich sie in den Keller und ließ sie dort, bis mir ein Weg einfiel, wie ich die Leiche loswerden konnte.«

»Haben Sie nie daran gedacht, die Polizei zu rufen?«

Er sah sie erstaunt an.

»Nein. Ich habe überhaupt noch in keinem Fall die Polizei angerufen. Ich habe nicht daran gedacht, ich habe nur gedacht, dass ich sie nun loswerden musste, dass ich mir eine

Geschichte ausdenken musste, ich hatte nicht die geringste Absicht, im Gefängnis zu vergammeln wegen eines bloßen Unglücksfalles. Natürlich hatte ich geschossen, aber ich hatte sie nicht töten wollen. Ich war kein Mörder, ich hatte einfach Pech gehabt. Der Schuss hätte genauso gut daneben gehen können. Ich habe nicht einmal gezielt, ich wollte sie nur erschrecken und daran hindern, mich zu erschießen.«

Plötzlich traf die Sonne aufs Fensterglas, und der Raum wurde in Licht getaucht. Olivelöf schüttelte den Kopf.

»Wie seltsam, dass sogar das Licht eine Überraschung sein kann.«

»Was geschah dann?«

Kristina wollte die Zügel nicht schleifen lassen.

»Tags darauf kaufte ich irgendwo in Nacka Plastiksäcke, und in derselben Nacht warf ich die Leiche ins Wasser. Den Rest kennen Sie.«

»Wo genau haben Sie die Leiche versenkt?«

»Hier draußen in Vårby, ich dachte, die Strömung würde sie in Richtung Stockholm treiben, aber sie muss irgendwo festgehangen haben.«

»Wollen Sie noch etwas hinzufügen?«

»Ja, eine Sache. Anja wird sicher einen Anwalt schicken wollen. Ich will keinen. Getan ist getan. Es bleibt jetzt nichts anderes als die Strafe. Ich habe mir nie eingebildet, dass ich durchkommen würde, ich wusste immer, dass es nur eine Frage der Zeit war. Und ich bekam viel Zeit, ich habe Anja kennen gelernt, und ich habe mich in sie verliebt, wir erwarten ein gemeinsames Kind. Und eines Tages werde ich sicher wieder herauskommen, und dann will ich ein reines Gewissen haben, das heißt, ich will sicher sein, dass ich meinen Preis für das bezahlt habe, was ich getan habe. Ich will keine juris-

tischen Finten, ich weiß, dass ich kein Mörder bin, aber ich weiß auch, dass ich zu einem wurde. Genau in dem Moment, als der Schuss sie traf. Ich habe es genossen. Gewalt war das Einzige, was sich in diesem Moment echt anfühlte. Ich glaube nicht, dass viele Menschen das bedenken, wir leben unsere Leben mit so vielen fertigen Auffassungen und Vorstellungen, wir wälzen uns in Lügen, und da kam diese gewaltsame Handlung und warf ihr unbarmherziges Licht auf mich. Die Gewalt machte mich zu einem echten Menschen, das ist schrecklich, aber es sagt mehr über unsere Gesellschaft aus als über mich. Verstehen Sie, was ich meine?«
Kristina verstand ihn. Sie litt selbst unter der ständigen Sorge, ihr Leben falsch zu leben, wie ein Seiltänzer, der sein Seil auf die Erde legt.
»Meinen Sie also, dass die Gewalt den ultimativen Genuss ausmacht?«
»Ja. Das meine ich. Die Gewalt und die Macht, über einen anderen Menschen zu herrschen, Gott zu sein. Alles andere sind nur halb wirksame Ersatzlösungen. Geld, Liebe, Prestige. Alles das ist nichts anderes als Schleichwege zur Macht. Die breite gerade Straße ist die Gewalt.«
Maria wusste, dass sie eigentlich nichts sagen sollte. Aber sie konnte es nicht lassen, denn sie hatte der Gewalt schon in die Augen gesehen, und es war kein schöner Anblick, wenn ihr Mann sich mit verzerrtem Gesicht in sie drängte, er glich nicht jemandem, der danach strebte, Gott zu sein, er glich im Gegenteil jemandem, der aufhörte, Mensch zu sein.
»Warum sollten wir diese schöne Erzählung glauben?«
Olivelöf sah sie an, als würde er sich erst jetzt ihrer Gegenwart bewusst.
»Spielt es irgendeine Rolle, ob Sie mir glauben oder nicht?

Obwohl es natürlich nett wäre zu erfahren, was für eine Art von Erzählung Sie glauben würden.«

Es sagte es ohne Ironie, eher mit einer gewissen Trauer in der Stimme.

»Ich glaube, dass Sie sie ermordet haben, weil sie Ihrem neuen Leben mit Anja von Löwenmüller im Weg stand. Ich glaube, dass Sie den Mord lange und gründlich geplant hatten, und ich glaube, dass …«

Hier zögerte sie weiterzusprechen.

»Ich glaube, dass Anja von Löwenmüller Ihnen geholfen hat, die Leiche loszuwerden.«

Es wurde totenstill. Das war eine unerhörte Anschuldigung, die völlig überraschend kam. Maria hatte ihren Verdacht niemandem mitgeteilt. Sie hatte ihn nicht mit einem Wort Kristina gegenüber erwähnt, die sie jetzt ebenso schockiert ansah wie die anderen.

Olivelöf ging sofort hoch.

»Sie haben kein Recht, Anja in das hier hineinzuziehen. Wie können Sie es wagen, etwas so Absurdes zu behaupten?«

Und doch schwang in seinem Zorn ein falscher Ton mit. Eine weniger geübte Zuhörerin als Kristina hätte das nie bemerkt.

Maria nahm einen Stift und ein Stück Schnur aus ihrer Tasche. Dann ging sie zu Olivelöf hinüber und reichte ihm beides.

»Bitte schön. Schlagen Sie einen Roringstek mit halbem Schlag!«

»Wie bitte? Was soll das denn?«

Maria sah ihm direkt in die Augen.

»So war die Leiche gebunden. Mit einem Roringstek mit halbem Schlag. Beherrschen Sie den?«

Olivelöf gab ihr Stift und Schnur zurück.

»Das ist das Lächerlichste, was ich je gehört habe. Ich habe die Leiche so gut gebunden, wie ich konnte. Es wurde eben so. Ich kann mich nicht mehr erinnern.«

»Aber Anja erinnert sich. Ich habe es nachgeprüft. Sie ist von Kindesbeinen an gesegelt.«

Er seufzte schwer.

»Ich glaube, ich werde jetzt nichts weiter sagen, ehe ich nicht mit meinem Anwalt gesprochen habe.«

Er wusste selbst, dass er damit bereits zugegeben hatte, dass Maria Recht hatte, doch offenkundig sah er keinen anderen Ausweg.

Kristina wusste, dass es keinen Sinn hatte, auf ihn einzuwirken. Deshalb stellte sie das Bandgerät ab, und zwei Wachen brachten Jean Olivelöf zurück ins Untersuchungsgefängnis.

48

»Ich erwarte eine Erklärung!«

Kristina war nicht so wütend, wie sie klang. In Wirklichkeit war sie stolz auf Marias Initiative, doch es war unangenehm, nichts gewusst zu haben.

»Die Wahrheit ist, dass ich es nicht geplant hatte. Ich bin einfach drauf gekommen, als ich ihn quatschen hörte. Nur Leute, die lügen, können so unbefangen reden. Und dann habe ich mich an den Knoten erinnert, und ich habe gemacht, was meine Großmutter immer sagt, ich habe im Trüben gefischt, und er hat angebissen.«

Östen schlug ihr auf die Schulter.

»Ich wusste gar nicht, dass du so ein Mafioso bist.«

Sie errötete leicht, antwortete aber rasch.

»Eines schönen Tages wirst du ein Angebot erhalten, das du nicht ablehnen kannst.«

»Dann musst du dich aber beeilen.«

»Jetzt hört auf«, mischte sich Kristina ein. »Können wir uns mal ein wenig konzentrieren? Wo ist eigentlich Thomas?«

»Er schlägt sich immer noch mit diesem Mordbrenner herum.«

»Okay! Nehmen wir mal an, Maria hat Recht. Dass Anja von

Löwenmüller unserem Mann geholfen hat, die Leiche loszuwerden. Können wir das beweisen? Es genügt nicht, dass Olivelöf einen solchen Knoten nicht schlagen kann, das beweist noch nicht, dass Anja es war, die den Sack zugebunden hat. Es kann jemand völlig anders gewesen sein. Erst wenn wir sein und ihr Geständnis haben, kann das vor Gericht benutzt werden. Aber wenn beide leugnen, haben wir nicht viel, worauf wir uns stützen können.«

»Das stimmt.«

Maria sah ein, dass Kristina Recht hatte.

»Wir werden mal sehen, was die Staatsanwaltschaft sagt. Sollte sie heute nicht eigentlich kommen?«

Östen hatte kaum zu Ende gesprochen, als es an der Tür klingelte. Es war Mitsuko Öberg-Namamoto.

Kristina setzte sie schnell über die jüngste Entwicklung in Kenntnis. Mitsuko hörte aufmerksam zu.

»Spontan glaube ich, dass Maria Recht hat. Und ebenso spontan glaube ich, dass Kristina Recht hat. Es wird ungeheuer schwer werden zu beweisen, dass sie mitgeholfen hat. Wir haben auch nicht den kleinsten Hinweis gefunden, der sie überhaupt mit diesem Ort verbindet, wir wissen nicht, ob Olivelöf und sie sich dort getroffen haben. Außerdem haben Sie ja gesagt, dass sie schwanger ist. Sie können sich also denken, dass es für die Richter schwer sein wird. Die werden nach der erstbesten Gelegenheit suchen, sie freizusprechen. Morgen ist Termin im Untersuchungsgefängnis, aber es sollte kein Problem sein, ihn dort zu behalten, selbst wenn Rambo gut drauf ist.«

Rambo war der Kosename des Anwalts Fredrik von Axeltoft, der darüber hinaus ein guter Freund des Richters Berlin war – die beiden gingen gemeinsam auf die Jagd.

Mitsuko fuhr fort.
»Nun gut. Jetzt haben Sie die Sache nicht länger in Händen. Sie haben einen großartigen Job gemacht. Jetzt gehört er mir!«
Getreu ihrer Gewohnheit erhob sie sich und ging ebenso plötzlich, wie sie hereingekommen war. An der Tür wandte sie sich noch einmal um.
»Ich möchte die Niederschrift des Verhörs spätestens morgen früh haben.«
Kristina nickte.
Es gibt Menschen, die einen Raum ausfüllen können. Mitsuko gehörte nicht dazu. Hingegen hatte sie die Fähigkeit, einen Raum zu leeren. Als sie gegangen war, schien es plötzlich, als säßen sie alle in der Wüste Sinai.
Kristina hatte überhaupt nicht vorgehabt, ihr Herz auszuschütten, und dennoch sagte sie leise: »Mein Mann hat mich gestern verlassen! Aber das ist nicht so besonders wichtig.«
»Ich habe vor, meinen Mann zu verlassen, und das ist noch weniger wichtig.« Maria rieb sich die Augen, als sei sie gerade aufgewacht.
Östen meinte, sie würden Witze machen.
»Ich habe vor, diesen Job zu verlassen, und das ist überhaupt nicht wichtig.«
»Okay. Da wir jetzt unsere persönlichen Probleme erörtert haben, sollten wir uns unseren gemeinsamen zuwenden. Der Urlaub! Wir müssen uns einigen, wie wir das handhaben wollen.«
Kristina sah sie scherzhaft auffordernd an. Aber Maria wollte erst etwas anderes diskutieren. Sie fragte sich, welche Strafe Olivelöf wohl bekommen würde. Östen kannte sich aus.
»Tja, wir können froh sein, wenn wir ihm nicht noch Scha-

densersatz zahlen müssen. Was kann er schon kriegen? Ein paar Jahre vielleicht und dann fünfundzwanzig Prozent Steuer darauf, das macht fünf Monate mehr, dann sitzt er die halbe Zeit ab, wenn er nicht in die Psychiatrie überwiesen wird, wie auch immer, in anderthalb Jahren ist er wieder mitten unter uns.«

»Nun sei mal nicht so zynisch«, wies Kristina ihn zurecht. »Und, wie ist es mit dem Urlaub?«

»Ich finde, Thomas darf zuerst entscheiden, er hat schließlich Familie«, schlug Maria vor.

Keine Einwände.

Kristina blieb auf ihrem Stuhl sitzen und sah durchs Fenster hinaus. Wieder einmal sah sie den Jungen, der neben seinem Onkel herradelte. Es waren die beiden, die Natascha Filippowna gefunden hatten. Sie hoffte, dass sie so bald nichts Neues finden würden.

Dann riss sie sich zusammen und war gerade auf dem Weg zur Sekretärin, um die Sache mit der Niederschrift des Verhörs zu klären, als ihr Telefon klingelte.

49

Eine halbe Stunde später nahm Kristina die Fähre nach Ekerö hinüber. Es war sonnig, der Juni hatte gut begonnen. Es wehte von Osten, und der Wind fühlte sich so weich an wie ein Babypo. Sie kurbelte das Fenster herunter und atmete tief ein in der Hoffnung, mit der Luft gleichzeitig auch ein wenig Erleuchtung zu bekommen.

Was konnte Anja von Löwenmüller von ihr wollen? Würde sie möglicherweise gestehen, dass sie Olivelöf geholfen hatte, Nataschas Leiche loszuwerden? Oder wollte sie eine Besuchsmöglichkeit erwirken? Das allerdings fiel ja gar nicht in ihren Aufgabenbereich.

Warum sollte sie lange raten? Sie würde es bald erfahren. Da konnte sie die Zeit besser nutzen, indem sie einen Sommer ohne Mann plante.

Nach Prag würde sie nicht fahren. Sie wollte dort nicht allein sein. Es gab andere Städte, wo es lustiger war, wenn man allein war. Paris, zum Beispiel, oder London. Aber warum musste sie in eine Großstadt fahren? Warum machte sie nicht eine Pauschalreise auf irgendeine griechische Insel, lag ein paar Wochen in der Sonne, trank Retsina und tanzte abends in der Sonne Sirtaki? Griechische Männer waren auch nicht

so schwerfällig, für den Fall, dass ihr nach einem Miniabenteuer wäre.
Trotz allem war es erstaunlich! Sie waren jetzt so lange zusammen gewesen, Johan und sie, und sie hätte nie gedacht, dass er auf diese Weise seinen Weg gehen würde. Sie hätte nie gedacht, dass er es überhaupt wagen würde, seinen eigenen Weg zu gehen. Was war das für eine Frau, die ihn so mutig gemacht hatte?
Sie war neugierig, stellte jedoch zufrieden fest, dass sie nicht eifersüchtig war. »War ich überhaupt jemals in ihn verliebt?«, fragte sie sich. Das musste sie gewesen sein, aber es war lange her. Warum geht die Verliebtheit vorüber?
Man sollte das mal näher erforschen. Die Leute vergessen Ungerechtigkeiten nicht, die vor dreißig Jahren begangen wurden, aber ihre Verliebtheit vergessen sie innerhalb eines Monats. Nicht alle natürlich. Es gab solche wie ihren Vater, aber das waren Auslaufmodelle.
Vielleicht war der Fehler in das moderne Leben eingewirkt, das sich im Prinzip mehr und mehr wie eine Flucht gestaltete, zunächst vor dem eigenen Ich und schließlich vor dem Tod. Der moderne Mensch war auf der Flucht, eine Verliebtheit war ein Siebenmeilenschritt, der notwendigerweise vom nächsten gefolgt wurde, ein Turbo der Seele für schnelles Überholen. Die größte Niederlage für den modernen Menschen war es, still zu stehen.
Hat man schon mal eine Platane oder eine Eiche sich fortbewegen sehen? Ihre Wurzeln dringen tiefer und tiefer, während sie selbst höher und höher wachsen. Aber die Menschen schaffen es nicht, Wurzeln auszubilden, und sie glauben, dass man mit dem Fahrstuhl in den Himmel fährt.
Bewegung und Gleichzeitigkeit waren das Los des modernen

Menschen. Das war nicht gerade ein fruchtbarer Boden für lange Ketten von Gefühlen und Hingabe, man ersetzte lieber das eine durch das andere, und das endete dann in der sterilen Freiheit der Unabhängigkeit. Der Mensch wurde kein Baum ohne Äste, sondern ein Ast ohne Baum.

Anja von Löwenmüller erwartete sie auf der Veranda. Aljoscha war nicht zu sehen. Auf einem kleinen runden Tisch standen eine Thermoskanne mit Kaffee und ein paar belegte Brote.

»Ich nehme mal an, dass Sie noch keine Zeit hatten, etwas zu essen.«

Das stimmte.

»Wo ist der Junge?«

»Er ist zum Meer hinunter. Er angelt gern.«

Es hätte sich um irgendeinen Höflichkeitsbesuch handeln können. Zwischen ihnen herrschte eine gewisse Ungezwungenheit, die daher rührte, dass sie sich beide ihrer Rollen völlig sicher waren. Das Lamm lädt den Wolf zum Mittag, ehe es selbst aufgefressen wird.

»Spricht er immer noch?«

Kristina wollte nicht den Eindruck erwecken, es eilig zu haben, denn es gibt nichts Schlimmeres für jemanden, der beschlossen hat, sich auszusprechen.

Anja hingegen drängte es, zur Sache zu kommen.

»Ich bitte um Entschuldigung, dass ich Sie hierher zitiert habe.«

Sie zog eine Grimasse, als täte ihr der Bauch weh.

»Tritt es?«

»Es ist unglaublich, was da drin los ist. Man sollte nicht glauben, dass sie so klein sind. Vor einer Weile war ich beim

Frauenarzt und konnte das Kind auf dem Bildschirm sehen. Gerade mal zehn Zentimeter lang, und doch hatte es bereits kleine Arme und Beine und ein Herz, das fast außerhalb des Körpers zu schlagen schien. Es war fantastisch, und während ich hinschaute, bewegte es die Arme, als würde es winken. Ich hatte immer Angst, dass ich eine Fehlgeburt erleiden könnte. Ich hatte schon einmal eine, mit meinem ersten Partner, aber es scheint, als würde diesmal alles glatt gehen.«

»Wollten Sie beide das Kind?«

»O ja. Jean ist zum Vater geboren. Sie hätten sehen sollen, wie er sich um Aljoscha gekümmert hat, mit ihm spielte, ihm Schwedisch beigebracht hat und Geige spielen.«

»Eigentlich sind viele Männer erheblich mütterlicher als Frauen. Ich habe einmal einen Arzt behaupten hören, dass Männer sogar stillen könnten.«

»Das habe ich noch nie gehört. Haben Sie selbst Kinder?«

Kristina schüttelte lässig den Kopf. »Nein. Ich habe den Mann meines Lebens noch nicht gefunden. Ich dachte einmal, dass es so wäre, aber er ist gestern abgehauen.«

»Gestern?«

»Gestern.«

Anja sah sie erstaunt an.

»Das sieht man Ihnen gar nicht an.«

»Meinen Sie, dass man so was sieht?«

»Man sollte es jedenfalls.«

Jetzt waren die Brote aufgegessen, und Anja fand, es gäbe keinen Grund, ihr Anliegen noch länger aufzuschieben.

»Sie müssen wissen, Kristina – darf ich das sagen?«

Kristina nickte.

»Danke. Sie müssen wissen, dass Sie die falsche Person festgenommen haben. Es war nicht Jean, der Natascha tötete.«

»Wer war es dann?«
Kristina hatte die Antwort bereits erraten.
»Ich war es.«
Das war keine Überraschung. Überraschend wirkte vielmehr Anjas Stimme. Die drückte keine Reue aus, sondern vielmehr eine Art Überzeugung, dass sie das Richtige getan hatte.
Kristina sagte nichts. Sie wartete auf die Fortsetzung.
»Ich hatte keine Wahl, müssen Sie wissen. Entweder sie oder ich.«
»Wie das?«
»Sie hat uns nicht in Ruhe gelassen. Sie wollte nicht akzeptieren, dass Jean mit ihr Schluss gemacht hatte. Am Abend des 16. November war ich allein zu Hause. Jean spielte in Örebro. Ich hätte eigentlich mitfahren sollen, aber ich hatte die Grippe. Ich lag zu Hause mit vierzig Grad Fieber, als sie plötzlich auftauchte. Nachdem Jean sie rausgeworfen hatte, hatte sie sich hier auf Ekerö eine Zweizimmerwohnung gemietet. Natürlich war Jean derjenige, der die Miete zahlte und die Nachbarn beruhigte, wenn sie sich wieder einmal über die wilden Feste beklagten, die sich dort die ganze Nacht abspielten. Sie war total durchgedreht. Sie trank, sie haschte, sie schlief mit jedem, sie machte bei Pornofilmen mit, die sie dann Jean schickte, weil sie meinte, ihn damit eifersüchtig machen zu können.
Wie auch immer, ich lag in meinem Bett, als sie plötzlich auftauchte. Sie war schwer betrunken, schwankte von rechts nach links, nannte mich eine Hure und wedelte mit ihrer kleinen lächerlichen Pistole, die sie sicherlich von ihren Mafiafreunden bekommen hatte. Ich versuchte sie dazu zu bringen, sich zu beruhigen, was irgendwann auch gelang, und sie schlief völlig weggetreten dort drinnen auf dem Sofa ein. Ich

wusste nicht, was ich tun sollte. Sie ekelte mich an. Sie schlief mit offenem Mund, und aus dem einen Mundwinkel lief ihr der Speichel. Sie schnarchte und – entschuldigen Sie bitte – furzte herum wie ein Hund. Ich erinnere mich, dass ich mir gesagt habe: Wenn sie das noch einmal macht, dann bringe ich sie um. Und sie tat es. Da nahm ich die Pistole und habe sie erschossen, wie man ein gestürztes Pferd erschießt. Es war das Beste für uns alle, wenn sie weg war. Aber ich wusste nicht, was ich mit der Leiche machen sollte. Glücklicherweise kam Jean in der Nacht nach Hause, weil er in dem Hotel in Örebro nicht schlafen konnte. In der darauf folgenden Nacht haben wir die Leiche weggeschafft. Wir dachten, es würde sicher niemand nach ihr fragen, außer ihrem Vermieter, aber Jean bezahlte schon mal drei Monatsmieten im Voraus und kündigte den Vertrag unter dem Vorwand, dass sie ins Ausland gegangen sei. Wir dachten, alles sei vorbei. Erst als ihre Leiche auftauchte, wurde uns klar, dass es nicht lange dauern würde, bis die Polizei uns auf der Spur wäre. Das war der Moment, wo Jean ins Ausland reiste. Wir waren uns einig, dass er den Mord auf sich nehmen würde, wenn es so weit käme. Schließlich erwarte ich sein Kind. Und ich bin darauf eingegangen, weil ich lange Zeit dachte, wir würden davonkommen. Aber das ist nicht der Fall, und jetzt kann ich nicht akzeptieren, dass er für den Rest seines Lebens im Gefängnis sitzen wird, wo ich doch die Schuldige bin. Ich habe sie getötet, das mag sein, aber ich kann nicht auch noch den Mann töten, den ich liebe.«

Sie hatte ohne Unterbrechung geredet, doch nicht so, als hätte sie etwas nur wiederholt, sondern eher, als würde ihr Kopf ebenso selbstverständlich wohlformulierte Sätze hervorbringen, wie ihre Hände das Cello bearbeiteten.

Kristina hatte das schon oft bemerkt. Viele Musiker besitzen eine erstaunlich große verbale Begabung. Ihre Mutter war genauso gewesen. Die Worte flossen nur so aus ihr heraus.

»Wollen Sie damit sagen, Sie haben sie kaltblütig ermordet?«

Anja lachte.

»Wie erwähnt hatte ich vierzig Grad Fieber.«

Kristina stand auf und drehte eine Runde auf der Veranda. Sie sah auf den grün werdenden Garten hinaus, auf das glänzende Wasser der Förde weiter hinten, hinter der Kirche, wo Natascha im selben Grab wie ihre Schwester begraben lag. Dort unten saß Aljoscha gerade und angelte. Das Leben ging weiter, unbewusst, unschuldig. Das war grausam und anrührend zugleich.

»Woran denken Sie?«

Kristina antwortete nicht sofort. Sie trat ein paar Schritte näher auf Anja zu und sah ihr in die Augen.

»Können Sie mir einen einzigen Grund sagen, warum ich Ihre Geschichte glauben sollte?«

»Ich nehmen an, es ist Ihr Beruf, nicht zu glauben, was die Leute sagen!«

Anjas Stimme war kalt.

»Nein, Sie täuschen sich. Ich würde Ihnen gern glauben, und ich würde Jean Olivelöf gern glauben. Das Problem ist nur, dass ich nicht Ihnen beiden gleichzeitig glauben kann.«

»Das verstehe ich. Ich dachte lediglich, dass Sie als Frau einer anderen Frau vertrauen würden. Deshalb wollte ich mit Ihnen sprechen.«

»Geben Sie mir doch bitte ein paar Details, sagen Sie irgendetwas, was Ihre Version unterstützen könnte.«

»Was denn zum Beispiel?«

»Ja, sagen wir mal, was für Kleider trug sie?«

Anja dachte nach.
»Sie kam in einem Pelzmantel, doch darunter trug sie nur Jeans und eine Strickjacke.«
Das stimmte, aber das hätte Jean Olivelöf ihr auch erzählt haben können.
»Wie viele Schüsse feuerten Sie ab?«
»Vier!«
»Es gab aber nur drei Schussverletzungen.«
»Ich habe einmal daneben getroffen.«
»Sie haben daneben getroffen, obwohl sie unbeweglich auf dem Sofa lag?«
»Ja. Was glauben Sie denn? Ich zitterte ja am ganzen Leib. Wollen Sie den Beweis sehen?«
Sie erhob sich und ging ins Wohnzimmer. Kristina folgte ihr. Anja schob einen Sessel beiseite. Dahinter sah Kristina, dass ein Stück Wand frisch gestrichen war.
»Hier schlug der erste Schuss ein. Es gab ein Loch, aber Jean hat es zugegipst, und ich habe die Stelle neu gestrichen.«
»Was haben Sie mit der Kugel gemacht?«
»Die habe ich in meiner Handtasche. Ich hatte mir gedacht, dass da niemand hineinschauen würde.«
»Holen Sie sie.«
Anja ging ins Schlafzimmer und kehrte mit einer eleganten braunen Handtasche aus Leder zurück, die sie Kristina reichte.
»Nein, das ist nicht nötig. Holen Sie selbst die Kugel heraus.«
Anja öffnete die Tasche, steckte die Hand hinein und suchte herum.
»Das verstehe ich nicht«, sagte sie leise.
»Was denn?«
»Sie ist nicht hier drin.«

»War sie denn jemals da drin?«
»Warum sollte ich so dumm lügen? Ich hätte ja sagen können, dass wir die Kugel weggeworfen haben, ich hätte alles Mögliche sagen können. Auf jeden Fall hätte ich doch nicht behaupten müssen, sie befände sich in meiner Handtasche.«
Darin lag eine gewisse Logik.
»Und die Pistole hatte Natascha dabei?«
»Ja, ich weiß, dass ich in der Sache zuvor gelogen habe, aber es stimmt, sie hatte sie dabei.«
Kristina wurde klar, dass sie und ihre Leute mit der Pistole leichtsinnig umgegangen waren. Man hätte sie behalten sollen. Jetzt schien es, als ob sie von entscheidender Bedeutung sein würde, wenn es darum ginge, die Wahrheit herauszubekommen. Es war offenkundig, dass entweder Jean Olivelöf log oder Anja von Löwenmüller. Wenn die Staatsanwältin nicht mit absoluter Sicherheit würde beweisen können, wer die Schüsse abgegeben hatte, dann bestand die Gefahr, dass beide freigesprochen würden. Im Moment stand noch Aussage gegen Aussage. Der Richter Anders Berlin würde keine Münze werfen, wenn es darum ging zu entscheiden, wer die Wahrheit sagte. Wenn er es nicht mit hundertprozentiger Sicherheit wusste, dann würde er beide freisprechen, obwohl ganz klar war, dass einer von ihnen schuldig war.
Aber die Gerechtigkeit arbeitet nicht mit statistischen Berechnungen, sie arbeitet mit beweisbaren Fakten. Es konnte also wichtig sein zu wissen, wem die Pistole gehörte. Sie würde Östen darauf ansetzen.
»Sie haben sicher Verständnis dafür, dass Sie aufs Revier kommen müssen, um ein richtiges Geständnis abzulegen. Können Sie heute kommen?«

»Geben Sie mir ein paar Tage. Ich muss erst mit meinem Anwalt reden.«
»Haben Sie noch nicht mit ihm gesprochen?«
»Nein, ich habe nur mit Jeans Anwalt, Fredrik von Axeltoft, geredet.«
»Ich kann mir denken, dass er sich gefreut hat.«
»Nein, im Gegenteil. Jean ist fest entschlossen, das Spiel zu Ende zu spielen, und er hatte ihn völlig davon überzeugt, dass er schuldig ist.«
»Und wer ist Ihr Anwalt?«
»Heléna Rysling.«
»Oh!«
»Stimmt etwas nicht?«
»Ist sie nicht mit Axeltoft verheiratet?«
»Ja, und sie ist überdies meine Cousine.«
»Aber dann ist sie ja befangen.«
»Sind das nicht alle Anwälte? Und was spielt das auch schon für eine Rolle? Ich engagiere sie ja nicht, damit sie beweist, dass ich unschuldig bin, sondern um zu beweisen, dass ich schuldig bin.«
»Aber dasselbe soll Fredrik von Axeltoft für Jean tun.«
»Ja, ist das nicht seltsam? Wir beauftragen zwei der besten Anwälte des Landes, um zu beweisen, dass wir schuldig sind.«
»Ja, das ist seltsam. Aber es kann passieren, dass das Gericht Einwände dagegen hat. Ich hätte die jedenfalls.«
»Das hätte ich auch an Ihrer Stelle.«
In diesem Moment trat das Kind in Anjas Bauch offenbar noch einmal zu, dort schien ein echtes Fußballfinale stattzufinden. Sie erhob sich mühsam.
»Ich glaube, Sie müssen mich jetzt entschuldigen. Ich muss mich einen Augenblick hinlegen.«

»Natürlich!«
Anja reichte ihr die Hand zum Abschied.
»Vielen Dank, dass Sie gekommen sind.«
Kristina sah ihre schmalen schönen Finger. Sie schienen nicht dafür gemacht, eine Schusswaffe zu halten. Doch so darf eine Polizistin nicht denken. Alle Hände, sogar die schönsten, können ein Leben auslöschen. Sie zögerte für den Bruchteil einer Sekunde, doch dann ergriff sie die ausgestreckte Hand. Sie neigte dazu zu glauben, dass Anja sich das alles ausgedacht hatte, vermutlich auf Anraten der mit allen Wassern gewaschenen Heléna Rysling, doch völlig überzeugt war sie noch nicht.
Es blieb nur zu sehen, ob sie nicht etwas dagegen tun könnte. Doch eins wusste sie sicher, nämlich dass die Staatsanwältin Mitsuko über diese Neuigkeiten nicht gerade glücklich sein würde.

50

Mitsuko träumte wie viele andere jüngere Staatsanwältinnen davon, mit einem schwierigen, komplizierten Fall beauftragt zu werden. Jetzt hatte sie ihre Chance. Eine Frau war tot. Ein Mann saß unter schwerem Mordverdacht in Untersuchungshaft, seine Lebensgefährtin behauptete ebenfalls, sie sei schuldig. Sie musste ohne jeden Zweifel beweisen, dass sie die richtige Person anklagte, denn sonst bestand die Gefahr, dass beide freigesprochen würden. Sie brannte vor Eifer, juristische Geschichte zu schreiben, einen Präzedenzfall zu schaffen, der für alle Zeiten in den Lehrbüchern verewigt sein würde.

Sie hatte nie die Logik in dem Satz akzeptieren können, dass man beide freisprechen müsse, wenn man nicht beweisen könne, wer der Schuldige sei. Das war auf dem besten Wege, sich zu einer Epidemie zu entwickeln, zu einem juristischen Virus, das ansteckend war, und einige Verbrecher waren schon freigekommen, indem sie einander beschuldigt hatten.

Es ist klar, dass es schwer sein kann zu beweisen, wer den tödlichen Schlag ausführte, denn es kann oft schon schwer sein zu sagen, welches überhaupt der tödliche Schlag war. Jetzt hatte man stattdessen zwei Personen, die jede für sich in

Anspruch nahmen, schuldig zu sein. Doch juristisch gesehen war die Situation dieselbe. Man kann nicht zwei verschiedene Menschen für dasselbe Verbrechen verurteilen.

Hier sah Mitsuko ihre Chance, hoch zu pokern. Sie war bereit, vom entgegengesetzten Standpunkt aus zu argumentieren, nämlich dass die beiden sich für unschuldig erklärt hätten. Wem würde man dann glauben? Wenn sie darüber hinaus noch beweisen könnte, wer die Pistole gekauft hatte und wann, dann gäbe es eine Chance, dass sie Gehör für ihren Standpunkt finden würde und den einen des Mordes und den anderen der Beihilfe zum Mord und des Meineides anklagen könnte.

»Werden Sie einen Haftbefehl für sie beantragen?«

»Nein, natürlich nicht. Worauf kann ich mich berufen? Auf ein informelles Gespräch mit Ihnen? Dessen Aussage sie jederzeit zurücknehmen kann? Nein danke! Lassen wir sie ruhig noch eine Weile schwitzen. Lassen Sie sie frei herumlaufen, vielleicht macht sie einen Fehler, und dann können wir ihren Bluff aufdecken.«

»Wie können Sie so überzeugt davon sein, dass es ein Bluff ist?«

Mitsuko schüttelte den Kopf.

»Man soll einer verliebten Frau niemals glauben.«

»Aber einem verliebten Mann kann man glauben?«

»Ich glaube nicht, dass Jean Olivelöf jemals in einen anderen Menschen verliebt war als in Jean Olivelöf. Das ist mir gestern beim Haftprüfungstermin klar und deutlich geworden. Dieser Mann hat so viel Gefühl wie ein Bügeleisen.«

»Woher kommt dann sein Talent?«

»Das Talent ist nichts anderes als ein Gehirnschaden. Das hat nichts mit seinem Charakter zu tun, und von dem rede ich, nicht von seiner Musikalität. Er ist ein begabter Psychopath, und das ist keinesfalls ungewöhnlich. Es ist auch nicht ungewöhnlich, dass Frauen diesem Typ verfallen und dann alles für ihn tun.«

»Ich glaube, Sie unterschätzen Anja.«

»Und ich glaube, Sie überschätzen ihn!«

Mitsukos Antwort kam blitzschnell, als sei das etwas, worüber sie schon lange nachgedacht hätte.

Sie sahen sich erstaunt an. Sie waren auf bestem Wege, sich zu streiten.

Mitsuko legte als Erste den Rückwärtsgang ein.

»Tut mir Leid. Das war dumm formuliert von mir, aber Sie sehen ja, Ihre Taktik treibt uns schon gegeneinander.«

Kristina protestierte.

»Nein, nein. Es liegt etwas Wahres in dem, was Sie sagen. Ich bin nicht unbeeindruckt von ihm. Ich habe ihn spielen hören, ich habe gesehen, wie er sich zu einer Frau hinüberbeugte, und ich habe gewünscht, ich wäre diese Frau. Ich sollte mich vielleicht von dem Fall freistellen lassen.«

Mitsuko trat einen Schritt auf sie zu.

»Jetzt hören Sie mal, Sie haben fantastische Arbeit geleistet, im Grunde hat niemand geglaubt, dass Sie in der Sache überhaupt zu etwas kommen würden, und es hat sich auch keiner so richtig darum geschert, eine ausländische Frau und dann all das mit Einsparungen und fehlenden Ressourcen, Sie wissen schon. Aber Sie haben den Fall gelöst, Sie haben den Schuldigen gefunden, überlassen Sie uns den Rest, die Gerechtigkeit ist nicht Ihr Problem, es ist meines und das der Richter. Sorgen Sie nur dafür, dass Sie die Herkunft dieser Pistole herausfinden. Setzen Sie jemanden darauf an, und nehmen Sie Urlaub, und diese ganze Diskussion bleibt unter uns.«

Kristina sah ihr in die Augen.
»Nein. Die Gerechtigkeit ist nicht nur Ihr Problem und das der Richter, sondern auch meines. Ohne Wahrheit keine Gerechtigkeit. Wir müssen die Wahrheit herausfinden, auch die Wahrheit über uns selbst. Ich bin beeindruckt von ihm, und das bewirkt vielleicht, dass ich nicht klar sehe, aber die Tatsache, dass Sie nicht von ihm beeindruckt sind, heißt nicht, dass Sie klarer sehen. Fakten, wir brauchen Fakten, wie Berlin zu sagen pflegt.«
»Wie Sie wollen.«
Mitsuko klang ein wenig mürrisch.
»Nein, nicht wie ich will, sondern wie ich muss!«
Das war ein Satz, den ihr Vater immer zu sagen pflegte, als sie klein war und ihre Hausaufgaben nicht machen wollte. »Wenn der Mensch immer nur das getan hätte, was er wollte, dann hätten wir jetzt drei Meter lange Arme und einen Mund so groß wie die Lummellundagrotte«, behauptete der Lateinlehrer und brachte sie dann zum Lachen, indem er sich wie ein Gorilla auf die Brust schlug.
Mitsuko hatte ihre Tasche genommen, um zu gehen.
»Vergessen Sie nur nicht, dass wir auf derselben Seite stehen.«
Sie lächelte sanft und ging.
»Ja, welche Seite ist das denn? Die Unfehlbaren gegen den, der gefehlt hat? Die Gerechten gegen die Ungerechten?«
Kristina blieb sitzen.
Vor ihrem Fenster wurden die Schatten länger. Die Müdigkeit kroch näher wie ein verschmustes Kätzchen.
Sie massierte gedankenverloren ihren Nacken, der sich steif und verspannt anfühlte.
Sie hatte ein Leben zu leben und hatte nicht die geringste

Ahnung, wie sie das tun sollte. Es schien ihr, als würde der Raum unscharf, und sie rieb sich die Augen, um erstaunt festzustellen, dass sie Tränen so groß wie Pflaumen in den Augen hatte.

51

Östen konzentrierte seine Anstrengungen darauf, Nataschas Kontakte in Stockholm zusammenzustellen. Er nahm an, dass sie die Waffe dort bekommen hatte, es war unwahrscheinlich, dass sie sie aus Estland mitgebracht hatte.

Die einfachste Verbindung war, mit ihrem Dealer anzufangen. Es war nicht sicher, dass sie direkt auf der Straße kaufte, denn die Drogenkreise in Stockholm sind nicht so groß, wenn man von den Amateuren mal absieht, die sich am Samstagabend in den schicken Restaurants um die Sturegalerie etwas Kokain reinziehen.

Mit den Großkunden ist es etwas anderes, die meisten Dealer kennen sie, und was die meisten Dealer wissen, das wissen auch die Leute im Drogendezernat der Polizei. Deshalb rief er seinen Kollegen Markus Mörner an, der dort arbeitete, und fragte ihn, ob er etwas von einer gewissen Natascha Filippowna gehört habe.

»Gehört habe? Sie ist eine Legende! Warum fragst du? Hat sie was angestellt?«

»Nein, sie kann nichts mehr anstellen.«

»Verdammt!«

»Ich will wissen, ob du was über ihren Dealer weißt.«

Auch diesmal kam die Antwort direkt.
»Das ist Kostia Malenkow.«
»Der Name kommt mir bekannt vor.«
»Er hat einen Laden unten in Lugnet, Import-Export und so, du weißt schon.«
»Er verkauft auch Plastiksäcke, nicht wahr?«
»Genau.«
»Wie kommt's, dass ihr ihn noch nicht hochgenommen habt?«
»Er ist schlüpfrig wie Gleitmittel. Lässt immer andere die Öffentlichkeitsarbeit erledigen, sozusagen. Er sitzt nur da und zählt den Kies.«
»Okay. Vielen Dank.«
Er legte auf und ging zu Maria. Sie saß an ihrem Schreibtisch und schrieb etwas mit der Hand.
»Störe ich?«
»Tust du, aber leider viel zu selten.«
Er lachte verlegen. Sie war schneller als er mit dem Mundwerk, genauer gesagt war sie schneller als die meisten. Wenn überhaupt irgendjemand Eva Trolléns großes Maul stopfen könnte, dann sie. Wann würde er endlich aufhören, an Eva zu denken?
»Östen, weißt du was?«
Er sah sie an.
»Du bist der einzige Mensch auf der ganzen Welt, der mir immer das Gefühl gibt, als wollte ich etwas von ihm, obwohl doch das Gegenteil der Fall ist. Also, wenn es dir nichts ausmacht, dann sag mir doch, was du willst.«
»Entschuldige! Ich habe in letzter Zeit viel zu viel im Kopf. Also, ich bin auf dem Weg zu Kostia Malenkow, und ich wollte fragen, ob du mitkommen willst. Du hast ihn ja schon mal kennen gelernt. Aber wenn es gerade nicht passt …«

»Doch, natürlich komme ich mit. Ich habe nur gerade an Großmutter geschrieben. Ich denke, ich werde in den Ferien zu ihr fahren. Was wirst du machen?«
»Es wird wohl Fårö werden, wenn ich mein Sommerhaus irgendwann noch mal fertig kriegen will.«
»Weißt du, dass ich noch nie auf Fårö war?«
»Du kannst mich da ja mal besuchen.«
»Diese Worte werde ich in mein heiliges Buch schreiben.«
»Hast du auch ein heiliges Buch?«
»Du auch?«
»Die Bibel.«
»Die Bibel?«
»Ich lese immer die Bibel, wenn ich verwirrt bin. Das ist das einzige Buch, von dem ich weiß, dass alles da drin etwas bedeutet. Denn ansonsten glaube ich, dass das, was in den Büchern steht, entweder überhaupt nichts bedeutet oder etwas anderes.«
»Ich wusste gar nicht, dass du so viel liest.«
»Im Labyrinth der Einsamkeit ist man immer etwas weniger einsam, wenn man ein Buch in der Hand hält«, sagte Östen, als würde er jemanden zitieren.
Maria sammelte ihre Sachen zusammen, und sie gingen zum Auto hinunter.
»Wer fährt?«
Er sah auf ihre hochgezogene Augenbraue, unter der sie die Augen hemmungslos verdreht hatte.
Er zeigte ihr den Mittelfinger.
Sie fuhr.
Die Tage waren wärmer geworden, und dieser Vormittag schien einen Badeanzug zu tragen. Es war sicher bereits über fünfundzwanzig Grad. Bald würden die Leute anfangen zu

klagen, dass es zu warm sei, nachdem sie den ganzen Frühling darüber geklagt hatten, es sei zu kalt.
Maria fuhr mit beiden Händen am Lenkrad, wie Frauen das oft tun, und das verlieh ihr eine züchtige Haltung, wie ein Schulfräulein auf Ausflug. Östen lächelte in sich hinein und versank in eine Art unpersönlicher Betrachtung der Umgebung, die er zudem in- und auswendig kannte. Doch seine Fantasie wurde vom Schlachthofviertel immer angestachelt, während das golfballähnliche Theater *Globen* den entgegengesetzten Effekt hatte. Das markierte die Grenzen der Fantasie in der Stadt.
Kostia Malenkow war nicht glücklich, sie zu sehen, aber das war nun nicht zu ändern. Östen versicherte ihm, dass er sich keinerlei Sorgen machen müsse, sie seien nicht hinter ihm her, sondern bräuchten nur ein paar Informationen und wären dankbar, wenn er ihnen helfen würde.
»Womit kann ich dienen?«
Er war bereit, seine eigene Mutter zu verkaufen, wenn er nur in Ruhe gelassen würde.
»Wir wollen wissen, ob Sie eine gewisse Natascha Filippowna kannten.«
»Wieso kannte? Was ist passiert?«
»Das Einzige, was Sie tun müssen, ist antworten«, sagte Maria rasch.
»Ja, ich ›kannte‹ sie.«
»Nahm sie Drogen?«
»Ein wenig. Nicht mehr als andere.«
»Wer hat an sie verkauft?«
Malenkow trat einen Schritt zurück.
»Weiß ich nicht.«
»Aber wir wissen es. Das waren Sie. Aber das spielt, wie ge-

sagt, keine Rolle. Wie nahe waren Sie einander? War sie nur eine Kundin, oder gab es da noch mehr zwischen Ihnen?«

Östen wusste, dass er sich auf gefährlichem Gebiet bewegte. Malenkow konnte jederzeit nach einem Anwalt rufen.

Er tat nichts dergleichen.

»Ja, wir haben ein paar Mal miteinander geschlafen.«

»Wussten Sie, dass sie einen anderen Mann hatte?«

»Wer hat das nicht?«, konterte Malenkow. »Ja, ich wusste es, aber ich wusste nicht, wer es war.«

»Er war es, der die Plastiksäcke bei Ihnen kaufte. Der mit den ›starken Augen‹, wie Sie es das letzte Mal nannten, und wir haben sie in Ihren Plastiksäcken tot gefunden. Es ist also das Beste, wenn Sie uns jetzt helfen, denn nun folgt eine wichtige Frage.«

Östen bekam langsam etwas Rotlilafarbenes im Blick.

Malenkow verbeugte sich als Zeichen dafür, dass er zu ihrer Verfügung stünde.

»Haben Sie Natascha Filippowna jemals eine Pistole tragen sehen? Haben Sie jemals von ihr gehört, dass sie eine Pistole besaß?«

Malenkow schüttelte den Kopf, als würde er sich selbst Vorwürfe machen.

»Ich wusste es.«

»Was wussten Sie?«

»Ich wusste, dass es mit der verdammten Pistole ein Problem geben würde. Sie hat zu mir gesagt, sie brauche sie, weil sie da draußen, wo sie wohnte, so oft allein zu Hause sei, und ich habe ihr geglaubt. Also habe ich ihr eine Pistole verkauft.«

»Was für eine?«, fragte Maria schnell.

»Eine Walther PP, dieselbe, wie ihr sie auch habt.«

»Woher hatten Sie die?«

»Ich habe sie gekauft.«
»Wo?«
»In der Schweiz, in Basel genauer gesagt.«
»Und Sie haben Sie mit hierher gebracht? Wie denn?«
Malenkow gluckste.
»Der schwedische Zoll ist durchlässig wie ein Sieb.«
»Haben Sie eine Adresse oder einen Namen, den Sie uns geben können, der das bekräftigt, was Sie sagen?«
»Natürlich. Sie können den Waffenhändler anrufen. Ich habe die Nummer noch, sie muss hier irgendwo sein.«
Er wühlte in einer Schublade, bis er ein sehr kleines Adressbuch fand.
»Heinrich Blum, Werdstrasse 66.«
»Und die Telefonnummer?«
»0815-12-345 67 89.«
Maria machte sich Notizen.
»Und noch eine Sache. Ich weiß ja, dass Sie mit so was nichts zu tun haben, aber wissen Sie vielleicht, ob Natascha Filippowna in Pornofilmen mitspielte?«, fragte Östen.
Diesmal reagierte Malenkow sehr energisch.
»Auf keinen Fall!«
»Wie können Sie da so sicher sein?«
»Weil sie eine Königin war. Sie nahm Drogen und soff und schlief sich durch alle Betten …«
»Was meinen Sie damit?«
»Sie hatte ziemlich viele Typen …«
»Sie meinen, sie hat mit jedem geschlafen?«
»Ja, genau, aber keiner wäre auf die Idee gekommen, ihr so etwas vorzuschlagen. Außerdem …«
»Was denn?«
»Tallinn ist eine kleine Stadt, eigentlich mehr ein Dorf, und

der russische Teil ist noch kleiner. Sie hätte nie mehr wagen können, sich dort sehen zu lassen, verstehen Sie, ihre Mutter lebte noch, und sie kümmerte sich um ihren Neffen. Nein, das hätte sie nie getan. Keiner hätte sie dazu bringen können.«

»Nicht einmal Goran Selinevic?«, fragte Maria.

»Nein, nicht einmal er. Aber wenn überhaupt, dann hätte nur er es geschafft.«

Maria hatte eine neue Idee.

»Kannten Sie ihre Schwester?«

Malenkow warf die Arme hoch.

»Natürlich, was glauben Sie denn?«

»Sie wurde ebenfalls ermordet.«

»Das habe ich in der Zeitung gelesen. Es ist schon eine Weile her.«

»Ich wollte nur wissen, ob Sie etwas darüber wissen«, beharrte sie.

»Nein.«

»So. Dann ist die Schur für heute beendet«, sagte Östen, der während seiner Jugend auf Gotland hunderte von Schafen geschoren hatte.

Wieder im Auto konnte er es nicht lassen. Er gab Maria eine Bärenumarmung.

»Gott, manchmal ist es wirklich leicht.«

Sie blieb nüchtern.

»Es war zu leicht. Er hat auf unsere Fragen geantwortet, um andere Fragen zu vermeiden. Hattest du nicht auch den Eindruck?«

»Das ist klar. Er hat einiges zu verbergen. Aber das muss nichts mit unserem Fall zu tun haben.«

In diesem Punkt war sie anderer Meinung.

»Es hat in höchstem Maße mit unserem Fall zu tun. Denn wenn er die Wahrheit sagt, dann heißt das, dass Olivelöf lügt. Und wenn er lügt, dann ist er unschuldig. Er hat schließlich gesagt, er hätte sie mitten in einer Pornoeinspielung erwischt. Aber wenn Malenkow lügt, dann …«
»Dann ergeht es der schönen Anja schlecht.«
»Genau.«
Sie ließ das Auto an und fuhr langsam Richtung Schnellstraße.
»Dass aber auch die Gerechtigkeit so einen Grobian wie Malenkow braucht«, philosophierte Östen.
»Die Chefin wird sich auf jeden Fall freuen!«
»Wieso?«
»Sie ist in sein Geschwätz verknallt.« Maria war wütend.
»Jetzt übertreibst du aber.«
»Du hast ja keine Ahnung, wie viel Geschwätz eine Frau braucht!«
Da schwieg er besser. Trotz allem war sie die Expertin in dieser Sache, und sie hatte einen wunden Punkt bei ihm getroffen.
»Du sagst ja nie etwas!«, das sagte Eva oft. Nein, wenn er nichts zu sagen hatte, dann sagte er auch nichts. Er hatte nie verstanden, dass es so wichtig sein sollte, einfach zu reden, nur weil man nichts zu sagen hatte.
Maria unterbrach ihn in seinen Gedanken.
»Ich denke, wir sollten unseren lieben Freund Selinevic noch mal besuchen.«
Östen war anderer Ansicht.
»Ich glaube, wir sollten erst einmal unserer schönen Chefin Bericht erstatten!«
»Mein Gott, bei dir sind wirklich alle Frauen schön, nur ich nicht!«

Jetzt war er dran. Jetzt wurde er auf die Probe gestellt. Jetzt kam es darauf an, etwas zu sagen, obwohl er doch nichts zu sagen hatte.
»Du … also, du bist so süß, dass man dich mit Haut und Haar auffressen könnte!«
Maria warf den Kopf in den Nacken und lachte erleichtert. »Das würde meiner Großmutter gefallen!«

52

Der Waffenhändler Heinrich Blum bestätigte, dass er eine Walther PP an jemanden verkauft habe, der sich Kostia Ljubow nannte, doch er wusste von keinem Malenkow.

Kristinas Deutsch war dank der Herkunft ihres Vaters fast perfekt.

»Würden Sie diesen Ljubow oder Malenkow wieder erkennen, wenn Sie ihn sähen, Herr Blum?«

»Natürlich.«

»Wie können Sie da so sicher sein? Sie müssen im Laufe der Jahre doch tausende von Kunden gehabt haben.«

»Das stimmt, und ich rühme mich, mich an jeden von ihnen zu erinnern.«

»Und wie machen Sie das?«

Er gluckste zufrieden. »Ich rühme mich nicht, das perfekte Erinnerungssystem erfunden zu haben, aber ich bin klug genug, es anzuwenden. Diese Eigenschaft ist typisch für uns Schweizer. Wir haben noch nie etwas erfunden, aber wir benutzen das meiste. Wir haben das Geld nicht erfunden, aber wir haben die größten Banken. Wir haben die Uhr nicht erfunden, aber wir sind die berühmtesten Hersteller. Wir

haben den Schnee nicht erfunden, aber wir haben die besten Pisten in der ganzen Welt. Die Liste kann man immer so weiterführen.
Ich fotografiere die Kunden ganz einfach. Sie werden von diskreten Kameras, wie man es hier in der Schweiz oder zumindest in meinem Kanton nennt, fotografiert. Wir sprechen bei uns nicht von geheimen oder verborgenen Kameras. Derlei überlassen wir den Amerikanern. Sowie sie mein Geschäft betreten, werden sie verewigt.«
Hier machte er eine Pause, um ihr die Gelegenheit zu geben zu lachen. Aber er konnte nicht ewig warten.
»Abgesehen davon war dieser Mann von einer ungewöhnlichen Sorte. Er sprach Englisch mit einem unerträglichen Akzent und bestellte außerdem einen Einstecklauf, den er eine Woche später abholte, weil diese Dinge nur von äußerst spezialisierten Technikern hergestellt werden.«
»Einstecklauf?«
»Ja, so dass man eine andere Munition verwenden kann.«
»Vielen Dank, Herr Blum. Sie waren uns eine große Hilfe.«
»Das freut mich.«
Sie besaß jetzt eine Erklärung dafür, warum die Kugel, die sie gefunden hatten, ein anderes Kaliber hatte als die Pistole. Der Mörder hatte einen Einstecklauf benutzt, aber einen solchen hatten sie nicht gefunden. Also hatte der Mörder ihn nach dem Schuss versteckt.
Jetzt war sie vielleicht auf die entscheidende Frage gestoßen. Wenn Anja geschossen hatte, dann musste sie es gewesen sein, die den Einstecklauf entfernte. Sie musste also davon wissen. Wenn das nicht der Fall war, dann war ihre Geschichte gelogen. Nein, nicht unbedingt. Jean konnte den Lauf entnommen haben, ehe er die Waffe versteckte. Aber sie

hatte gesagt, dass sie die selbst versteckt habe. Trotzdem könnte er den Einstecklauf hinterher entfernt haben.
Das hielt nicht stand. Das war nicht entscheidend, würde Mitsuko sagen. Malenkows Information, dass Natascha Filippowna nicht in Pornofilmen auftrat, war auch nicht entscheidend. Dass sie es zuvor noch nicht getan hatte, bewies nicht, dass sie nicht in der Nacht, in der sie ermordet wurde, damit beschäftigt war oder dass sie einfach einen privaten Videoabend organisiert hatte.
Jetzt war sie verwirrt. Zu Anfang hatte sie sich vor allem gewünscht, so schnell wie möglich den Täter in die Hände zu bekommen. Als sie ihn dann hatte, wünschte sie, dass er es nicht sei. Und jetzt wollte sie seinem Wunsch entgegenkommen, dass er es war.
Ein Geständnis muss respektiert werden. Das Problem war nur, dass sie zwei solcher Geständnisse zu respektieren hatte. Aber Mitsuko hatte Recht: Das war eigentlich nicht ihr Problem, was nichts daran änderte, dass sie sich dafür verantwortlich fühlte.
Es musste einen Weg geben, die Wahrheit herauszubekommen. Denn wenn man sie nicht herausbekam, dann machte sie einem keine Freude. Liegt es nicht in der Natur der Wahrheit, am Ende hervortreten zu können?
Am Ende, ja. Aber sie war Polizistin, die Ewigkeit gehörte nicht zu den Parametern, die sie in ihrem Job anwendete. Sie musste jetzt und hier die Wahrheit finden.
Wäre diese Sache ein paar hundert Jahre früher passiert, dann hätte man das Problem gelöst, indem man die beiden Beteiligten einer Reihe von sowohl mentalen als auch körperlichen Prüfungen unterworfen hätte, von der Isolation bis zum Scheiterhaufen. Man nahm also an, dass der Wider-

standsfähigste die Wahrheit sagte. Der, den das Feuer nicht angriff, hatte die Wahrheit gesagt. Aber gab es überhaupt welche, die das Feuer nicht berührte?

Die moderne Variante war, die Schuld des anderen auf sich zu nehmen, was mit sich brachte, dass der, der am hartnäckigsten log, schließlich als der angesehen wurde, der die Wahrheit sagte.

Es gab nur eine Möglichkeit, um das Problem herumzukommen: Aljoscha. Er hatte gesagt: »Papa bumm-bumm, Mama au-au.« Bei welcher Gelegenheit hatte das stattgefunden? Was meinte er?

Nachdem Anja auch formell ihre Zeugenaussage oder, besser gesagt, ihr Geständnis abgelegt hatte, war der Junge bei einer schwedischen Familie untergebracht worden, die sich um ihn kümmerte und dafür sorgte, dass er regelmäßig in Therapie zu einer Psychologin ging, die große Erfahrung im Umgang mit schwer traumatisierten Kindern hatte.

Kristina schaute auf ihre Uhr. Es war Viertel vor zwölf. Wenn sie Glück hatte, würde sie in der Mittagspause vielleicht ein paar Worte mit der Psychologin wechseln können.

Sie rief sofort an und landete natürlich bei einem Anrufbeantworter. »Hallo, Sie sprechen mit der Praxis von Marie Lönngren. Leider kann ich gerade nicht ans Telefon kommen, doch wenn Sie Namen und Telefonnummer hinterlassen, rufe ich so bald wie möglich zurück.«

Es war eine warme, ein wenig belegte Stimme.

Kristina hinterließ Namen und Telefonnummer, sagte kurz, worum es ging, und legte wieder auf.

Eine Viertelstunde später rief Marie Lönngren zurück.

»Hätten Sie in Ihrer Mittagspause ein wenig Zeit für mich?«, fragte Kristina.

»Ja, sicher. Ich hoffe nur, Sie haben nichts gegen einen Spaziergang, denn den mache ich in der Mittagspause immer, weil ich ein paar Kilo loswerden muss.«

»Ausgezeichnet. Das muss ich auch.«

»Umso besser. Dann treffen wir uns in einer Viertelstunde zu Füßen von Karl XII. im Kungsträdgården. Schaffen Sie das?«

»Bin schon auf dem Weg.«

»Prima. Dann können wir nach der Wahrheit suchen, während wir ein paar hundert Gramm abschütteln.«

Marie Lönngren war eine schöne Frau zwischen vierzig und fünfundvierzig, die überhaupt nicht abnehmen musste und die mit einem Poncho über der Schulter schon wartete. Kristina mochte ihren fröhlichen Blick sofort leiden, der einen deutlichen Kontrast zu einer tiefen Falte über der Stirn darstellte – wahrscheinlich eine Berufskrankheit.

Ich frage mich manchmal, welche Berufskrankheiten Gott sich zuzieht, dachte sie, als sie einander die Hand gaben.

Sie steuerten in Richtung Skeppsholmen. Als sie über die Brücke kamen, entschied Marie Lönngren, nach rechts zu der großen Eiche zu gehen.

»Ich liebe diesen Baum.«

Ihre Vertraulichkeit schien darauf hinzudeuten, dass sie sich in Kristinas Gesellschaft wohl fühlte.

»Warum?«

»Es ist doch erstaunlich, dass Polizisten und Psychologen dieselben Fragen stellen. Warum? Glauben Sie wirklich, dass die Leute im Allgemeinen wissen, warum sie etwas tun? Meine Erfahrung hat mir gezeigt, dass das Gegenteil der Fall ist. Das Nachdenken folgt meist erst nach der Tat. Und was vor der Tat steht, sind verborgene Bedürfnisse, unbeschreibliche Impulse, vergessene Erinnerungen. Sehen Sie hier.«

Sie holte aus ihrer Tasche eine Eichel, oder besser gesagt, den einen Teil einer Zwillingseichel.

»Die hier hebe ich seit zehn Jahren auf. Und irgendwo in der Welt gibt es einen Mann, von dem ich hoffe, dass er den anderen Teil aufgehoben hat. Er meinte, dass wir heiraten sollten, aber ich wollte nicht. Warum? Das wusste ich damals nicht. Inzwischen glaube ich sagen zu können, dass ich ihn zu sehr liebte, um ihn heiraten zu können. Das klingt für mich plausibel. Ich habe nach und nach den größten Verlust meines Lebens in einen klugen Entschluss verwandelt. Unser Bewusstsein arbeitet auf dieselbe Weise wie die Seidenraupe. Wir nehmen einen dünnen, dünnen Faden, und mit der Zeit bauen wir ein Haus, in dem wir alle unsere Lügen intakt halten und mit ihnen leben können.«

Sie ging mit schnellen Schritten, während sie redete, und nahm gleichzeitig tiefe, fast gierige Lungenzüge von einer Zigarette, doch plötzlich blieb sie stehen.

»Entschuldigen Sie, Sie wollten über Aljoscha reden. Was ist es denn, was Sie wissen wollen?«

Kristina hatte das Gefühl, manipuliert zu werden, hatte aber keine Zeit, sich darein zu vertiefen.

»Ja, ich wollte nur wissen, wie Sie seinen Zustand beurteilen und so …«

»Er hat noch einen langen Weg zu gehen, und wenn Sie Absichten hegen, ihn zu verhören, vergessen Sie's. Das werde ich nicht zulassen. Und noch weniger, dass man ihn als Zeugen verwendet.«

»Tatsache ist, dass er im Moment der Einzige ist, der uns helfen kann.«

»Dafür habe ich Verständnis, aber er würde das nicht schaffen. Das Risiko ist zu groß, dass er dann noch tiefer in seine

Psychose versinkt. Keine Wahrheit und keine Gerechtigkeit auf der Welt sind das wert. Wir sollten ein Kind nicht opfern, um einen Mörder zu ergreifen. Sie müssen es auf irgendeine andere Weise hinkriegen.«

Kristina lächelte entschuldigend.

»Es scheint, als gäbe es keine andere Weise.«

»Dann muss ein Mörder frei ausgehen.«

»Ist das denn gerecht?«

»Nein. Aber es ist gerechter, als ein Kind für die Verbrechen eines anderen bezahlen zu lassen.«

»Die Gerechtigkeit sollte nicht nur ein Rechenexempel sein«, sagte Kristina nachgiebig.

»In einer perfekten Welt sollte das nicht so sein. Aber in unserer Welt kann es nicht anders sein.«

»Also hatte der gute Leibniz Unrecht. Wir leben nicht in der besten aller Welten.«

»Doch, vielleicht tun wir das. Aber das bedeutet nicht, dass die beste aller Welten eine perfekte Welt ist. Das hier! Das hier ist perfekt. Aber das ist auch das Einzige.«

Marie Lönngren hielt die Hälfte ihrer Zwillingseichel vor sich hin.

»Vielleicht fällt es der Eichel nicht so schwer, perfekt zu sein.«

»Die meinte ich auch nicht. Ich meinte die Trauer, für die sie steht. Die ist perfekt. Sie wird niemals auf die Probe oder in Frage gestellt werden. Das letzte Mal, als ich den Mann sah, trafen wir uns hier. Der Entschluss war gefasst. Wir würden getrennte Wege gehen. Wir standen unter dieser Eiche hier, er nahm eine Eichel auf. Es stellte sich heraus, dass es ein Zwilling war. Er gab mir den einen Teil und behielt den anderen. Dann trennten wir uns.«

Marie versuchte, sich eine neue Zigarette anzuzünden. Es wehte vom Mälaren her, und sie verbrauchte drei Streichhölzer ohne Erfolg.

Sie seufzte.

»Er war ein Meister darin, im Wind eine Zigarette anzuzünden.«

Es war Zeit umzukehren.

Kristina konnte es am Ende nicht sein lassen.

»Warum haben Sie mir das alles erzählt?«

Marie Lönngren lachte herzlich.

»Noch ein Warum! Aber wie sollten Sie denn sonst verstehen, warum ich so über Aljoscha denke, und es auch respektieren? Außerdem hatte ich ein große Bedürfnis, heute über diesen Mann zu sprechen, denn es ist sein Geburtstag.«

Das war natürlich ein guter Grund. Sie trennten sich in dem angenehmen Gefühl, einander vor einer unbekannten Gefahr gerettet zu haben.

53

Es war so einfach. Eigentlich war es fast ein Dienstvergehen, dass sie nicht daran gedacht hatte.

Auf dem Weg zurück zum Bahnhof blieb sie bei McDonald's auf der Hornsgatan stehen, um eine Kleinigkeit zu essen.

Da stand sie also in der Schlange, hinter einer Großmutter mit drei umherspringenden Enkelkindern am Bein, die versuchte, die verschiedenen Bestellungen zusammenzustellen, während der Bedienstete, ein junger dunkelhaariger Mann, professionelle Geduld und liebenswerte Resignation an den Tag legte.

Und da fiel es ihr ein.

Anja von Löwenmüller hatte gesagt, dass Natascha Filippowna, als sie ermordet wurde, nicht mehr auf Jean Olivelöfs Herrensitz lebte. Er hingegen hatte nichts davon gesagt, sondern im Gegenteil behauptet, dass Natascha dabei gewesen sei, in seinem Zuhause einen Pornofilm einzuspielen.

Sie wurde so wütend auf sich selbst, dass sie ihren Hunger vergaß und, so schnell es überhaupt erlaubt war, ins Untersuchungsgefängnis Flemingsberg fuhr.

Mit wem sollte sie zuerst sprechen? Olivelöf oder Anja?

Man spricht zuerst mit dem, der lügt, und sie meinte jetzt,

dass Olivelöf gelogen habe. Er war es nicht gewesen, der Natascha erschossen hatte, er hatte Anja geholfen, die Leiche loszuwerden. Anja konnte sich natürlich auch den Hergang der ganzen Sache ausgedacht haben, konnte aber nicht erfunden haben, dass Natascha in einer Wohnung auf Ekerö lebte. Kristina hatte vor, mit ihr anzufangen. Sie würde sie einfach nach der Adresse dieser Wohnung fragen, nichts sonst. Nein, das war dumm. Es war besser, Olivelöf stattdessen zu überraschen, einfach in seine Zelle zu gehen und ihn ruhig nach Natascha Filippownas Adresse zu fragen. Ja, das würde sie tun.

Jean Olivelöf war blass und unrasiert. Kristina bekam den Eindruck, dass sie ihn nicht überraschen würde. Das tat sie auch nicht. Im Gegenteil. Er war es, der sie überraschte.

»Ich wusste, dass Sie am Ende darauf kommen würden. Lügen haben kurze Beine, pflegte Natascha immer zu sagen, auch ein russisches Sprichwort. Die Wahrheit ist, dass Anja sie erschossen hat. Aber es stimmt auch, dass es meine Schuld war. Denn ich habe mich weiterhin mit Natascha getroffen. Ich liebte Anja, aber Natascha war einfach in meinen Blutkreislauf eingegangen. Ich konnte sie nicht vergessen. Als Anja davon erfuhr, wurde sie total verrückt. Als ich in Örebro war, lud sie Natascha nach Hause ein, um die Sache mit ihr klarzustellen. Ich weiß nicht, was zwischen den beiden passiert ist, aber als ich in jener Nacht nach Hause kam, lag Natascha auf dem Boden. Sie blutete furchtbar, atmete aber noch. Als ich mich über sie beugte, lächelte sie mich an und flüsterte etwas.«

»Was?«

»Ich habe es nicht verstanden. Sie war bereits fort. Es waren ihre letzten Worte. Und ich habe sie nicht verstanden. Ich werde mit ihren letzten Worten, die ich nie verstand, leben müssen. Wie dem auch sei, Anja war hysterisch, und ich musste mich erst um sie kümmern und dann um die Leiche. In dem Moment kam Aljoscha ins Zimmer. Er wohnte bei uns, denn Natascha wollte ihn nicht in ihrer kleinen Wohnung am Gustavvägen haben. Sie wollte frei sein, sagte sie. Und mir fiel es nicht schwer. Ich mag den Jungen sehr. Er ist begabt, sehr begabt, mehr, als ich es je war. Dann haben wir uns darauf geeinigt, Anja und ich, dass ich das Ganze auf mich nehmen würde, wenn es je herauskäme. Es machte mir nichts aus, das zu versprechen. Denn wie gesagt, ich meinte ja die ganze Zeit, dass alles mein Fehler sei. Was spielt es denn für eine Rolle, wer letztendlich geschossen hat?«

»Für uns spielt es eine große Rolle«, sagte Kristina.

»Für Sie ja. Aber für Sie persönlich, Frau Kommissarin? Sehen Sie nicht den Unterschied zwischen der wirklichen Schuld und der zufälligen? Anja ist keine Mörderin, nicht einmal jetzt, wo sie einen Menschen ermordet hat. Ich hingegen – ich bin ein Mörder! Ich habe meine Begabung ermordet, ich habe meine Seele ermordet.«

»Hoffen wir, dass das Gericht Verständnis für Ihre Perspektive zeigt. Ich bin nicht diejenige, die Sie verurteilen soll. Aber ich bin dankbar, dass Sie mich letztendlich die Wahrheit haben wissen lassen. Eine Tragödie ist erst vollendet, wenn die Wahrheit ans Licht kommt. Und lassen Sie mich noch hinzufügen, dass ich Frauen bewundere, die für ihre Liebe kämpfen.«

»Was glauben Sie, wie es für uns laufen wird?«

»Ich glaube, dass die Staatsanwältin viele mildernde Umstände für Anja finden wird und keine für Sie.«

Er schüttelte den Kopf.

»Das hoffe ich auch.«

Kristina reichte ihm die Hand zum Abschied. Das war die einzige Art, die ihr einfiel, wie sie ihn berühren konnte. Dann ging sie eilig davon.

54

Anja von Löwenmüller wurde wegen Totschlags verurteilt und Jean Olivelöf wegen Beihilfe zu dieser Tat. Sie bekam zwei Jahre, die sie in einer offenen Anstalt verbringen würde, und er erhielt zwölf Monate im geschlossenen Vollzug. Sie wurde überdies dazu verurteilt, fünfundzwanzigtausend Kronen Schmerzensgeld an Aljoscha zu zahlen.

Die Zeitungen schrieben eine Menge über diese erstaunliche Geschichte einer Leidenschaft, vor allem Hole-in-one, die zwei sehr einfühlsame Porträts der Verurteilten erstellte.

Maria fuhr in den Ferien nach Sardinien und schrieb von dort ihrem Mann, dass sie sich scheiden lassen wolle.

Östen fuhr nach Fårö, wo er weiter an seinem Sommerhaus arbeitete. Maria fand keine Zeit, ihn zu besuchen. Ganz im Gegensatz zu Eva Trollén, die sich endlich entschlossen hatte, ihren Mann zu verlassen.

Thomas war den ganzen Sommer unterwegs. Erst in Ungarn und dann im Schärenmeer von Västervik. Sein Sohn hatte großartige Fortschritte gemacht.

Hauptkommissarin Kristina Vendel fuhr nirgendwohin. Sie nahm nur zwei Wochen Ferien, um ihrem Mann zu helfen, in eine düstere Zweizimmerwohnung in Hägersten zu ziehen.

Seine neue Freundin hatte ihn gerade verlassen, und Kristina hatte das schon vor langer Zeit getan.
Ansonsten machte sie lange Spaziergänge, manchmal allein und manchmal mit ihrem Vater, der der Ansicht war, dass es an der Zeit für sie wäre, ernsthaft Latein zu studieren.
»Papa, was soll ich mit einer toten Sprache?«
»Du hast ja keine Ahnung, wie viele Geheimnisse sich in einer Sprache verbergen. Außerdem wirst du eine viel bessere Polizistin, denn das Schwerste an Latein ist, Subjekt und Objekt in einem Satz zu finden, genau wie bei einem Verbrechen.«
Der alte Mann zog sie scherzhaft am Ohr, wie er es immer getan hatte, als sie noch klein war.